색, 계

色, 戒

세계문학전집 453

색, 계

色, 戒

장아이링

문현선 옮김

민음사

일러두기

1 이 책에 수록된 단편 「색, 계(色, 戒)」와 「정처 없는 발길(浮花浪蕊)」은 2019년 北京十月文艺出版社에서 출간된 『원녀(怨女)』를, 「붉은 장미 흰 장미(红玫瑰与白玫瑰)」와 「증오의 굴레(多少恨)」는 2021년 北京十月文艺出版社에서 출간된 『붉은 장미 흰 장미(红玫瑰与白玫瑰)』를, 「봉쇄(封锁)」는 2021년 北京十月文艺出版社에서 출간된 『경성지련(傾城之戀)』을 저본으로 삼아 우리말로 옮겼다.

2 본문의 각주는 모두 옮긴이 주이다.

차례

색, 계

한낮인데도 마작 탁자 위에 불이 환하게 켜져 있어 패를 섞을 때마다 다이아몬드 반지들이 반짝반짝 빛났다. 네 귀퉁이를 탁자 다리에 팽팽하게 묶어 놓은 하얀 탁자보는 눈부실 정도로 새하얬다. 강렬한 빛과 그림자의 대비로 지아즈[1]의 가슴 굴곡이 선명하게 드러났고, 얼굴 역시 무정한 불빛에 고스란히 노출되었다. 살짝 좁은 이마와 들쭉날쭉한 헤어라인마저 왜인지는 몰라도 아름다운 육각형 얼굴에 우아한 느낌을 더해 주는 듯했다. 얼굴은 옅게 화장했지만 정교한 조각 같은 얇은 입술만큼은 붉은색 립스틱을 발라 요염하고 촉촉해 보

---

1) 佳芝. 외래어 표기법에 따르면 '자즈'이지만 옮긴이의 뜻에 따라 예외적으로 중국어 발음에 가깝게 표기했다. 본문에 등장하는 다른 인명은 모두 외래어 표기법을 따랐다.

였다. 귀밑머리를 느슨하게 올려 고정하고 뒤쪽 머리카락은 어깨까지 늘어뜨렸다. 소매 없는 강청색의 물결무늬 치파오는 무릎까지 내려왔으며 둥근 깃이 양복처럼 1센티미터 남짓 올라와 있었다. 옷깃에 꽂은 브로치는 사파이어 주변에 작은 다이아몬드를 박은 '단추' 같은 귀걸이와 세트였다.

지아즈의 양옆에 앉은 두 부인은 검은색 모직 망토를 입었는데 겉깃 아래쪽에 묵직한 이중 금줄을 걸어 옷깃을 여몄다. 전쟁 때문에 외부와 단절되면서 상하이에서는 상하이만의 패션이 유행했다. 피점령지에서는 금값이 천정부지로 올라 그렇게 굵은 금줄은 상상을 초월할 만큼 비쌌으니 외투에 단추 대용으로 사용하면 촌스럽거나 저속하지 않게 자신의 부를 과시하며 돌아다닐 수 있었다. 그래서 망토와 금줄은 왕징웨이[2] 정부의 관료 부인들 사이에서 제복처럼 유행하고 있었다. 혹은 여전히 충칭의 영향을 받아 검은색 외투를 장엄하고 대범하게 여기는지도 몰랐다.

이(易) 부인은 제집이라 '범종' 같은 망토를 입지 않았지만 살이 많이 쪄서 앉은 모습 자체가 '범종' 같았다. 이 부인은 이 년 전 홍콩에서 마이(麥) 부인인 지아즈와 처음 만났다. 당시 이씨 부부는 왕징웨이와 함께 충칭을 빠져나와 홍콩에 머물고 있었다. 왕징웨이를 따르는 사람들은 왕징웨이의 심복인 쩡중밍(曾仲鳴)이 하노이에서 암살되었기 때문에 홍콩에서도

---

2) 汪精衛(1883~1944). 중일 전쟁 때 일본에 투항하고 난징에 친일 정부를 세워 대표적인 매국노로 손꼽히는 중국의 정치가.

거의 밖으로 나가지 않았다. 그렇지만 이 부인은 물건을 포기할 수 없었다. 후방 지역과 피점령지에서조차 물자가 귀한 상황에 홍콩이라는 쇼핑의 천국, 보물산에 와서 빈손으로 돌아갈 수는 없었다. 결국 아는 사람을 통해 함께 물건을 사러 다닐 마이 부인을 소개받았다. 아무래도 현지인이 사정에 밝을 테고, 홍콩에서는 큰 회사조차 물건값을 흥정하기 때문에 광둥어를 모르면 손해를 볼 것 같아서였다. 무역상인 마이 선생은 통상적인 사업가들처럼 정부 관료들과 친분 쌓기를 좋아해 이 부인을 극진히 대접했다. 이 부인은 무척 감동했다. 그러다 진주만 공습 이후 홍콩이 함락되자 마이 선생의 사업도 막히고 말았다. 지아즈는 생활비를 보태기 위해 시계와 양약, 향수, 스타킹 같은 물건을 상하이로 몰래 들여와 파는 도붓장사를 시작했다. 그러자 이 부인은 자기 집에서 묵어야 한다고 한사코 지아즈를 붙들었다.

"어제 우리는 수위(蜀腴) 레스토랑에 다녀왔는데…… 마이 부인이 안 가 봐서요." 이 부인이 검은 망토를 입은 부인에게 말했다.

"그랬군요."

"마(馬) 부인, 지난 며칠 동안 안 보이시던데요?" 망토 입은 다른 부인이 말했다.

패 부딪히는 소리 속에서 마 부인이 중얼거렸다. "친척 집에 일이 좀 생겨서요."

이 부인이 웃으며 말했다. "한턱내겠다고 했던 말 지켜요. 싫다고 숨었던 거 아니지?"

지아즈는 자신이 온 뒤 모든 게 자기 위주로 돌아가자 마 부인이 질투하는 게 아닐까 싶었다.

"어제는 랴오(廖) 부인이 냈잖아. 지난 며칠 동안 혼자 다 땄거든." 이 부인은 마 부인에게 계속 말했다. "거기에서 우연히 샤오리(小李) 부부를 만났어요. 합석하자고 했더니 샤오리가 손님들이 아직 안 왔다며 거절하지 뭐예요. 그래서 내가 랴오 부인이 모처럼 한턱낸다는데 어떻게 참석하지 않느냐고 했지. 그때 마침 샤오리 손님들이 도착해 탁자가 가득 찼고. 앉을 자리가 없어서 의자를 더 가져왔지만 다 같이 앉을 수가 없었다니까. 결국 랴오 부인이 내 뒤에 앉았어요. 나는 역시 내가 부른 아가씨가 예쁘다고 말했지! 그랬더니 랴오 부인이 다 늙어서 어디 희롱질을 하냐는 거예요. 나는 마파두부를 떠올려 보라고, 곰보 할멈이 오래된 두부로 만들지 않느냐고 받아쳤지! 그랬더니 다들 뒤로 넘어갈 정도로 웃었어요! 곰보 할멈의 곰보 자국까지 벌게질 만큼 웃었다니까."

다들 웃음을 터뜨렸다.

"누가 비슷한 말을 하지 않았던가요? 아, 지난번에 이 선생님 생신 때 마고 할멈처럼 장수하시라고 했지요!" 마 부인이 말했다.

이 부인이 지난 며칠 사이의 소식을 마 부인에게 계속 전해 주고 있을 때 이 선생이 들어와 세 손님에게 고개를 끄덕이며 인사했다.

"오늘은 일찍 시작하셨군요."

이 선생은 부인 뒤에 서서 패를 바라보았다. 방 안 한쪽 벽면에는 황토색의 두꺼운 모직 커튼이 걸렸는데 사람 키만큼 큰 벽돌색 봉미초 무늬가 비스듬히 인쇄되어 있었다. 저우포하이[3] 집에 있는 물건은 그들 집에도 있었다. 아무리 서양에서 가짜 통유리창용 커튼이 유행해도 전쟁 중이라 상하이로 들어오는 커튼 자재가 워낙 부족했기 때문에 그렇게 바닥까지 내려오는 데다 무늬까지 들어간 커튼은 엄청난 사치품일 수밖에 없었다. 그런 거인국 봉미초 앞에 서 있으니 이 선생은 한층 더 왜소해 보였다. 회색 양복을 입은 이 선생은 창백하고 수려한 얼굴이지만 이마가 살짝 벗겨져 헤어라인이 길게 드러났다. 코가 길어서 '쥐'를 연상시키는 인상인데 다들 귀인상이라고 했다.

"마 부인, 그거 몇 캐럿이에요? 3캐럿? 그제 핀펀(品芬)이 또 왔었거든. 5캐럿짜리를 가져왔는데 광채가 마 부인 것만 못하더라고." 이 부인이 말했다.

"다들 핀펀의 물건이 바깥 가게보다 낫다던데요!" 마 부인이 응했다.

"그냥 중개인을 통하면 집까지 가져다주고 며칠 동안 두고 볼 수 있어서 좋은 거지. 핀펀의 물건 중에는 시중에 없는 것들도 종종 있고요. 지난번 그 블루 다이아몬드만 해도 그랬잖아요. 하지만 이이가 사 주지를 않더라고." 그러면서 이 선생을 흘겨보았다. "지금은 얼마나 비싼 줄 알아요? 흠집 없는 블루

_____

3) 周佛海(1897~1948). 중국 공산당 창시자이자 중화민국 정치가. 왕징웨이와 함께 친일 정부 설립에 앞장섰다.

다이아몬드는 1캐럿에 금화 십여 냥, 수십 냥으로 뛰었다고요. 핀핀 말로 이제 그런 블루 다이아몬드나 핑크 다이아몬드는 가격을 아무리 불러도 구할 수 없대요."

이 선생이 웃으며 대꾸했다. "10캐럿이 넘는 반지라니 비둘기알도 아니고. 다이아몬드도 결국 돌이잖아. 손에 끼면 무거워서 패를 돌리기도 힘들 거라고."

지아즈는 마작 탁자가 정말 반지 전시대 같다고 생각했다. 자기만 다이아몬드 반지가 없어 비취반지를 끼고 있었다. 진작 알았으면 반지를 아예 끼지 않아 비웃음을 피했을 터였다. 정말로 그녀를 얕잡아 보는 눈치였다.

이 부인이 "사 주지도 않으면서 그런 소리나 하다니!"라고 말하면서 5통 패를 냈다. 그러자 마 부인 맞은편의 망토를 입은 부인이 촤르륵 패를 내보였다. 순간 웃음과 탄식, 원망의 소리가 터져 나오면서 대화가 끊어졌다.

다들 정신없이 계산하고 있을 때 이 선생이 지아즈에게 턱으로 문 쪽을 가리켰다.

지아즈는 곧장 검은 망토를 입은 두 여자를 훔쳐보았다. 다행히 누구도 알아차리지 못한 듯했다. 잃은 만큼 칩을 내놓고 찻잔을 들어 한 모금 마신 뒤 호들갑스럽게 말했다. "제가 정신이 나갔나 봐요! 3시에 거래하기로 약속해 놓고 까맣게 잊고 있었네요. 어쩌나, 이 선생님, 저 대신 좀 쳐 주시겠어요? 금방 돌아올 텐데요."

이 부인이 불만스럽게 말했다. "안 돼! 이런 법이 어디 있어요? 진작 말했어야지. 흥이 깨지잖아."

"나도 이제야 좀 끗발이 서는 것 같은데." 직전 판에 땄던 검은 망토의 부인이 불평했다.

"랴오 부인을 불러야겠네. 전화할 테니까……." 이 부인이 지아즈에게 말했다. "랴오 부인이 오면 가요."

"이 선생님, 저 대신 좀 해 주세요." 지아즈가 손목시계를 쳐다보았다. "이미 늦었어요. 중개인과 커피 마시기로 약속했는데요."

"오늘은 일이 있어서 안 되고 다음에 밤새 치겠습니다." 이 선생이 말했다.

"왕지아즈가 제일 나쁘다니까!" 이 부인은 학교 친구를 부르듯 성까지 붙여 왕지아즈라고 부르기를 좋아했다. "이번에는 그냥 못 넘어가, 한턱내야 해요!"

"손님한테 밥값을 내라는 법이 어디 있어요?" 마 부인이 말했다. "마이 부인은 상하이에 온 손님이잖아요."

"이 부인이 그러라는데 뭐가 어때서요?" 망토 입은 다른 부인이 말했다.

그녀들은 농담할 때도 정신을 바짝 차려야 했다. 이 부인은 지아즈 어머니보다 훨씬 나이가 많았지만 지아즈를 양딸로 간주하는 듯한 말을 한 번도 한 적이 없었다. 감정 변화가 심한 나이대라 이 부인은 다른 노부인들처럼 젊고 예쁜 여자들한테 주목받고 존중받기를 원하는 한편 질투에 사로잡히기도 했다.

"네, 오늘 저녁은 제가 모시겠습니다." 지아즈가 말했다. "그렇지만 이 선생님이 대신해 주세요. 아니면 저녁 식사 때 선생님을 빼겠습니다."

"이 선생님, 도와주세요, 제발요! 넷 중에 한 자리가 비면 게임이 안 되잖아요. 먼저 치고 계시면 마 부인이 전화해서 금방 대신할 사람을 부를 거예요."

"정말로 일이 있습니다." 업무 이야기가 나오자 이 선생은 곧장 목소리를 낮추고 조용히 말했다. "조금 뒤에 누가 찾아올 겁니다."

"저는 이 선생님이 바쁘실 줄 알았어요." 마 부인이 말했다.

마 부인 말에서 뼈가 느껴지면 너무 과민한 건가? 지아즈는 속으로 생각했다. 이 선생의 웃는 표정을 보고 마 부인의 비위를 맞추려는 말까지 듣고 나자 이 선생이 남들이 눈치채고 농담해 주기를 굉장히 원한다는 걸 알 수 있었다. 아무리 신중한 사람이라도 때로는 성공에 도취해 자기 상황을 잊어버리는 모양이었다.

너무 위험해. 오늘도 실패해 지체되면 이 부인한테 들킬 수도 있겠어.

지아즈가 이 부인과 계속 실랑이하는 사이 이 선생은 어느새 자리를 떴다. 입이 닳도록 양해를 구한 뒤에야 지아즈는 겨우 몸을 빼 자기 침실로 돌아올 수 있었다. 옷도 갈아입지 못한 채 서둘러 나갈 준비를 하고 있을 때 하녀가 들어와 문 앞에 차가 대기 중이라고 말했다. 지아즈는 이씨 집안의 자동차를 타고 카페로 간 뒤 운전사를 돌려보냈다.

시간이 아직 일러 아무도 없는 카페에는 살구색 비단 주름갓을 씌운 벽등이 켜져 있었다. 꽤 널찍한 카페는 둥근 탁자마다 희미한 꽃무늬의 하얀 리넨 탁자보를 덮어 보수적인 레스토랑 분위기가 났다. 지아즈는 계산대에서 전화를 걸었다. 벨이 네 차례 울렸을 때 끊었다가 다시 걸며 혹시라도 계산대 사람이 이상하게 여길까 싶어 중얼거렸다. "번호를 잘못 눌렀나?"

그것은 약속된 암호였다. 이번에는 누가 받았다.

"여보세요?"

다행히 쾅위민(鄺裕民)의 목소리였다. 아직도 량룬성(梁閏生)이 받으면 어쩌나 조마조마했다. 량룬성이 눈치 빠르게 늘 다른 사람한테 넘기는데도 그랬다.

"여보세요, 작은오빠." 지아즈는 광둥어로 말했다. "다들 잘 지내죠?"

"응, 다 잘 지내. 너는?"

"오늘 물건 사러 갈 건데 언제 갈지는 모르겠어요."

"그래, 괜찮아. 우리가 기다리면 되지. 지금은 어딘데?"

"샤페이로예요."

"알았어, 그럼 그렇게 하자."

잠시 침묵이 흘렀다.

"그럼 됐나요?" 손은 차가웠지만 고향 말투에 포근하고 그리운 느낌이 들었다.

"그래."

"지금 갈 수도 있어요."

"충분해, 문제없어. 그럼 이따 봐."

지아즈는 전화를 끊고 밖으로 나와 삼륜차를 불렀다.

오늘도 성공하지 못하면 정말로 더는 이 선생 집에 있지 못

할 듯했다. 그 부인들이 옆에서 호시탐탐 지켜보는 탓이었다. 이 선생과 처음 관계를 맺었을 때 어떻게든 핑계를 대고 그 집에서 나왔어야 옳았는지도 몰랐다. 이 선생한테는 아파트를 마련해 주는 게 어려운 일도 아니었다. 지난번 두 차례를 각각 다른 아파트에서 만났는데 두 곳 모두 영국인이나 미국인 주인이 수용소에 들어가 비어 있었다. 하지만 그랬다가는 오히려 손쓰기 어려워질 것 같았다. 그가 언제 올지 어떻게 알겠는가? 느닷없이 들이닥칠 수도 있고 미리 약속을 잡아도 갑자기 일이 생겨 못 올 수도 있었다. 전화하기도 어려울 게 뻔했다. 이 부인이 촉각을 곤두세우고 있으니 사무실 곳곳에 눈과 귀를 심어 놓았을지도 몰랐다. 설령 아니라고 해도 누가 알게 되면 큰일이었다. 이 부인에게 아부하느라 고자질하는 사람이 많아도 너무 많았다. 찾아가지 않으면 이 선생이 아예 발길을 끊을 가능성도 있었다. 실제로 그런 일이 있었다니, 그럴 때 아파트는 이별 선물인 셈이었다. 이 선생은 정신을 차리기 힘들 만큼 유혹하는 사람이 많았기 때문에 눈에 띄지 않는 사람은 뒷전으로 밀려나기 십상이었다. 꽉 붙들어 놓으려면 그의 앞에서 두 젖가슴을 흔들고 있는 수밖에 없었다.

"이 년 전만 해도 이렇지 않았는데." 이 선생이 지아즈를 안고 입을 맞추다가 속삭였다.

머리를 지아즈의 가슴에 파묻고 있어 그녀 얼굴이 붉어지는 것은 보지 못했다.

지금 생각해도 여전히 바늘에 찔리는 듯 아팠다. 끔찍한 눈빛으로 바라보며 회심의 미소를 짓던 사람들이 선하게 떠올랐다. 그 속에는 쾅웨민도 있었다. 오로지 량룬성만 지난 이 년 동안 지아즈의 가슴이 점점 풍만해지는 것을 모르는 척했다. 수없이 벌였던 연극이 눈앞에 떠오를 때마다 지아즈는 곧장 머릿속에서 떨쳐 냈다.

공공 조계지까지는 거리가 좀 있었다. 삼륜차가 징안쓰로와 시모로 갈림길에 이르렀을 때 지아즈는 모퉁이의 작은 카페 앞에 세워 달라고 했다. 그의 차가 먼저 왔는지 길가를 살폈지만 조금 더 앞쪽에 목탄 실은 차만 서 있을 뿐이었다.

포장 판매를 주로 하는 카페여서인지 자리가 몇 개 없고 어두침침한 데다 분위기도 밋밋했다. 안쪽 저온 유리장에는 색색의 케이크가 들었고 뒤쪽 좁은 복도에는 불 켜진 새하얀 조명이 커피색의 울퉁불퉁한 벽면 아랫부분을 환하게 비추고 있었다. 작은 냉장고 옆에 하얀 제복이 걸리고, 그 위로 천장 가까운 벽면에 중국 직원들이 벗어 놓은 면 장삼이 줄줄이 걸려 있어 싸구려 옷가게를 연상시켰다.

톈진 키스링[4]에서 일했던 첫 번째 중국인 직원이 차린 카페라고 이 선생이 알려 주었다. 이 카페를 고른 이유는 아는 사람을 만날 확률이 거의 없는 데다 교통 요지이다 보니 설령 아는 사람을 만나도 별 상관 없어서가 확실했다. 이런 곳이 외진 곳보다 수상한 일을 벌인다는 의심을 덜 살 터였다.

앞에 놓인 커피가 다 식었건만 자동차는 오지 않았다. 지난번에 차를 타고 아파트에 간 뒤에도 이 선생은 거의 한 시간

---

4) 중국 톈진의 첫 서양식 레스토랑.

이 지나서야 도착했다. 그렇지 않아도 부족하다는 중국인의
시간관념은 관료가 되면 절정에 이르는 모양이었다. 이제 더
기다리다가는 상점이 문을 닫을 판이었다.

이 선생이 "오늘은 기념할 만한 날이지. 반지를 사 줄 테니
직접 골라. 오늘 너무 늦지 않았으면 내가 데려갔을 텐데."라고
말했다. 처음 밖에서 만났을 때였다. 두 번째 만났을 때는 훨
씬 더 촉박해 반지 이야기를 꺼내지 못했다. 당연히 기회를 놓
칠 수는 없었다. 이 선생이 오늘 잊어버려서 에둘러 상기시켜
야 한다면 너무 품위 없고 속물스러워 보이지 않을까? 다른
남자라면 그렇게 받아들일 게 뻔했다. 하지만 이 선생 같은 능
구렁이는 그녀처럼 젊은 여자가 사오십 대의 땅딸막한 남자에
게 반했다고 착각할 리 없었다. 돈 때문이 아니라면 오히려 의
심할 터였다. 장신구는 언제나 여자들의 약점이었다. 더군다나
지아즈는 밀거래를 하러 온 게 아니던가. 그 김에 부수입을 올
리는 것은 얼마든지 가능한 상황이었다. 이 선생 본인도 비밀
정보원이라 의심스럽지 않은 상황에서조차 온갖 가능성을 염
두에 두며 꼬리를 감추었다. 어떻게든 그의 신뢰를 얻어야 했
다. 지금까지는 이 선생이 지정한 장소에서 만났어도 오늘은
그녀가 지정한 장소로 데려가야 하기 때문이었다.

지난번에 자동차가 데리러 올 때는 약속 시간에 정확히 왔
다. 그런데 오늘은 이토록 늦으니 이 선생이 직접 오는 모양이
었다. 그것도 좋았다. 아니면 아파트에서 만났을 텐데 아파트
는 한번 들어가면 나오기 힘들었다. 애당초 저녁 식사가 예정
되지 않았으면 꼼짝없이 한밤중까지 있다가 나오는 수밖에 없

었다. 그런데 처음 만났을 때도 식사는 하지 않았다. 이제 시간이 더 지체되면 갔다가 돌아오지 못할 게 확실했다. 가게가 문을 닫을까 봐 초조해 죽을 지경이 되어도 기녀처럼 서두르라고 재촉할 수는 없었다.

지아즈는 콤팩트 거울을 보며 화장을 고쳤다. 사실 늦는다고 이 선생이 직접 온다는 보장은 없었다. 신선함이 떨어져 시큰둥해진 건 아닐까 걱정스러웠다. 오늘 성공하지 못하면 앞으로는 기회가 없을지도 몰랐다.

또 시계를 쳐다보았다. 종아리에서 나간 스타킹 올이 천천히 위로 올라오듯이 실패했다는 예감이 서늘하게 밀려왔다.

대각선 맞은편에 앉은 장삼 차림의 남자가 지아즈를 유심히 보았다. 역시 혼자 와서 신문을 읽고 있었다. 지아즈보다 먼저 왔으니 미행했을 리는 없었다. 그녀가 무슨 일로 왔는지 남자는 짐작도 못 할 터였다. 그녀가 착용한 보석이 진짜인지 아닌지 살피는 듯도 했다. 댄서 같지는 않은데 배우라기에도 생소한 얼굴이라고 생각하는지도 몰랐다.

사실 지아즈는 연기를 해 보았고 지금도 목숨을 건 무대에서 연기하고 있었다. 다만 누구도 그걸 모르니 유명해질 수는 없었다.

학교에서 공연할 때도 애국심으로 들끓는 역사극만 했다. 광저우가 함락되기 전 링난 대학이 홍콩으로 옮겨 갔을 때 한 차례 공연한 적이 있는데 꽤 괜찮은 반응을 얻었다. 무대에서 내려온 뒤에도 흥분과 긴장이 풀리지 않아 다른 단원들은 야식을 먹고 해산했건만 지아즈는 돌아가지 않았다. 그 대신 여자 친구 두 명과 함께 이 층 전차를 타고 돌아다녔다. 2층에는 승객이 거의 없었다. 넓은 중심가를 전차가 흔들흔들하며 나아가자 창밖 어둠 속의 네온사인이 술 마신 뒤 스치는 차가운 바람처럼 사람을 홀렸다.

홍콩대 교실을 빌려 수업했기 때문에 강의가 시작되고 끝날 때마다 발 디딜 틈 없이 붐볐다. 한참이 걸려서야 통과할 수 있다 보니 무척 불편하고 엎혀사는 기분마저 들었다. 나랏일에 무관심한 홍콩 사람들의 태도도 영 불만스러웠다. 꽤 많은 친구가 홍콩에서 가까운 본토 도시에 살았지만 망명한 학생이라는 느낌을 받곤 했다. 시간이 흐르면서 대화가 잘 통하는 몇 명끼리 무리를 지어 다녔다. 그러던 중 왕징웨이 일파가 홍콩에 왔다. 왕징웨이 부부와 천궁보[5] 등은 모두 광둥 사람이었고 부관 한 명은 쾅위민과 고향이 같았다. 쾅위민은 부관을 찾아가 친분을 쌓으면서 적지 않은 정보를 얻어 왔다. 쾅위민이 돌아온 뒤 다들 모여 떠들썩하게 논의하다가 여학생 하나를 이 부인에게 접근시키는 미인계를 쓰기로 했다. 다만 급진적이라는 이유로 학생에 대한 경계심이 높으니 신분을 숨기기로 했다. 상인의 아내가 괜찮을 듯했다. 더욱이 홍콩이라면 애국심과 관련이 별로 없는 곳이라 안성맞춤이었다. 말할 것도 없이 그 역할은 학교 극단의 최고 여주인공 몫이었다.

그들 가운데 황레이(黃磊)만 집이 부유해 그가 분주하게 자금을 모으고 집과 차를 빌리고 옷을 장만했다. 또 운전할 수

---

5) 陳公博(1892~1946). 왕징웨이와 친일 정권을 수립한 정치인.

있는 사람도 황레이뿐이라 운전기사를 맡고다. 어우양링원(歐陽靈文)이 마이 선생을 맡고 쾅위민이 사촌 동생을 맡았다. 부관이 그들을 이 부인의 쇼핑에 처음 데려갔을 때 쾅위민은 사촌 형수의 동반자로 함께 갔다. 쾅위민은 차에서 내리지 않고 앞좌석에 앉은 부관과 먼저 각자의 집으로 돌아갔다. 차는 그러고 나서 두 여자를 중심가에 내려 주었다.

이 선생은 몇 번을 만나도 고개를 끄덕이는 것이 전부였다. 처음 마작 탁자에 앉았던 그날 지아즈는 이 선생이 자신을 무시했던 게 아니라 경박하게 굴 수 없었을 뿐임을 알았다. 열두세 살 때부터 쫓아다니는 남자가 있었기 때문에 지아즈는 판을 읽을 줄 알았다. 당시 이 선생은 아주 조심스럽고 신중하게 지내느라 답답해 죽을 지경이었다. 틀어박혀 있으니 무료하고 생각이 많았지만 왕징웨이가 언제 부를지 몰라 술조차 마음껏 마시지 못했다. 기껏해야 함께 일하는 다른 부부와 옛 건물을 공동으로 임대해 문을 닫아걸고 마작을 치는 것밖에 할 수 없었다.

이 부인이 남편을 위해 산 양복감을 탁자에서 들어 올리며 일단 두 벌을 맞추려 한다고 말했다. 지아즈는 잘 아는 재봉사가 있다면서 양장점 한 곳을 추천했다. "다만 지금 성수기라서요. 관광객을 상대하느라 바빠서 몇 달씩 밀릴 수도 있어요. 이렇게 하시죠. 이 선생님이 시간 나실 때 부인이 제게 전화를 주세요. 제가 모셔 갈게요. 단골이라 제가 가면 어떻게든 시간에 맞춰 줄 거예요." 지아즈는 떠나기 전에 전화번호를 남겼다. 이제 이 선생은 부인이 지아즈를 배웅하는 사이 번호를 베껴 썼다가 며칠 뒤 핑계를 만들어 마이 선생이 집에 없을 업무 시간에 전화해 떠볼 게 분명했다.

그날 저녁 가랑비가 내릴 때 황레이가 차로 지아즈를 데리러 왔다. 위층으로 올라가자 다들 소식을 기다리고 있었다. 전례 없이 성공한 공연이라 무대에서 내려와 옷 벗을 새도 없이 한껏 주목받는 기분이 들었다. 지아즈는 단원들이 가지 않았으면 했다. 어디든 다시 나가고 싶었다. 이미 한밤중인 데다 쾅위민 등은 춤을 추지 않으니 밤새 영업하는 작은 음식점에서 죽을 먹었는데 그것도 좋았다. 보슬비 속에서 날이 밝을 때까지 미친 듯 걸어 다니다가 돌아왔다.

하지만 한바탕 논의를 끝낸 뒤에는 다들 침묵에 빠졌다. 어쩌다 한두 사람이 중얼거리고 피식 웃을 뿐이었다.

그 피식거림이 낯설지 않았다. 처음 있는 일이 아니다 보니 지아즈는 그들이 뒤에서 논의했음을 눈치챌 수 있었다.

"얘기를 들어 보니 남자들 가운데 량룬성만 성관계를 해 본 것 같아." 라이슈진(賴秀金)이 알려 주었다. 지아즈를 제외한 유일한 여성이었다.

하필 량룬성이라니!

당연한 일이었다. 량룬성만 사창가에 가 봤다.

희생을 각오한 이상 량룬성한테만 좋은 일이라고 거부할 수는 없었다.

그날 밤은 무대 조명의 여운에 취해 량룬성조차 싫게만 느껴지지 않았다. 다들 눈치를 챘는지 하나둘 빠져나가고 량룬성만 남았다. 그래서 두 사람은 연극을 이어 갔다.

그날 밤만으로 그치지도 않았다. 그런데 이 선생은 며칠이 지나도록 전화를 해 오지 않았다. 지아즈가 이 부인에게 전화하자 부인은 힘없는 목소리로 지난 며칠 무척 바빠서 쇼핑할 새가 없었다며 나중에 다시 전화하겠다고 말했다.

의심하나? 이 선생이 내 전화번호를 가진 걸 발견했나? 아니면 일본 쪽에서 나쁜 소식이라도 있었나? 지아즈가 온갖 생각에 시달리며 두 주를 보냈을 때 이 부인이 잔뜩 신이 난 목소리로 전화해 작별 인사를 건넸다. 너무 급히 떠나게 되어 만날 수 없겠다고 사과하더니 남편과 상하이에 놀러 오라며, 넉넉하게 시간을 잡고 실컷 떠들자면서 난징도 구경시켜 주겠다고 말했다. 난징으로 돌아가 정부를 구성하려는 계획이 어려워지자 한동안 숨어서 몸을 사리려는 게 분명했다.

황레이는 빚더미에 올라앉았다. 홍콩에서 무희와 동거한다는 소리를 들은 본가에서 경제적 지원을 끊는 바람에 완전히 궁지에 빠졌다.

지아즈와 량룬성 사이는 진작에 어색해졌다. 단원들 모두 지아즈가 후회하는 것을 알고 피해 다닐 뿐 아니라 모두 함께 의논할 때조차 시선을 맞추지 못했다.

"내가 바보였어. 어쨌든 내가 어리석었던 탓이지." 지아즈는 자기 자신에게 말했다.

심지어 단원들이 자신한테 나서라고 치켜세울 때부터 엉뚱한 마음을 품은 사람이 있었던 게 아닐까 의심스러웠다.

지아즈는 량룬성에 대한 의심을 떨치려 애쓰는 한편 그들 패거리 전부를 멀리했다. 다들 호기심 어린 이상한 눈빛으로 보는 느낌이 들어서였다. 진주만 공습 이후 바닷길이 열리면서 그들 모두 상하이로 학교를 옮겼다. 똑같이 함락된 지역이지만 상하이에서는 계속 공부할 수 있었다. 지아즈는 그들과 함께 움직이지 않았고 상하이에 간 뒤에도 연락하지 않았다.

오랫동안 지아즈는 무슨 더러운 병에 걸렸을까 싶어 걱정했다.

그런데 뜻밖에도 단원들은 상하이에서 비밀 조직과 선이 닿았다. 진짜로 우(吳)씨는 아니겠지만, 우씨라고 하는 사람이 그들에게 아주 진귀한 연줄이 있다는 말을 듣고 계속 진행할 것을 적극적으로 권했다. 그들은 지아즈를 다시 찾는 수밖에 없었고 지아즈 역시 도의상 거절할 수 없었다.

사실 이 선생과 함께할 때면 뜨거운 물로 씻는 듯 응어리가 씻겨 나가는 기분이 들었다. 모든 행동에 목적이 있기 때문이었다.

카페 입구에서 누군가 망을 보다가 자동차에 탄 그 사람을 보면 미리 알려 줄 터였다. 조금 전 도착했을 때 보니 주변에 어슬렁거리는 사람이 없었다. 길 건너편에 있는 평안(平安) 극장이 최적의 장소여서였다. 복도 기둥 아래에 있으면 그늘 속으로 몸을 숨기기 좋고 극장 앞이니 누군가를 기다리는 듯 보여도 전혀 이상하지 않았다. 다만 극장 앞 광장이 무척 넓고 거리도 멀어서 차 안에 탄 사람이 똑똑히 보이지는 않을 법했다.

외국인이 운영하는 옆 가죽 가게 앞에 자전거가 서 있었다. 고장이 났는지 짧은 상고머리의 서른 살가량 된 남자가 여기저기 살펴보고 있었다. 머리를 숙여 잘 보이지는 않아도 분명 낯선 사람이었다. 지아즈는 지원하러 나온 사람이 아닐 거라고 생각했다. 그들도 말해 주지 않고 지아즈도 묻지 않았지만 기존 단원들끼리 움직이는 듯했다. 물론 우 씨의 도움으로 자동차를 마련했을 수도 있었다. 목탄 실은 차가 아직도 세워져 있다면 지원 나온 차가 맞고 황레이가 운전하고 있을 듯했다. 아까 도착했을 때는 차를 등지고 있어 운전기사를 볼 수 없었다.

우 씨는 그들을 별로 신뢰하지 않는 모양이었다. 너무 미숙해 일을 그르치고 다른 사람을 연루시킬까 봐 걱정하는 듯했다. 상하이에서 혼자 활동하는 것으로 보이지는 않았는데, 쾅위민에게 연락하는 사람은 언제나 우 씨뿐이었다.

우 씨는 그들을 조직에 받아 주겠다고 약속했다. 이번 일이 시험대일 가능성이 컸다.

"그들은 총부리를 몸에 바싹 붙이고 발사해. 영화처럼 멀리에서 조준하지 않는다고." 언젠가 쾅위민이 웃으며 말했다.

지아즈를 안심시키려 한 말 같았다. 엉뚱한 사람이 화를 입게 총을 난사할 리 없다는 뜻이었다. 아무튼 총에 맞아 죽지 않고 불구가 된다면 죽느니만 못했다.

이제 그런 순간을 눈앞에 두자 묘한 기분이 들었다.

무대에 오르기 전에 밀려드는 불안감은 일단 오르고 나면 금세 가라앉았다.

기다림이 제일 힘들었다. 남자들은 담배라도 피울 수 있었다. 붕 뜨고 아스라한 느낌에 지아즈는 자신이 어디 있는지 실감이 나지 않았다. 그녀는 핸드백을 열고 향수병을 꺼내 뚜껑에 달린 작은 유리 막대로 향수를 찍어 귓불 뒤에 발랐다. 서늘하고 각진 막대만이 공허함 속에서 현실과 연결된 유일한 접점이었다. 반대편 귀밑에 바르자 잠시 뒤 치자꽃 향이 설핏하게 느껴졌다.

외투를 벗고 팔꿈치 안쪽에도 향수를 발랐다. 외투를 다시 입기 전에 진열장의 새하얀 3단 웨딩 케이크 모형 너머로 자동차가 다가오는 게 보였다. 지아즈는 그 사람 차라는 걸 한눈에 알아보았다. 뒤쪽에 있던 보기 흉한 목탄 상자는 보이지 않았다.

지아즈는 외투와 핸드백을 팔에 걸친 채 밖으로 나갔다. 운전기사가 차에서 내려 문을 열어 주었다. 이 선생은 안쪽에 앉아 있었다.

"늦었네, 너무 늦게 왔지!" 이 선생은 사과하듯 허리를 숙이며 중얼거렸다.

지아즈는 힐끗 흘겨볼 뿐이었다. 지아즈가 차에 오르고 운전기사가 앞자리에 앉자 이 선생이 "퍼거슨로."라고 말했다. 지난번 아파트로 가자는 말이었다.

"여기 보석 가게부터 가요." 지아즈가 나직하게 말했다. "귀걸이 다이아몬드가 떨어져서 수선해야 하거든요. 바로 근처예요. 아까 걸어서 다녀왔으면 좋았을 텐데 당신과 어긋날까 봐 바보처럼 기다렸잖아요. 한참이나요."

"미안, 미안. 오늘은 정말 늦었지. 나오는데 두 사람이나 찾아왔어. 안 만날 수 없었다고." 그러면서 이 선생은 운전기사 쪽으로 몸을 내밀었다. "아까 그곳으로 돌아가지." 거리를 이미 빠져나온 상태였다.

지아즈가 입을 삐죽이며 투덜거렸다. "한 번 만나기가 이렇게 힘드니. 같은 집에 살면서 말 한마디 건네기도 힘들고요. 홍콩으로 돌아갈래요. 괜찮은 배편 정도는 부탁해도 되죠?"

"돌아간다고? 남편이 보고 싶나?"

"남편은 무슨, 그 인간 얘기는 꺼내지도 마세요!"

지아즈는 남편이 무희하고 놀아나서 복수하는 거라고 말했었다.

자리에 앉자마자 이 선생은 팔짱을 끼고 한쪽 팔꿈치를 지아즈의 가장 풍만한 가슴 아래쪽에 댔다. 그가 늘 쓰는 방법이었다. 겉으로는 단정하게 앉은 듯 보여도 사실은 슬쩍슬쩍 성감대를 자극하며 쾌감을 즐겼다.

지아즈는 가게를 그냥 지나칠까 봐 몸을 비틀어 창밖을 내다보았다. 다음 사거리에서 크게 돈 자동차는 또 크게 방향을 바꾸어 이리(義利) 과자점을 지나 평안 극장에 도착했다. 시 전체를 통틀어 하나뿐인 깔끔한 재개봉관이었다. 암홍색과 검누른 색 벽돌을 쌓아 만든 외관이 트위드처럼 따뜻한 느낌을 주었고, 끝이 잘린 초승달 모양으로 둥글고 오목하게 들어간 구조 덕분에 정문 앞이 무척 넓었다. 극장 맞은편에는 아까 있었던 키스링 카페가 있고 그 옆으로 시베리아 가죽 가게와 그린하우스 양장점이 나란히 자리했다. 두 가게의 네 면이나 되는 통유리창 속에서 화려한 마네킹이 네온사인 빛을 받으며 다양한 자세를 연출하고 있었다. 그에 비해 바로 옆 작은 가게는 눈에 띄지도 않고 유리창 안쪽에 물건도 없었다. 간판에 영어로 "주얼리"라고 써 놓았지만 보석 가게로는 전혀 보이지 않았다.

이 선생이 운전기사에게 세우라 하고는 차에서 내려 지아즈의 뒤를 따라왔다. 지아즈는 굽이 높은 구두를 신어 이 선생보다 머리가 반쯤 더 높았다. 이 선생이 싫어했으면 높은 신발을 신지 않았겠지만 전혀 개의치 않는 눈치였다. 키가 큰 남자는 작고 귀여운 여자를 좋아하고 작은 남자는 큰 여자를 좋아한다는 사실을 발견했을 때 일종의 보상 심리일지도 모르겠다고 생각했다. 이 선생이 보고 있는 걸 알고 지아즈는 한층 더 부드럽게 허리를 움직였다. 그렇게 가느다란 허리를 살랑대며 미끄러지듯 유리문을 지나갔다.

양복을 입은 인도 점원이 나와서 인사했다. 매장은 작아도 탁 트이고 높은 데다 밝았다. 다만 새하얀 동굴처럼 아무것도 없었다. 안쪽에 작은 진열장 하나만 놓이고 '탄생석' 몇 가지만 진열되어 있었다. 태어난 달에 맞추어 착용하면 운이 따른다는 탄생석마저도 토파즈 같은 준보석이나 압축 가루로 만든 루비와 사파이어 정도였다.

지아즈는 핸드백에서 배(梨) 모양의 루비 귀걸이를 꺼냈다. 자잘한 다이아몬드 알로 만든 위쪽 잎에서 한 알이 떨어져 없었다.

"끼워 드릴 수 있습니다." 인도 점원이 살펴보고 말했다.

지아즈가 얼마인지, 언제 가능한지 물었을 때 이 선생이 말했다. "좋은 반지가 있는지 물어봐." 이 선생은 일본에서 유학해 영어는 잘 쓰지 않으려 했다. 늘 관료티를 내면서 통역해 주기를 기다렸다.

지아즈가 잠깐 머뭇거리다 물었다. "왜요?"

이 선생이 웃으며 답했다. "기념으로 반지를 사 주겠다고 했
잖아? 다이아몬드 반지 어때? 좋은 것으로 달라고 해."

지아즈가 또 멈칫했다가 어쩔 수 없다는 듯 웃고는 점원에
게 조용히 물었다. "다이아몬드 반지 있나요?"

인도 점원이 위쪽으로 얼굴을 쳐들고 인도말로 쌀라쌀라
소리치는 바람에 두 사람은 깜짝 놀랐다. 그러고 나서 위층으
로 안내받아 올라갔다.

매장 뒤편에 크림색 판자벽이 있고 그 옆에 컴컴한 계단으
로 이어지는 문이 있었다. 사무실은 1층과 2층 사이에 놓인
다락방인데 작은 베란다 형태라 매장을 내려다보며 감시하기
에 더할 나위 없이 좋았다. 안으로 들어가자 왼쪽 벽에 길이
가 다른 거울 두 개가 걸려 있었다. 거울에 오색 꽃과 새가 그
려져 있고 금색 글씨로 "개업을 축하하며 천마오쿤(陳茂坤) 배
상"이라고 적혀 있었다. 선물로 받았다는 뜻이었다. 또 봉황과
모란이 그려진 가로형 거울도 있었는데 비스듬한 천장 탓인지
벽에 못 걸고 아래에 기대어 놓았다.

앞쪽에는 흑단목 난간을 따라 책상이 놓이고 전화기와 불
켜진 스탠드가 올려져 있었다. 그 옆 탁자에는 낡은 유약 천
으로 덮어 놓은 타자기가 있었다. 땅딸막한 인도 사람이 의자
에서 일어나 인사하고는 의자를 가져다주었다. 까맣고 큰 얼
굴에 들창코였다.

"다이아몬드 반지를 보시겠다고요. 앉으시죠, 앉으세요." 그

는 불룩한 배를 내밀고 천천히 구석으로 가서 몸을 숙인 뒤 작고 오래된 초록색 금고를 열었다.

이게 무슨 보석 가게란 말인가? 이 선생은 개의치 않는 듯해도 지아즈는 정말 난감했다. 간판만 내걸고 사실은 금을 사재기하거나 암거래하는 가게가 있다는 소리를 들어서였다. 우씨가 이 가게를 선택한 것은 키스링에서 가깝다는 지리적 이유 때문이었다. 아까 위층으로 올라오면서 지아즈는 내려갈 때 독 안에 든 쥐를 잡는 것처럼 쉽겠다고 생각했다. 이 선생이 나름 신사라 계단에서 앞장서 걸었고, 매장에 들어왔을 때 바로 옆 계산대에서 알짱거리는 손님 둘이 있어서였다. 하지만 남자 둘이 값싼 보석의 커프스나 넥타이핀, 여자 친구에게 줄 선물을 고르면서 여자들처럼 오래 고민할 리는 없었다. 시간을 정확히 맞추려면 너무 일찍 들어와도 안 되고, 밖에서 배회해도 안 되었다. 배회했다가는 차에 있는 운전기사의 의심을 받을 게 뻔했다. 들어오려면 들어오거나, 아니면 자동차 뒤쪽으로 7미터 정도 떨어진 가죽 가게의 진열창을 들여다보는 게 가장 합리적이었다.

책상 옆에 앉아 있던 지아즈는 더 참지 못하고 고개를 돌려 아래를 내려다보았다. 진열창만 보였는데 선반이 텅 비고 유리가 깨끗한 데다 네온사인조차 없어 창밖 인도에 주차된 자동차의 아래쪽 가장자리가 보였다.

남자 둘이 물건을 사러 왔다는 게 눈에 거슬릴 것만 같았다. 운전기사의 주의를 끌 수도 있고 다락방에 있는 이 선생도 미심쩍어하며 내려가기를 망설일지 몰랐다. 조금만 어긋나도 틀어질 판이었다. 그들이 들어오지 않고 입구에서 가로막을 가능성도 있었다. 그러면 시간을 맞추기 훨씬 어려울 게 뻔했다. 발소리가 운전기사의 주의를 끌 테니 뛰어서도 안 되었다. 운전기사 한 명만 데려왔지만 경호원 역할까지 할지 누가 알겠는가.

두 사람씩 두 군데에 배치되어 누군가 라이슈진을 데리고 옆 그린하우스 양장점에서 진열창을 들여다보고 있을지도 몰랐다. 살 수 없는 값비싼 옷에 꽂혀 한참 동안 서성이는 여자는 얼마든지 있을 법한 설정이었다. 그럴 때 기다리다 지친 남자 친구가 창을 등진 채 사방을 두리번거리는 것 역시 자연스러운 행동이었다.

지아즈는 머릿속으로 대충 그런 상황들을 떠올려 보았다. 물론 자신과 상관없으며 상관할 수도 없는 일임을 잘 알고 있었다. 다만 앞으로 어떤 상황이 벌어질지 모르기 때문에 작은 사무실에 앉아 있는 게 언제 터질지 모르는 화약 창고에 앉은 듯해 다리가 후들거렸다.

점원은 어느새 아래층으로 내려가고 없었다.

주인과 점원은 피부색이 까맣고 하얀 게 부자가 아닌 모양이었다. 얼굴이 하얀 점원은 뺨을 다 가릴 정도로 수염을 길렀고 두꺼운 눈꺼풀이 반쯤 감겨 졸려 보였다. 키는 크지 않아도 무척 건장한 체격이라 점원 겸 경비원처럼 보였다. 계산대가 뒤쪽에 있고 진열장도 텅 비었으니 낮에도 강도를 걱정하는 모양새였다. 저녁에는 철문까지 닫을 듯했다. 그렇다면 값진 물건이 있다는 뜻일까? 그래 봐야 황금이나 달러, 은화 정도가 아닐까 싶었다.

주인은 한쪽이 살짝 짧은 30센티미터 정도 되는 검은 벨벳 판을 꺼냈다. 홈마다 다이아몬드 반지가 빼곡히 박혀 있었다. 지아즈가 탁자에 몸을 바싹 붙이고 쳐다보니 이 선생도 옆으로 와 들여다보았다.

두 사람이 아무 말도 하지 않고 반지도 꺼내지 않자 주인은 벨벳 판을 금고에 도로 넣고는 말했다. "이런 것도 있습니다." 남색 벨벳 상자를 열자 완두콩만 한 핑크 다이아몬드가 나왔다.

핑크 다이아몬드도 부르는 게 값이라고 하지 않았나? 지아즈는 깜짝 놀랐고 무거운 짐을 벗은 듯한 느낌이 들었다. 뜻밖에도 가게에서 지아즈의 체면을 세워 준 셈이었다. 그러지 않고 이렇게 허름한 가게에 데려온 것으로 끝났으면 바가지조차 제대로 씌우지 못하는, 상하이에 온 홍콩 얼뜨기가 되었을 판이었다. 사실 총성 한 번만 울리면 눈앞의 모든 것이 산산이 조각날 테니 체면이 무슨 상관이겠는가? 분명히 아는 사실이었지만 지아즈는 한사코 부인하며 그런 쪽으로는 아예 생각조차 하지 않으려고 노력했다. 혹시라도 표정이 이상해져 들킬까 봐 걱정되었기 때문이었다.

지아즈가 반지를 들어 올리자 이 선생이 힐끗 쳐다보고는 웃으며 속삭였다. "그래 이건 좋아 보이는군."

지아즈는 뒤통수가 싸해졌다. 아래층의 양쪽 통유리창 가운데에 끼인 투명한 유리문이 등 뒤에서 열리면 이 층 높이의 통유리창이 언제라도 폭발할 수 있었다. 잠든 듯 조용한 보석 가게에서는 거리 소리가 어럼풋하게 들릴 뿐이었다. 전시 상태라 거리에 자동차가 많지 않다 보니 경적 소리도 거의 들리지 않았다. 조용히 가라앉은 공기와 따뜻한 중압감에 솜이불을 얼굴까지 뒤집어쓴 기분이 들었다. 반쯤 잠들어 꿈을 꾸는데 곧 무슨 일이 터질 줄도 알지만 그냥 꿈이라는 것도 아는 듯한 느낌이었다.

지아즈는 반지를 스탠드 불빛에 이리저리 비추어 보았다. 어두운 베란다에 앉아 있으니 뒤쪽의 밝은 진열창과 유리문은 은막이고 흑백 액션 영화가 상영되는 듯했다. 그녀는 피 흘리는 장면을 잘 보지 못했고 첩자가 고문당하는 장면은 더더욱 몸서리쳤다. 어렸을 때부터 싫어해 그런 장면이 나오면 관람석에서 몸을 돌려 아래쪽을 바라보곤 했다.

"6캐럿입니다. 끼워 보세요." 주인이 말했다.

한가한 밀실이 꽤 그럴듯하게 느껴졌다. 벽 아래에 기대어 놓은 커다란 거울에 지아즈의 발이 비쳐 모란 꽃밭 속에 있는 듯했다. 진귀한 보물을 우연히 발견하는 건 천일야화 속 시장에서나 가능했다. 지아즈는 핑크 다이아몬드를 손가락에 끼고 이리저리 살펴보았다. 손톱의 장밋빛 매니큐어보다 덜 붉고 크기도 작았지만 반짝반짝 별처럼 빛나는 데다 신비한 붉은 색을 띠고 있었다. 잠시만 쓸 수 있는 무대 소품에 불과하다는 게 안타까웠다.

"어때?" 이 선생이 또 물었다.

"당신 생각은요?"

"난 이쪽으로 문외한이야. 당신이 좋으면 그만이지."

"6캐럿이라고요. 흠집이 있는지 없는지 모르겠는데 제 눈에는 안 보여요."

두 사람은 자기들끼리 속삭이며 웃었다. 지아즈는 내지에서 학교를 나왔다. 광저우는 제일 먼저 항구를 개방했어도 홍콩 학교들처럼 영어를 중시하지 않았다. 그러다 보니 영어를 쓸 때면 자기도 모르게 목소리를 낮추게 되었다. 인도 사장은 말이 잘 통하지 않자 흥정할 마음을 접었다. 몇 마디 주고받지 않고 금괴 열한 개를 내일까지 가져오되 부족하면 보충하고 남으면 돌려주기로 합의했다.

천일야화에서나 있을 법한 일이었다. 금으로 사는 것도 천일야화에서나 있을 일이었다.

너무 빨리 진행되자 지아즈는 조금 걱정스러워졌다. 단원들은 자신과 이 선생이 이렇게 빨리 나갈 줄 예상하지 못할 것 같았다. 무대 경험상 지아즈는 대사가 차지하는 시간이 가장 많다는 것을 알고 있었다.

"확인증을 달라고 해야겠죠?" 지아즈가 말했다. 내일 사람을 통해 금을 보내고 물건을 찾아올 듯해서였다.

주인은 이미 확인증을 작성하고 있었다. 지아즈도 반지를 빼서 돌려주었다.

거래를 마친 뒤의 홀가분함 속에서 두 사람은 나란히 뒤로 기대앉았다. 그 순간은 두 사람만 있는 듯했다.

지아즈가 조용히 웃으며 말했다. "요즘은 무조건 금괴네요. 계약금도 달라고 하지 않고요."

"달라고 하지 않아 다행이지. 돈을 가지고 다니지 않으니까."

지아즈는 그들과 함께 지내면서 특권층은 계산을 부관에

게 맡기지 제 주머니에서 돈을 꺼내지 않는다는 사실을 알게 되었다. 오늘은 비밀스러운 회동이니 당연히 부관이 따라오지 않았다.

"권력은 일종의 최음제"라는 영어 표현이 있는데 지아즈는 그게 맞는지 아닌지 알 수 없었다. 완전히 수동적인 상태에 놓여서였다.

"남자 마음은 위장을 통해 얻는다."라는 속담도 있었다. 남자는 먹는 것을 좋아해 요리 잘하는 여자에게 쉽게 넘어간다는 뜻이었다. 그걸 비틀어 "여자 마음은 질을 통해 얻는다."라고 말한 사람도 있었다. 중화민국 초기 영어에 능통한 어느 학자였는데, 이름은 잊었어도 중국의 일부다처를 옹호하는 유명한 그의 말은 기억했다. "찻주전자에는 찻잔이 몇 개씩 딸리는 법이지, 하나만 있는 경우가 어디 있나?"라고 했다.

여자의 마음에 대해 유명한 학자가 그런 저속한 말을 했다고는 믿기지 않았다. 지아즈는 그 말 자체도 믿지 않았다. 남자한테 돈을 대는 늙은 기녀나 방탕한 과부가 아니고서야 가당하기나 하겠나 싶었다. 지아즈 자신만 해도 원래 량룬성을 싫어했는데 더 싫어졌을 뿐이 아니던가?

물론 상황이 다를 수도 있었다. 량룬성은 줄곧 밉상이었고 자신감도 없는 데다 늘 지아즈 앞에서 열등감을 느끼고 두려워하기까지 했다.

그렇다면 설마 내가 이 선생을 사랑하게 된 걸까? 지아즈는 아니라고 믿었지만 그렇다고 딱 잘라 부인할 수도 없었다. 사랑해 본 적이 없어 사랑에 빠지는 게 어떤 것인지 몰랐다. 열대여섯 살부터 지아즈는 사방에서 날아오는 공세를 막는 것만으로 정신없이 바빴다. 그런 여자는 사랑에 쉽게 빠지지 않고 반발심도 무척 강했다. 지아즈는 한동안 자신이 쾅위민을 좋아하게 될 거라고 생각했는데 결국에는 다른 사람들처럼 증오하게 되었을 뿐이었다.

이 선생과 나눈 두 차례의 밀회 때는 안절부절못하며 신경을 바짝 곤두세우느라 자기 감각에 집중할 여유가 없었다. 그의 집으로 돌아와서도 지아즈는 마음을 놓을 수 없어 작은 움직임에까지 가슴을 졸였다. 그들은 늦게 잠자리에 들었기 때문에 지아즈는 함께 어울리다가 겨우 방으로 돌아오면 얼른 수면제를 먹고 푹 자고 싶다는 생각밖에 들지 않았다. 쾅위민이 작은 약병을 건네주며 안 먹는 게 좋다고, 혹시 오전에 무슨 일이 생길 수도 있으니 머리를 맑게 유지해야 한다고 말했어도 수면제를 먹지 않으면 잠을 이루지 못했다. 원래 지아즈는 불면증과 거리가 먼 사람이었다.

지금, 긴장감이 영원히 끝날 것 같지 않은 이 순간 실내의 작은 다락방에 켜진 희미한 등불이 아래층 유리창으로 보이는 새하얀 하늘과 묘하게 대비되었다. 인도 사람이 옆에 있었지만 등불 아래 두 사람만 있다는 느낌이 더 강하게 들었다. 친밀하면서 단단하게 얽힌 느낌은 지금껏 경험해 보지 못한 것이었다. 하지만 이런 순간에도 지아즈는 자신이 그를 사랑하는지 아닌지 따져 볼 수가 없었다. 그런데…….

이 선생은 지아즈를 바라보는 대신 서글픈 미소를 짓고 있었다. 그는 중년이 되어서도 이렇게 아슬아슬한 만남을 즐길 수 있을 줄 몰랐다. 물론 권력의 매력 덕분이었다. 그것도 괜찮은 게 그의 권력은 그 자신과 떼려야 뗄 수 없는 관계였다. 사실 여자를 대할 때는 선물이 필수라도 모욕감을 줄지 모르니 너무 일찍 주지 않는 게 좋았다. 이런 남녀 간의 규칙에 밝았던 터라 그는 실망스러운 마음을 숨기기 위해 잠시 자아도취에 빠졌다.

정부와의 쇼핑에 관한 한 이 선생은 전문가나 다름없었다. 늘 조용히 따라다니기만 할 뿐 누구의 이목도 끌지 않았다. 지금도 그는 비꼬는 느낌 없이 조금 서글퍼 보이는 미소를 짓고 있었다. 스탠드 불빛을 옆얼굴로 받으며 시선을 아래로 떨구어 속눈썹이 수척한 뺨에서 쉬고 있는 미색 나방처럼 보였다. 지아즈는 그런 표정이 부드럽고 애틋하게 느껴졌다.

이 사람이 정말로 나를 사랑하는구나. 갑자기 밀려드는 생각에 지아즈는 심장이 덜컥 내려앉으며 무언가 잃어버린 것처럼 허전해졌다.

너무 늦었다.

주인이 확인증을 건네자 이 선생이 주머니에 집어넣었다.

"어서 가요." 지아즈가 나직하게 말했다.

잠시 멍한 표정을 지었어도 이 선생은 금세 무슨 뜻인지 알아차리고 벌떡 일어나 문 쪽으로 쏜살같이 내달렸다. 입구에 아무도 없었지만 일단 문틀을 꽉 잡았다. 나가자마자 좁고 어두컴컴한 계단을 내려가기 위해 난간을 잡아야 하기 때문이었다. 그가 한 번에 두세 계단씩 뛰어 내려가느라 불규칙적으로 쿵쿵거리는 소리가 울렸다.

늦었다. 지아즈는 너무 늦었다는 것을 알고 있었다.

가게 주인이 어리둥절한 표정을 지었다. 누가 보아도 수상하게 보일 법한 행동이라 지아즈는 가만히 앉은 채 몸을 돌려 아래를 내려다보았다. 바닥 타일을 지나는 구두 소리가 타다닥 나더니 이 선생이 금세 시선 안으로 들어왔다. 이 선생은 문을 밀자마자 포탄처럼 튀어 나갔다. 점원이 얼른 뒤따라 나갔다. 지아즈는 그 경호원 같은 인도 점원이 이 선생을 붙들고 무슨 일이냐고 물을까 봐 걱정스러웠다. 몇 초만 지체되어도 큰일이 날 상황이었다. 하지만 이 선생의 관용차 기세를 보아서인지 막지 않고 문 앞에서 쳐다보기만 했다. 거대한 윤곽의 몸이 문을 거의 막았다. 끼익하는 날카로운 자동차 소리가 울리고 잔뜩 힘이 들어간 듯한 펑 소리가 났다. 차 문 닫히는 소리나 총성 같은데 곧이어 차가 거칠게 출발했다.

총을 쏘았다면 한 번으로 그칠 것 같지 않았다.

지아즈는 정신을 가다듬었다. 총성은 들리지 않았다.

안도의 한숨을 내쉬고 나니 큰 병에 걸린 것처럼 온몸이 나른해졌다. 지아즈는 외투와 핸드백을 들고 힘겹게 일어나 고개를 끄덕이며 웃음을 지었다. "내일이요." 나직하게 중얼거렸다. "그 사람은 깜빡한 일이 생각나서 급하게 돌아간 거예요."

가게 주인은 이미 외눈 현미경을 쓰고 도수를 맞추고 있었다. 반지가 바뀌지 않은 것을 확인하고 나서야 미소를 지으며 일어서서 배웅했다.

주인이 의심한다고 탓할 수는 없었다. 아까 흥정할 때 너무 흔쾌히 응했던 것도 의심을 키운 이유가 되었을 듯했다.

지아즈는 서둘러 아래층으로 내려갔다. 점원이 따라와 잠시 머뭇거렸지만 별다른 말은 하지 않았다. 그러나 문밖으로 나왔을 때 지아즈는 가게 안쪽 1층과 2층 사이에서 고함이 오가는 걸 들을 수 있었다.

웬일인지 가게 앞에 삼륜차가 없어 지아즈는 시모로 쪽으로 걸어갔다. 암살 임무를 맡은 자와 지원 인력은 모두 달아났을 터였다. 이 선생이 혼자 그렇게 황망히 뛰쳐나와 차를 타고 달아났으니 발각된 줄 알았을 게 분명했다. 그럼에도 지아즈는 뒷문에서 망을 보던 사람이 상황을 몰라 근처에 남아 있지 않을까 조마조마했다. 사실 부딪힌들 무슨 상관이겠는가? 그녀를 의심하면 다가와서 캐물을 리 없었다. 설령 의심해도 자초지종을 알아보기도 전에 무작정 죽일 리 없었다.

지아즈는 날이 아직 어둡지 않은 게 이상했다. 가게에서 얼마나 있었는지 감이 오지 않았다. 인도에 오가는 사람이 많고 도로에도 삼륜차가 줄지어 지나갔지만 빈 차는 없었다. 물 흐르듯 움직이는 차와 거리의 행인들이 유리창 너머에 있는 듯 느껴졌다. 가죽 외투와 불룩한 소매의 화려한 옷을 입은 진열창 속 마네킹처럼 볼 수만 있고 닿지는 못하는 존재로 무척 여유로워 보였다. 지아즈만 혼자 바깥에 갇혀 동동거리는 기분이었다.

뒤에서 목탄 실은 차가 달려와 브레이크를 밟는 동시에 문을 열고 그녀를 끌어당겨 태우지 못하도록 조심해야 했다.

평안 극장 앞 공터는 텅 비어 있었다. 영화가 끝날 시간이 아니라 대기하는 삼륜차도 없었다. 지아즈는 머뭇거리느라 걷는 속도가 늦어졌다. 그러다 고개를 돌렸을 때 맞은편에서 느릿느릿 움직이는 삼륜차가 보였다. 거리는 멀지만 손잡이에 묶인 붉은색과 초록색, 하얀색으로 된 바람개비가 한눈에 들어왔다. 키가 큰 청년이 몰았는데 백마 탄 기사가 따로 없었다. 지아즈가 손 흔드는 것을 본 청년이 재빨리 방향을 바꾸어 달려왔다. 속도를 내자 바람개비가 빙빙 돌기 시작했다.

"위위안로요." 지아즈가 삼륜차에 오르며 말했다.

다행히 이번에 상하이에서는 단원들과 몇 번 만나지 않아 위위안로에 친척이 산다는 말을 하지 않았다. 친척 집에서 며칠 머물며 상황을 지켜볼 생각이었다.

삼륜차가 징안쓰까지도 못 갔을 때 호루라기 소리가 들려왔다.

"길이 봉쇄되었어요." 삼륜차 청년이 말했다.

짧은 웃옷을 입은 중년 남자가 긴 줄을 들고 길을 가로지르며 호루라기를 불고 있었다. 맞은편에서도 짧은 웃옷을 입은 사람이 줄 반대편을 팽팽하게 잡아당기며 길을 막았다. 누군가 힘없이 종을 쳤다. 길이 넓어 얇은 함석 같은 방울 소리는 허공에서 띄엄띄엄 이어질 뿐이었다. 잘 전달되지 않고 아주 멀리에서 울리는 듯했다.

삼륜차 청년은 승복할 수 없다는 듯 계속 나아가다가 봉쇄선에 이르러서야 멈추어 섰다. 그러고는 짜증스럽게 바람개비를 건드려 다시 돌아가게 한 뒤 지아즈를 돌아보며 웃음을 지었다.

이제 마작 탁자에는 검은 망토를 입은 여자가 세 명이었다.

새로 온 랴오 부인은 콧등에 희끗희끗한 곰보 자국이 있었다.

마 부인이 웃으며 말했다. "이 선생님 오셨네요."

"왕지아즈 좀 봐요. 무책임하게 판을 깨고 나서 밥을 사겠다더니 지금까지 안 돌아오네!" 이 부인이 투덜거렸다. "기다렸다가 얻어먹기는 틀렸어! 여태 안 먹고 기다렸더니 뱃가죽이 등가죽이랑 붙을 지경이건만!"

랴오 부인이 웃으며 말했다. "이 선생님, 부인이 오늘 끗발이 엄청 좋아서 내일 한턱내기로 하셨어요."

마 부인도 웃으며 말했다. "이 선생님, 부인은 선생님과 달리 뱉은 말을 반드시 지키신답니다. 선생님은 지난번에 따셨을 때 한턱내겠다고 해 놓고 지금까지 감감무소식이시니 너무하신 것 아니에요? 한 끼 얻어먹기가 정말 힘드네요."

"이 선생님이 내셔야 해요. 저희는 대접하고 싶어도 못 하니까요." 또 다른 부인이 말했다.

이 선생은 미소만 지을 뿐이었다. 하녀가 차를 내오자 찻잔 받침에 담뱃재를 털며 벽면의 두꺼운 모직 커튼을 힐끗 쳐다보았다. 벽 전체를 덮는 저 커튼에 얼마나 많은 자객이 숨을 수 있을까? 그는 아직도 가슴이 진정되지 않았다.

내일 커튼을 뜯어내라 해야겠다고 마음먹었다. 하지만 아내는 저렇게 비싼 물건을 어떻게 사용하지 않고 처박아 두느냐고 반대할 게 분명했다.

전부 아내의 잘못이었다. 이번 일은 아내가 사람을 잘못 사귄 탓이 아니겠는가? 그런데 생각해 보면 또 경이로웠다. 이번 미인계는 이 년 전 홍콩에서 시작되어 주도면밀하게 짜였다.

결정적인 순간에 미인이 마음을 바꾸어 그를 놓아주었을 뿐이었다. 그녀는 정말로 그를 사랑하는 사람이자 평생 처음으로 만난 지기였다. 중년에 이런 만남이 있을 줄은 상상도 하지 못했다.

사실 그는 그녀를 곁에 남겨 둘 수 있었다. "첩자는 결국 한통속"이라는 말이 있지 않던가? 더군다나 그녀는 학생에 불과했다. 그들 무리 속에서 충칭 첩자 하나만 놓쳤을 뿐이고, 그게 유일하게 아쉬운 점이었다. 그놈은 평안 극장에서 영화를 절반쯤 보고 나왔다가 암살이 실패했음을 알고는 다시 극장으로 들어갔다. 그리고 거리가 봉쇄되었을 때 입장권 반쪽을 내보이며 무사히 빠져나갔다. 놈이 담배를 꺼낼 때 입장권이 딸려 나오자 잘 챙기는 모습을 그놈과 함께 손을 쓰려던 애송이가 보았다. 지원 차량을 이용하지 않기로 사전에 합의했기 때문에 혼자 극장으로 돌아갔던 게 틀림없었다. 그 애송이들은 심문할 때 쓴맛을 조금 보여 주자 전부 털어놓았다.

이 선생은 아내 뒤에 서서 패를 보다가 담배를 끄고 차를 한 모금 마셨다. 아직도 뜨거웠다. 일찍 잠자리에 들고 싶었지만 너무 피곤해서인지 신경이 계속 곤두서고 전혀 졸리지 않았다. 정말 피곤한 하루였다. 전화기 옆에서 내내 소식을 기다리느라 저녁 식사조차 제대로 못 했다. 위험에서 벗어나자마자 그는 전화를 걸어 그 일대를 봉쇄시켰다. 일망타진한 뒤에는 저녁 10시가 되기도 전에 전부 총살해 버렸다.

그녀는 죽기 전에 틀림없이 그를 원망했을 터였다. 하지만 독하지 않으면 대장부가 아니라고 했다. 독한 남자가 아니었다면 그녀 역시 그를 사랑했을 리 없었다.

물론 그에게도 어쩔 수 없는 사연이 있었다. 일본 헌병대는 차치하고 역시 비밀 요원인 저우포하이가 내무부를 군더더기 기관으로 여기며 그를 호시탐탐 노렸다. 그의 집 손님이 자객 집단의 끄나풀이었다는 게 알려지면 그는 대체 뭐가 되겠는가. 정보기관의 수뇌로서 그렇게 어리석었다고 어떻게 드러낼 수 있겠는가.

이제는 저우포하이에게 꼬투리를 잡힐까 걱정할 필요가 없어졌다. 왜 그냥 죽였냐고 비난을 받아도 당당하게 반박할 수 있었다. 그들은 학생에 불과해 비밀 요원들처럼 살려 두고 천천히 압박하면서 정보를 캐낼 필요가 없었다고, 질질 끌었다가 외부에 알려지면 애국 대학생들이 매국노를 암살하려 했다는 말이 나오면서 안 좋은 영향을 미쳤을 거라고 둘러대면 그만이었다.

그는 전세를 낙관하지 않았다. 앞으로 어떻게 될지 누가 알겠는가? 그래도 지기를 얻었으니 죽어도 여한이 없었다. 그녀의 그림자가 영원히 곁에 머물며 위로해 줄 것 같았다. 설령 그녀가 그를 증오했더라도 마지막 순간에는 아무것도 상관하지 않을 만큼 그에게 강렬한 감정을 품고 있었다. 감정이 있다는 게 중요했다. 그들은 원초적인 사냥꾼과 사냥감의 관계, 호랑이와 창귀의 관계였고 결국 그는 그녀를 차지했다. 살아 있을 때 그의 사람이었던 그녀는 이제 죽어서 그의 귀신이 되었다.

"이 선생님, 한턱내세요!" 망토를 입은 세 여자가 한층 더 소란스럽게 외쳤다. "그때 분명 약속하셨잖아요!"

이 부인이 웃으며 끼어들었다. "마 부인도 한턱내겠다 하고 며칠 동안 오지 않아서 없던 일이 되었잖아요."

마 부인이 웃으며 대꾸했다. "부인이 구해 주시네요! 이 선생님, 부인이 선생님을 무척 아끼시나 봐요."

"이 선생님, 대체 내실 건가요, 아닌가요?"

마 부인이 이 선생을 보며 웃음을 지었다. "내실 때가 되었지요." 정부가 생겼으니 한턱내라는 의미임을 이 선생이 알아챘을 거라고 마 부인은 생각했다. 오늘 두 사람이 나란히 사라졌는데 여자는 한밤중이 되도록 돌아오지 않았다. 이 선생은 돌아왔지만 몽롱한 표정을 짓는 데다 색정 섞인 희색을 감추지 못하니 아무래도 처음 밀회를 즐긴 눈치였다.

이 선생은 아내에게 '마이 부인'이 집에 급한 일이 생겨 홍콩으로 돌아갔노라 입단속을 시켜야겠다고 마음먹었다. 아내가 늑대를 집으로 끌어들였다고 탓하고는 그녀가 들어온 지 얼마 안 되어 정보를 입수했고 의심스러워 조사해 보니 충칭 간첩단이 나왔다, 조사를 벌이는데 헌병대도 알아차렸다는 소식을 들어 행동을 앞당겨야 했다, 그러지 않았다면 다른 사람에게 공을 빼앗긴 것은 물론이고 아내와 연관되었다는 사실이 드러나 자기한테도 불똥이 튀었을 거다,라고 으름장을 놓을 생각이었다. 제대로 겁을 주어야 나중에 마 부인한테 뒷말을 듣고 자신한테 따지는 상황을 막을 터였다.

"이 선생님, 한턱내세요! 부인이 대신 하는 건 안 됩니다."

"부인은 부인대로 내일 낸다고 하셨어요."

"이 선생님이 바쁘신 건 아니까 언제 시간이 나는지 알려 주세요. 내일만 아니면 아무 때나 괜찮아요."

"내세요, 내세요! 라이시(來喜) 식당에서요."

"라이시 식당이면 모둠 요리죠."

"에이, 독일 음식이 뭐가 맛있어요? 전부 차갑잖아요. 후난 음식으로 바꾸는 게 어때요?"

"그냥 수위에 가죠. 어제 마 부인은 안 갔잖아요."

"저는 주루(九如)가 좋아요. 한동안 안 갔고요."

"그때 양 부인이 주루에서 내지 않았어요?"

"랴오 부인이 없었잖아요. 후난 사람인 랴오 부인이 가야지요. 우리는 주문할 줄도 모르는데."

"쓰촨요리와 후난요리는 너무 매워요!"

"매운 건 안 먹는다고 하면 되죠."

"매운 것도 못 먹는 사람이 마작 판에서 어떻게 매운맛을 보여 준담?"

떠들썩한 웃음소리 속에서 이 선생은 조용히 자리를 떴다.

정처 없는 발길

화물선은 아주 작았지만 이등실이 서너 칸이나 있었다. 선실에는 이 층 침대 없이 빈약한 검푸른색 가죽 소파 하나만 놓이고 벽에는 백동 세숫대야와 냉온수관이 달려 있었다. 키가 1미터 정도밖에 안 되고 나이도 적지 않은 하얀 장삼을 입은 선원이 가장자리에 쇠를 두른 커다란 상자를 세로로 세운 뒤 밀고 당기며 안으로 들여놓았다. 그런 다음에는 트렁크를 하나씩 소리 없이 가져왔다. 광둥 사람 같았다. 뤄전(洛貞)은 그 작고 나이 든 선원이 시선을 내리깐 채 공손한 표정을 짓고 있어서 민망하기도 하고 이상하기도 했다. 그녀 역시 옷차림이 협수룩했기 때문이었다. 낡고 희끄무레한 비단 상의에 진회색 플란넬 정장 바지를 입은 뤄전은 외투와 핸드백 외에 낡은 타자기를 직접 들고 있었다. 조금 망설이다가 보아하니 그가 앞으로도 계속 살펴 줄 것 같아 뤄전은 배에서 내릴 때 한꺼번에 수고비를 좀 챙겨 주면 되겠다고 생각하며 고맙다고만 인사했다. 그도 알겠다는 듯 고개를 끄덕이고는 밖으로 나갔다.

선실에서 혼자 짐을 정리하고 있을 때 트렁크에 붙은 색색의 각국 여객선 스티커가 문득 뤄전의 눈에 들어왔다. 얼마나 많은 나라를 돌아다녔는지가 한눈에 보였다. 전부 언니의 낡은 트렁크였다. 고향 사투리로 '늙은이 딸'이라고 불리는 뤄전은 언니와 스무 살이나 차이가 났다. 중간의 두 오빠가 성인이 되기 전 그녀가 중학생일 때 부모님이 돌아가셔서 유학은커녕 대학조차 진학하지 못했다.

밤에 소파에서 자야 하나? 가죽 방석을 들쳐 보니 상판이 움직이는 매트였다. 상판을 들자 그 밑에서 10여 센티미터는 되는 커다란 바퀴벌레가 기어다니고 있어 뤄전은 화들짝하며 얼른 닫아 버렸다. 상판을 끌어내면 2인용 침대가 될 듯했다. 다행히 쓸 필요가 없으니 바퀴벌레가 나오지 않기만 조용히 기도했다. 이 노르웨이 선박 회사가 일본과 홍콩, 태국만 오가기 때문에 배에도 열대 지역의 커다란 바퀴벌레가 서식하는 모양이었다.

밖에서 인기척이 났다. 문 앞에 있던 뤄전이 무심하게 내다보니 중년 부부로 보이는 한 쌍의 남녀가 얼핏 눈에 들어왔다. 여자는 머리를 꽉 감싸는 작은 모직 모자를 쓰고 있었다. 가장자리에 조화를 꽂은, 1930년대나 심지어 1920년대에 유행하던 스타일이었다. 두 사람 모두 먼지투성이였고 어디인지 먼 지역의 외국인 같은데 뜻밖에도 영어를 쓰는 듯했다.

그들은 가방이 옮겨지는 것을 지켜보고 있었다. 뤄전의 바로 옆방은 아니었다. 뤄전은 출발 시각을 넘긴 화물선이 어서 떠나 더 이상 누가 타지 않고 조용하게 갈 수 있기를 바랐다.

남중국해를 지나는 화물선과 기이한 승객, 1920년대에서 1930년대의 분위기, 공손하고 늙은 선원……. 그건 서머싯 몸의 세계였다. 중국을 떠나 어떻게 서머싯의 영역으로 들어왔더라? 불가사의한 느낌이 들었다. 아주 잘 관리된 낡은 여관의 복도, 양탄자에 발소리가 묻히고 너무 고요해 바람조차 통하지 않는 복도를 지나온 기분이었다. 시간 여행이 가능한 그 원통형 터널은 바닥이 미끌미끌해 걷기 힘들었다. 다리가 후들거릴 정도였다. 지붕이 덮인 뤄후 다리에는 두꺼운 나무 벽에 일정한 간격으로 작은 창문이 뚫렸지만 사람 키보다 높아 바깥이 보이지 않았다. 목적만 따져 대충 만들어 놓은 모양새였다. 지붕과 바닥은 원상태 그대로 손대지 않았는지 어두운 적갈색을 띠고 있었다. 가로로 놓인 좁은 디딤판은 수십 년 동안 밟히면서 허옇게 닳았고 반질반질해진 나무에서 탄성이 살짝 느껴졌다. 뤄전은 무거운 트렁크 두 개를 들고 한 걸음씩 쿵쿵 부딪치면서 나아갔다. 마음이 복잡하고 어지러워 걸음마저 휘청거리는 듯했다. 다리는 폭도 넓고 천장도 높은데 전등이 들보에 멀찍멀찍하게 달려 있었다. 그 바람에 빛이 거의 들지 않아 어둠 속을 속절없이 걷는 수밖에 없었다. 이렇게 긴 다리일 리 없는데. 기껏해야 변방의 작은 강, 아니면 뤄후(羅湖)니까 호수일 텐데?

다리 끝에 짐꾼 한 무리가 기다리고 있었다. 다리를 지나왔으니 국경을 빠져나온 셈이었지만 뤄전의 짐꾼은 마음을 놓을 수 없다는 듯 느닷없이 속도를 높였다. 쏜살같이 내달리는 통에 뤄전은 깜짝 놀라 노상강도라도 만났나 하고 덩달아 바싹 뛰어갔다.

꽤 늙어 보였는데 짐꾼은 한 손에는 트렁크 두 개, 다른 손에는 멜대를 들고 질풍처럼 벌판을 가로질렀다. 듬성듬성 자란 잔디가 들썩거리며 홍콩의 건조하고 붉은 흙을 드러낼 정도였다. 거목 두 그루가 있는 언덕 위까지 달려간 뒤에야 짐꾼은 트렁크를 내려놓고 바닥에 앉아 쉬면서 웃었다. "됐어요, 이제 괜찮아요."

광둥 사람 중에는 그렇게 파리한 얼굴에 광대뼈가 높고 몸은 말랐는데 손이 길며 눈썹이 하나하나 곤두서 흩날리는, 옛날 그림 속 인물 같은 사람이 종종 있었다. 왠지 손님의 탈출 경험을 공유하고 싶다는 어린애 같은 마음이 느닷없이 발동했을 수도 있고, 예전에 다리를 건너온 사람이 붙잡혀 송환되는 모습을 직접 보았을지도 몰랐다. 말이 잘 통하지 않아 뤄전은 물어보지 못했다. 더운 날씨에 뛰었더니 그녀도 지쳐서 나무 아래에 앉았다. 지나온 길을 바라보자 미소가 떠오르고 귓가를 맴도는 매미 소리에 마음이 들뜨면서 흐뭇해졌다. 같은 차를 탔던 여행객들이 짐을 든 채 속속 건너와 몇몇은 그녀처럼 나무 아래에서 쉬었다.

짐꾼은 뤄전의 낡은 가죽 트렁크가 터진 데다 자물쇠도 없는 걸 보고 삼끈을 찾아와 중간 부분을 두세 바퀴 감아 주었다. 뤄전은 연거푸 고맙다고 인사한 뒤 수고비를 좀 더 챙겨 주려 했지만 짐꾼은 되었다며 한사코 손을 내저었다.

광저우로 올 때 기차에서 일반석을 탔는데 소련식이라 침대 칸에 남녀 구분이 없었다. 그나마 2층은 좀 가려지는 듯해도 천장의 야간 조명이 침대로 고스란히 쏟아졌다. 뤄전은 옷을 입은 채 누웠다. 손으로 단추를 건드릴 때마다 좁은 통로 맞은편에 있는 남자의 시선이 곧바로 느껴졌다. 아래쪽에는 양복 차림에 머리를 양 갈래로 땋은 젊은 여자가 다리를 꼬고 앉아 화보를 보며 혁명가를 부르고 있었다. 좌파가 홍콩에는 왜 가지? 순진하게도 뤄전은 그런 생각이 들었다.

광저우에서 기차를 갈아타기 전에 여관에서 하룻밤을 묵었다. 낡고 오래된 서양식 건물로 1인실인데 꽤 넓으면서 층고도 이 층 높이였다. 제일 먼저 개항하고 크게 재건축을 진행하지 않아서인지 광저우에는 그런 낡은 서양식 건물이 많아 열대 지역의 영국 식민지 냄새가 강했다. 날이 아직 어둡지 않아 뤄전은 나가서 걷고 싶어졌다. 거리에 나서자 햇살이 눈부시게 밝았다. 이게 어떻게 석양이람? 도로는 넓지만 오래되어 울퉁불퉁하고 오가는 차가 별로 없었다. 거리에서 음식을 파는 노점들은 사람 키 높이의 허름하고 하얀 천막을 쳐 사진에서 보았던 인도의 풍경을 연상시켰다.

보도 맞은편에서 오던 사람이 툭 치며 지나갔지만 뤄전은 신경 쓰지 않았다. 요즘 상하이에서도 그런 일이 많았다. 밝은 대낮이고 번화한 큰길에 해방군이 보초를 서고 있어도 여자를 우습게 생각하는 사람이 있었다. 모퉁이를 돌자 저녁 햇살이 미치지 않아 순식간에 눈앞이 컴컴해졌다. 황혼의 거리가 찜통처럼 후끈해 실내에 있는 것과 다를 바 없었지만 가없이 넓으면서 어수선하고 어두워 기이한 느낌이 들었다.

멀리에서 하얀 셔츠에 하얀 전통 바지를 입은 남자가 팔을 내저으며 다가왔다. 미리 경계하며 일부러 비켜섰어도 뤄전은 역시 부딪치고 말았다. 그것도 중앙의 급소였다. 그런 사람들은 저녁 무렵 허공에서 날아드는 모기떼 같았다. 그래도 광저우를 둘러볼 마지막 기회를 놓치고 싶지 않아 뤄전은 마음을 다잡고 계속 앞으로 나아갔다. 호루라기 소리와 함께 우르르 몰려오는 조짐이 느껴졌을 때야 뤄전은 두려움을 느끼며 얼른 여관으로 발길을 돌렸다. 중국인은 왜 이럴까? 분명 광둥 사람들이 부리는 텃세겠지. 사실 뤄전은 전형적인 상하이 여자가 아니었다. 현지인보다 키가 크고 피부색이 누리끼리하며 얼굴은 길고 납작한 편이었다. 준수한 남성미가 조금 느껴지고 볼우물이 깊어 서른 살로 보이지 않았다. 둥글고 각진 어깨에 나름 풍만한 가슴을 가진 그녀는 자잘한 하얀 꽃무늬의 푸른색 치파오를 입었는데 옷깃이 낮은 데다 딱딱한 안감을 덧대지 않아 대륙 출신인 게 한눈에 보였다. 홍콩에서 친척을 만나러 온 광둥 출신 사람으로는 보이지 않았다.

이게 광둥 사람이 다른 지역 사람을 경시하고 금품을 빼앗으려는 의도에 불과하다면 상하이 사람들은 왜 또 그러는 것일까? 예전에 두 아이에게 보충 수업을 해 주느라 저녁때 나가면 늘 누군가가 따라왔다. 한번은 사오십 대 되는 깡마르고 키가 큰 장삼 차림의 남자가 한참이나 따라오며 중얼거렸다. "제가 아는 사람과 닮았어요. 정말이에요. 똑같아요. 정말이라고요, 이것 좀 보세요." 그는 주머니에서 작은 사진을 꺼내 내밀었다. 걷고 있어 사진이 수면의 부표처럼 오르락내리락했다. 뤄전은 손이 가슴에 닿지 않도록 신중하게 거리를 유지했다.

몇 번이나 길을 건넜는데도 남자가 떨어지지 않고 사진을 눈앞까지 가져다 대는 바람에 뤄전은 끝내 호기심을 참지 못하고 힐끗 쳐다보았다. 반질반질한 7센티미터 크기의 사진은 이미 꼬깃꼬깃했다. 한눈에도 실외에서 찍었음을 알 수 있는 사진 속 여자는 뤄전과 전혀 닮지 않은 미인이었다.

그 눈길에 힘을 얻은 모양이었다. 뤄전이 속도를 내자 남자도 덩달아 성큼성큼 따라왔다. 두꺼운 모직 장포의 갈라진 밑단이 말려 올라가며 그녀의 종아리를 건드렸다.

"같이 식사해요. 식사하면서 그녀 이야기를 들려줄……. 어때요? 같이 밥 먹어요." 자신 없는 목소리에서 주머니가 비었으며 뤄전이 정말로 좋다고 할까 봐 걱정하고 있음을 알 수 있었다. 작은 식당조차 감당하지 못할 눈치였다. 뤄전은 그가 옛 닝보[1] 상점의 점원이었다가 실직한, 높은 코에 짙은 눈썹을 가진 반반하게 생긴 중년 남자이겠다고 추측했다.

남자가 빠른 걸음으로 건들건들 다가오더니 그녀를 벽 쪽으로 밀어붙였다.

안 되겠어. 마침 앞쪽에 영화관이 있었다. 사람이 거의 없어 입구는 썰렁했지만 꽤 밝은 편이었다. 뤄전은 다급하게 안

---

1) 寧波. 송나라 이후 무역 중심지로 번영하다 상하이가 발전하며 상대적으로 쇠퇴한 중국 저장성의 항구 도시.

으로 들어갔다. 매표소에서도 감히 돌아보지 못하고 표를 산 뒤 어둠 속으로 숨어들었다. 그나마 사람이 많은 뒤편에서 뤼전은 양쪽에 사람이 있는 좌석을 골라 앉았다.

소련 단편 영화가 상영되고 있었다. 소련 투르키스탄의 과수원 다큐멘터리인데 배경 음악이 인도 음악 같았다. 중동도 남아시아와 비슷한 음악 체계를 가졌는지 피리 소리가 갑자기 높아졌다가 돌연 낮아지기를 반복하며 남실남실 이어졌다. 태평소와 비슷한 듯했지만 이국적인 느낌이 강했다. 집단 농장에서 저렇게 단정하게 꾸미고 있는 흑발의 미인이 어디 있담? 그 여자가 포도송이를 따자 클로즈업되었다. 여자는 고개를 든 채 미소를 지으며 포도알을 하나씩 따 먹었다. 그건 중동의 특징이었다. 중동부터 서쪽으로 이탈리아까지는 여자도 코 밑에 굵고 검은 솜털이 많다고 했다. 무정한 수은등 아래에서 팔자수염이 고스란히 드러났다.

처음에는 조용하던 관람석 앞쪽에서 누군가 큰 소리로 탄식했다. "수염이 저렇게 긴데 포도를 먹으려 하다니!"

하지만 여기저기서 터지던 웃음은 금방 잦아들었다.

그레타 가르보가 주연한 「퀸 크리스티나」의 유명한 애정 신도 누워서 포도송이를 먹는 모습이었으니 그게 성적 상징으로 읽히는 모양이었다.

이삼 년이 지났건만 상하이 사람들은 여전하구나 하고 뤼전은 생각했다.

영화가 끝나고 불이 켜지자 미행하던 남자가 세 번째 열에서 일어나 뤼전 쪽으로 몸을 돌려 바라보는 게 보였다.

58

뤄전의 낯빛이 돌변한 걸 보았는지 밖으로 나왔을 때는 사람들 속에서 자취를 감추었다.

그 남자는 사진으로 여러 차례 여자를 쫓아다닌 상습범이 분명했다. 하지만 그런 수법이 아니라도 여자를 쫓아다니는 일은 일종의 유행이 되었다. 뤄전은 종말을 코앞에 둔 느낌이었다. 공산당이 처음 등장했을 때는 얼마나 무서운지 몰랐던 소시민들이 이삼 년이 지난 지금은 어느 정도 알게 되었다. 자기 운명을 남의 손에 내어 준 뒤 목덜미를 잡혀 꿈틀대는 꼴이 되고 말았다. 그것밖에 남지 않아 그럴 수밖에 없는 형국이었다.

두려움은 고정된 형태가 없어 온갖 모습을 할 수 있었다.

선원이 찾아와 식사하라고 알렸다. 식당은 선실 맨 끝에 있었는데 선실보다 크지 않았다. 아까 배에 오른 남자와 여자는 이미 와 있었다. 세 사람은 미소를 지으며 고개를 끄덕인 뒤 네모난 탁자에 둘러앉았다. 이등실 승객이 그들 세 사람뿐이라 뤄전은 무척 다행이라고 생각했다.

두 사람을 처음 보았을 때 뤄전은 조금 기이하다는 인상을 받았다. 사실 피부색이 각각 노랗고 검으며 한 사람은 키가 크고 한 사람은 작은데 남자가 왜소해서 그랬을 뿐이었다. 여자는 통통한 수준의 보통 몸집이었지만 남자는 지나칠 정도로 작았다. 이제 1920년대나 1930년대에 유행했던 모자를 벗어 여자는 화교 스타일의 동양 부인으로만 보였다. 뒤통수에 작게 쪽을 졌고, 노르스름하니 통통한 얼굴은 껍질을 벗겨 설탕에 조린 밤톨을 연상시켰다. 남자는 놀랄 만큼 까맸지만 자갈색이나 초콜릿색으로 반질반질한 흑인의 검은색이 아니라 목탄처럼 어두운 회색이었다. 검푸른 귀신 같은 모습에 "묵은 귀신보다 새 귀신이 무섭다."라는 말이 떠올랐다. 남자는 서양인처럼 작고 긴 얼굴에 안경을 쓰고 있었다.

식탁에서는 두 사람이 어쩌다 영어로 나직하게 주고받는 말소리만 들렸다. 남자는 정통 영어를 쓰고 여자는 독특한 억양까지는 없어도 조계지에서 쓰지 않는 영어를 구사했다. 남자는 영국인과 인도인의 혼혈로 보였다. 뤄전은 처음 보자마자 남자 역시 자신처럼 외국 상사에 다니는 평직원임을 눈치챘다. 뤄전의 회사에도 혼혈이 있었는데 영국계 유대인과 유대계 영국인은 완전히 달랐다. 가령 솔로몬 양은 상하이에서 나고 자랐는데도 영국 국제 학교에 다녔다. 부모가 하둔[2]처럼 중동에서 온 듯했다. 한편 뤄전의 직속상관인 글린은 유대계 영국인으로 성도 짧게 '앵글로'화되고 코도 짧아졌다. 작은 코와 작은 눈, 옅은 갈색 머리카락으로 볼 때 피에서도 현지화가 일어난 모양이었다. 다만 부사장 지위까지밖에 오르지 못했다. 사장급인 커리 씨는 뛰어난 외모 덕분에 신분이 높은 아내를 맞이한 듯했다. 뤄전도 한두 번 본 적이 있는 커리 부인은 몸집이 컸고 눈초리가 처진 작은 눈과 곧고 긴 코를 가졌다. 항상 털이 복슬복슬한 헤링본 스웨터나 승마 바지를 입고 팔자걸음으로 비뚤비뚤 걸었다. 말을 좋아하는 것은 영국 명문 집안의 딸이라는 표시로 지금의 여왕까지도 그러했다.

---

2) 중국식 표기는 하퉁(哈同). 20세기 초 상하이에 살던 유대인으로 부동산 부호였다.

영국에서는 원래 자기소개를 하지 않아 식탁에서도 통성명이 오가지 않았다. 보아하니 그들은 부부 같았다. 남자는 대충 어떤 유형인지 파악이 되었지만 여자는 이도 저도 아닌 부류라 어떻게 보아야 할지 감이 오지 않았다. 서머싯 몸의 전집에서 떨어져 나온 듯한 이야기가 숨어 있을 것만 같았다.

식사를 마친 뒤 뤄전은 갑판을 거닐었다. 뱃머리도 선실만한 공간이 전부였다. 배가 작아 해수면과 거리가 가까웠다. 수영을 못 하는 사람은 바다에서 폐물이 되기 마련이고, 그렇게 아무 책임도 질 수 없다는 점에서 홀가분한 느낌마저 들었다. 뤄전은 난간에 기대어 바다를 바라보았다. 멀리에서 진자주색 쇠사슬 같은 띠가 지평선과 평행을 이루며 오른쪽으로 움직이고 있었다. 그 바로 옆에서는 파란색 띠가 왼쪽으로 움직였다. 바다의 난류일 듯한데 그렇게 선명하게 구분될 줄은 생각도 못 했다. 조류에 밀려 나왔을 법한 두 번째 띠가 다른 물결과 같은 방향인지 아닌지도 알 수 없었다. 계속 보고 있자니 현기증이 났다.

선실로 돌아온 뤄전은 타자기를 꺼냈다. 자기소개서를 작성하다가 고개를 들었을 때 금발의 청년이 창문 밖 뱃전에서 밧줄을 감고 있는 게 보였다. 선원은 전부 중국인이니 노르웨이 사람이라면 일등 항해사나 이등 항해사, 혹은 삼등 항해사가 있다면 삼등 항해사일 터였다. 타자기 소리를 들은 청년이 고개를 돌려 뤄전 쪽을 바라보았다. 옅은 금발에 키가 크고 얼굴이 둥근 청년은 2차 세계 대전 이전의 서양 동화책 삽화에서 보았던 인물 같았다.

"헬로." 뤄전이 인사했다.

"헬로." 잠시 뜸을 들이고 나서 청년이 말했다. "입 맞출래요?"

뤄전은 웃으며 둥근 창문 안쪽으로 몸을 움츠렸다. 스스로가 화물선에서 찍힌 늙은 유학생의 상반신 사진처럼 느껴졌다. 짧은 윗옷을 입고 사진에 색을 입히듯 입술을 흑장미나 달빛 속의 장미처럼 검붉게 칠하고 액자 속으로 움츠러든 기분이었다.

탁탁 타자를 다시 치기 시작했다. 금발 청년은 밧줄을 다 감은 뒤 사라졌다.

북유럽 사람들은 이성 사이가 자유롭고 가볍다더니 정말이었다.

뤄전은 뉴(鈕) 부인이 배를 탔었을 때의 일이 자기도 모르게 떠올랐다.

뉴 부인은 언니와 형부가 어울리는 무리의 최고참이었다. 언니 부부는 뉴 부인을 존경했다.

귀국한 이후 언니는 농담하던 중에도 정색하며 진지하게 속삭였다. "뉴 부인은 정말 똑똑해."

뉴 부인은 결혼하기 전에 판(范)씨여서 영어 이름을 패니라고 지었다. 뉴 선생의 영어 이름은 문예를 좋아하는 친구가 지어 주었는지 좌파 작가의 필명 같은 아이쥔(艾軍)이었다. 아이우,[3] 샤오쥔[4]과 돌림자를 쓰는 듯하면서 예언적인 느낌까지 풍기는 이름이었다. 외국에서 고생할 것을 걱정한 뉴 선생의

---

3) 艾蕪(1904~1992). 중국 현대 문학가로 본명은 탕다오겅(湯道耕).
4) 蕭軍(1907~1988). 중국 현대 문학가로 본명은 류훙린(劉鴻霖).

집안에서는 유학을 떠나기에 앞서 뉴 선생을 기독교 학교에서 가정 관리를 공부한 여자와 결혼시켰다. 다행히 그런 안정적이고 주도면밀한 방법 덕분에 그는 십여 년 뒤 학위를 받을 수 있었다. 아이들을 고국으로 돌려보내면서까지 남편의 일상만 철저히 돌봤던 뉴 부인은 시간이 날 때면 친구들을 초대해 중국 음식을 대접하고 여러모로 살뜰히 챙겨 주었다.

그들 무리에서 운전할 수 있는 사람은 형부뿐이었다. 패니가 워낙 시간을 잘 조정했기 때문에 그들 무리는 형부의 낡은 차 한 대만으로도 학교를 오가거나 일하러 갈 때, 휴가 때나 차이나타운에 갈 때 자동차를 이용할 수 있었다. 당연히 모두 기뻐했다. 그런데 웬일인지 마지막에 데려다주는 사람은 언제나 여자였다. 누구라고 딱히 정해지지는 않아서 조금이라도 가능성이 있는 사람들은 자기 차례인지 아닌지 지켜보곤 했다. 아이쿤을 집에 데려다준 다음 형부는 남아서 식사나 간식을 먹었을 뿐 아니라 나올 때 또 한 보따리를 받아 야식과 다음 날 식사까지 해결할 수 있었다. 샌드위치에 불과할지라도 밖에서 사는 것보다 훨씬 훌륭했다. 직접 만든 신선한 마요네즈만 해도 병에 담긴 양초 맛 나는 기성품과 차원이 달랐다. 마지막에 데려다주는 여자도 똑같이 받았다.

자동차가 두 번 연속으로 고장 나 수리하게 되자 패니는 운전을 배워야 쇼핑할 때 편하겠다면서 형부 무리에게 괜찮은 중고차를 같이 사자고 제안했다. 그러고는 직접 흥정에 나서 낡은 차를 좋은 가격으로 넘겼다. 그 덕분에 형부는 돈을 별로 들이지 않고 차를 사게 되었다. 차로 패니를 태워 갔으니 형부는 당연히 현장에 있었지만 패니가 판매원과 어떤 암묵적 합의를 하는지 듣지 못해 끼어들 수 없었다. 말할 것도 없이 패니는 외국에서 기사를 고용하면 얼마나 비싼지 알고 있었다. 반면 형부는 패니가 직접 운전하게 되면 아이쿤을 데려다주고 데려올 수 있으니 더는 자신에게 기대지 않겠다고만 생각했다.

패니는 운전을 배우러 두 번만 가고 더 이상 가지 않았다. 차에는 작은 등유 난로와 라디오가 있어 저녁에 경치 좋은 곳으로 나가 야경과 달, 눈을 감상하며 음악을 들을 수 있었다. 언니와 형부는 그렇게 패니의 보이지 않는 중재로 이어졌다.

두 사람은 귀국한 뒤에야 결혼했다. 얼마 뒤 아이쿤도 십 년의 힘든 학업을 마치고 패니와 상하이로 돌아왔다. 노모는 이미 돌아가시고 아이쿤의 형이 집안을 맡아 가산을 거의 차지하고 있었다.

"아침부터 밤까지 형님, 형님 하고 얼마나 다정하게 부르는지!" 패니는 뒤에서 불평을 늘어놓았다.

그래도 분가하면서 부동산과 주식, 장신구를 조금 받게 되었다. 패니는 자산가처럼 그걸 이리저리 저당 잡히고 굴리면서 경제적 기반을 마련했다. 그렇게 몇 년을 노력한 뒤에는 아예 선구적인 스타일로 큰 집을 지었다. 소위 유선형 실내 장식이라고 불리는 '현대 덴마크식' 주택이었다. 새집이 완공되자 대대적으로 손님을 초대했다. 그들 집 요리사는 중국요리와 서양요리에 모두 능했다. 대추 푸딩 하나만 보아도 그렇게 귀한 요리는 아니나 중국 내 서양 음식점에서 맛볼 수 없고, 있다고 해도 비교가 되지 않았다. 또한 남쪽 요리든 북쪽 요리든 못 하는 게 없어 오리구이는 물론 종이에 싼 오리튀김까지 만들었다. 직접 만든 붉은색의 25센티미터 되는 네모난 장조림은 루가오젠[5]에서 만든 것보다 훌륭했다. 패니조차 주방장님, 주방장님 하고 친근하게 부르며 치켜세울 정도였다. 사실 그러지 않았다면 날마다 손님을 부르고 마작 판을 벌여도 일반 가정집에서 그를 붙들어 두지는 못했을 것이다. 그도 느긋하게 살기를 원했기 때문에 음식점 주방장에 비하면 거의 은퇴한 것처럼 편하게 지낼 수 있었다. 게다가 음식점은 서양식과 중국식으로 나뉘고 베이징요리, 광둥요리, 현지 요리까지 종류가 너무 많은데 하나에 초점을 맞췄다가는 다른 아까운 솜씨를 포기할 수밖에 없었다. 패니는 친구 집에 행사가 있을 때 요리사를 보내 주는 동시에 그릇과 물품까지 대신 구매해 줌으로써 부수입을 거두었다.

패니는 거창하게 일을 벌이면서도 아낄 수 있는 건 최대한 아꼈다. 두 딸을 초등학교만 몇 년 보내고 곁에서 일을 시키며 배우도록 했다. 옷도 내지 학생들보다 검소하게 입혔다. 남색의 헐렁한 옷에 하녀가 만들어 준, 끈으로 묶는 헝겊신을 신겼다. 신발 바닥까지 직접 만들었는데 사실 나이 든 두 하녀가 다른 일은 할 수 없어서였다. 조숙하면 통제하기 힘들어질까 봐 딸들 머리도 단출하고 짧게 잘라 주었다. 아들 역시 중등학교만 졸업시켰다. 남편이 유산 대부분을 쏟아부으며 학위

5) 陸稿薦. 쑤저우에 있는 고기 전문점.

를 땄건만 무슨 소용이 있나 싶어서였다. 그건 의심할 여지가 없는 사실이었다. 하지만 여러 해 동안 직업 없이 빈둥거려도 쓸모없는 것만 배웠노라고 말할 수는 없게 되었다. 갑자기 무슨 바람이 불었는지 아이쿤은 친구들과 농장을 열고 염색 공장도 운영하기 시작했다. 그래 봐야 결국에는 달걀과 옷감을 친척과 친구들에게 나누어 주었을 뿐이었지만. 어쨌든 레그혼 품종의 하얀 닭은 새하얗고 큰 달걀을 낳았다. 연보라색과 연노란색 인단트렌 천도 외지에서는 살 수 없었다.

아이쿤은 대저택에 살면서 자신의 아침 식사와 오후 차를 준비하고 귤껍질 잼이 떨어지지 않게 챙겼다. 그러고 나서 하는 일은 십여 벌 되는 제 양복을 관리하는 것이었다. 남성복은 영국제가 세계 최고였다. 영국 신사들은 옷감과 재봉을 꼼꼼하게 따지는 데다 오래되었다고 싫증 내는 법도 없어 몇십 년씩 같은 옷을 입었다. 아이쿤이 영국에서 맞춘 양복도 낡아 보이지 않고 늘 새 옷 같았다. 특히 상의 두 벌은 팔꿈치에 사슴 가죽까지 덧대어 입었다. 그는 이틀 연속으로 같은 옷을 입은 적이 없었다. 비결은 옷걸이에 있었다. 어깨 부분이 사실적으로 넓고 두툼한 나무 옷걸이를 사용하지 철사 따위로 만든 옷걸이는 절대 쓰지 않았다. 아이쿤은 천성적으로 옷맵시가 좋기도 했다. 호리호리하고 길쭉한 몸에 머리도 살짝 뾰족한 '뱀장어' 형상이었다.

"남자들 가운데 뉴 선생이 옷을 제일 잘 입더라." 뤄전이 언니에게 말했다.

언니는 피식 웃음을 터뜨렸다. "옷이 얼마나 더러운지 모르니까 그러지."

"어? 모르겠던데?"

"그런 모직은 때를 잘 안 타. 세탁소에 가져가기도 싫어할 테고. 드라이클리닝을 많이 하면 옷감이 잘 상하고 모양도 금방 변하니까." 또 웃으며 말했다. "아이쥔은 성격이 엄청 답답해서 패니가 씩씩거리며 흉보곤 해."

뢰전이 웃으며 물었다. "정말로 흉을 봐?"

"왜 아니겠어?" 언니는 조용히 고개를 흔들며 입을 다물었다가 다시 웃으며 말했다. "패니도 안됐어. 남자 돈으로 사는 사람을 부러워하잖아."

아이쥔은 말을 아주 천천히 했다. 전화를 걸 때도 "아……." 하고 입을 연 뒤 "어……." 하면서 길게 끌기 일쑤였다.

그러면 딸이 먼저 말했다. "아버지세요?"

"어……." 아이쥔은 여전히 쭈뼛거리다가 한참 뒤에야 갑자기 "응." 하고 대답했다.

패니는 피부가 무척 하얗고 눈매가 시원시원해 얼굴이 은쟁반 같았다. 다만 이목구비가 쟁반에 떠 있는 것처럼 좀 멀리 떨어졌다. 귀국한 뒤로 늘 치파오를 입었지만 뢰전은 패니가 외국 사진관에서 드레스를 입고 찍은 사진을 보았다. 앞뒤가 U자형으로 파여 하얀 가슴이 조금 드러난 사진 속의 패니는 뚱뚱하지 않아도 허리와 등에 살집이 꽤 있고 목덜미는 살짝 굽어 보일 정도로 살이 두둑했다. 사진사의 시선 속에서 수줍게 고개를 숙이고 있었다. 알고 보니 패니에게도 여리여리한 면이 있었구나 싶어 무척 이상했다.

딸이 친구들에게 소개해도 될 만큼 자라자 패니 부부는 손님들을 초대해 피서지인 베이다이허에 갔다. 그곳은 해변에서 수영할 수 있어 구링보다 더 인기가 좋았다. 객차 두 칸을 전세 내어 베이다이허로 가는 며칠 동안 브리지 게임을 했다. 상품은 남녀 모두 착용할 수 있는, 울룩불룩하게 꼬이고 커다란 구슬이 박힌 엄지 반지였다. 급하게 찾다가는 마음에 드는 걸 빌리지 못할까 봐 발코니에서 쓸 검은 철제 탁자와 의자까지 두 세트 챙겨 갔다. 멕시코 검은 철을 꽈배기처럼 꼬아 만든 다리 세 개짜리 소박한 촛대에는 색색의 선인장 뿌리로 만든 큼직한 녹색 초를 켰다. 그렇게 모래사장의 촛불 속에서 식사했다. 요리사는 해변 호텔의 주방을 빌려 음식을 만든 뒤 식당차로 해변까지 날랐다. 네덜란드 오븐도 몇 개 가져가 수영복을 갈아입는 붉은색과 흰색 줄무늬 천막 몇 칸에서 음식을 데웠다. 음식이 나오는 사이에는 축음기를 켜고 달빛 아래에서 수영복 차림으로 춤을 추었다.

두 딸은 시집을 아주 잘 갔다.

공산당이 오기 전에 뉴씨 집안은 홍콩으로 이사했다. 그날 마침 뤄전은 그들 집에 찾아갔었다. 온 집안사람이 출동해 짐을 나르느라 물건이 사방에 널려 있었다. 정말 세상이 뒤집힌 듯하네 하고 뤄전은 망연하게 생각했다.

"돈이 있으면 가고 없으면 못 가지." 뤄전은 베이다이허에 가는 것처럼 담담하게 중얼거렸다.

"일본이 들어왔을 때도 견뎠잖아." 그렇게 말한 사람은 언니 혼자만이 아니었을 것이다.

"어쨌든 안에 있으면 모두가 다 가난하잖아. 나가면 체면을 따지지 않을 수 없고." 언니가 말했다.

가난하기만 하면 다행이었을 거라고 뤄전은 생각했다.

나중에야 알았지, 처음에 소시민들은 얼마나 무서운 상황이 벌어질지 몰랐다.

언니와 형부도 나이가 적지 않다 보니 집안에서 책임질 일이 많았다. 그 몇 년 사이 형부의 건강이 안 좋아 공산당이 들어온 이후 언니는 동유럽 상인의 비서로 들어가 번역 일을 했다. 뤄전은 직장을 잃은 뒤 다시 찾을 엄두가 나지 않았다. 직장에 들어가면 허가를 받아야만 떠나지 더는 마음대로 떠날 수 없을 터였다.

패니가 홍콩으로 떠난 게 아주 오래된 일 같아서인지 그날 언니는 웬일로 이야기를 꺼내더니 갑자기 미소를 지으며 소곤거렸다. "그때, 배를 타고 귀국할 때 패니가 선장과 식사했거든. 그런데 그날 밤에 선장 방으로 갔어."

뤄전은 미소만 짓고 아무 말도 하지 않았다. 어느 나라 배였는지조차 묻지 않았다. 물어보면 아무런 도덕의식 없이 조용히 오가는 처녀 귀신 같은 신비감이 줄어들 것만 같았다.

한 번이었을 성싶었다. 그렇지 않다면 부부가 같은 선실을 쓰는데 매일 밤 나가면서 아이쿤한테 어떻게 들키지 않았겠는가. 패니가 그런 위험을 무릅쓸 리 없었다. 외국에서 오래 살았지만 그런 소문이 제일 빠르게 퍼지는 작은 중국인 사회에서 패니의 험담을 하는 사람은 아무도 없었다.

언니가 내내 형부에게 말하지 않았다는 것도 확실했다. 말했다면 형부가 그렇게까지 패니를 존경할 리 없었다.

비밀을 잘 간직하다 보니 뤄전은 홍콩에서 패니를 만났을 때 그런 일이 있었다는 사실조차 잊어버렸다. 무의식 깊이, 아주 깊이 묻은 탓이었을까? 어쩌면 패니의 사람됨과 너무 어긋나고 의외여서 받아들이지 못하고 그냥 잊었을지도 몰랐다.

뤄전은 대륙에서 나온 뒤 곧장 패니를 찾아갔다. 언니는 패니가 딸 내외와 살고 있으니 그들 집에서 지내면 안 된다고 당부했다. 만나자마자 집을 구하겠다고 하자 패니는 시원하게 답했다. "그럼 오늘만 여기서 자. 마침 빈 침대도 있으니."

뤄전은 신문 광고를 훑으며 제일 싼 셋방에 동그라미를 쳤다. 패니는 가정부에게 뤄전이 전화할 수 있도록 길목 잡화점에 데려다주라고 시켰다. 뤄전은 무척 이상했다. 홍콩에 인구가 급증하면서 전화를 놓기 힘들다는 말을 들은 것도 같았지만 그들은 오래전에 왔으니 당연히 차례가 되었을 듯싶었다. 패니에게 전화가 없다는 게 말이 되는가. 이제 금이나 주식은 거래하지 않더라도 마작 판을 벌이는 것까지 불편할 터였다. 패니가 사는 아파트도 내부가 어수선했다. 뤄전은 얼굴에 아무 내색을 하지 않았지만 어느새 패니가 눈치채고 대수롭지 않다는 듯 말했다. "지금은 다 이래."

"요즘 홍콩 경기가 안 좋아서 선박 연통이 몇 개 안 보인다니까." 집을 팔러 상하이에 돌아온 아이쿼도 그렇게 말했었다.

전화하러 간 시간이 마침 점등 시간과 겹쳤다. 거리에 들어서자 네온등이 환하게 켜지고 새하얀 가로등에 도로가 푸르스름하게 빛났다. 대륙에서 전기를 아끼느라 전시의 등화관제 같은 어둠에 익숙했던 뤄전은 눈부신 광경에 놀라기도 하고 웃음도 났다.

셋방을 보고 돌아와 저녁 식사를 할 때 식탁에 멀건 국만 올라오자 패니가 겸연쩍은 표정을 지었다. 당연히 음식을 좀 더 차리지 않았기 때문이었다. 패니 같은 미식가가 평소에 이렇게 먹고 어떻게 견디지? 뤄전은 타이완이 수복되었을 때 누군가 비행기를 타고 망고를 상하이까지 가져왔던 일이 저절로 떠올랐다. 패니가 만족스럽게 웃으며 망고 바구니를 가슴 앞에서 흔들던 모습이 눈에 선했다.

패니가 집안일에 관여하지 않는데도 광둥 가정부는 패니를 사모님이라고 부르고 사위는 도련님, 딸은 아가씨라고 불렀다. 사위는 집이 부자였지만 아직 분가하지 않아 수중에 돈이 없었다. 패니의 아들은 큰딸 내외를 따라 브라질에 갔고, 작은딸 내외도 출국하고 싶어 하는 듯했다.

잘 시간이 되자 패니가 뤄전을 자기 방으로 안내했다. 두 딸이 어렸을 때 쓰던 것으로 보이는 하얀 싱글 침대가 두 개 놓여 있었다. 빈 침대는 아이쥔의 침대가 분명했다.

아이쥔은 상하이 형네 집에 있었다. 이미 일 년이 넘은 것으로 보아 익숙하고 편한 모양이었다. 언니네가 얼마나 쪼들리는지 알았기 때문에 아이쥔은 늘 간장에 조린 오리고기 반마리를 사 들고 찾아와 언니 부부와 식사했다. 식탁에서 뤄전은 그들 집이 팔리지 않으며 홍콩으로 돌아가고 싶어도 출국허가서가 나오지 않는다는 말을 들었다. 아내가 뇌졸중에 걸렸으니 어서 돌아오라는 전보가 왔다고, 원래 고혈압을 앓아서 조사해도 사실로 인정될 만한 그 전보를 가지고 파출소에 갔지만 소용없었다고 했다.

언니는 아이쥔이 매번 얼굴만 들이밀고 허가서가 나왔느냐고 물은 뒤 그대로 돌아 나온다는 걸 알았다. "출국을 신청할 때는 급해 죽겠다고 소란을 피워야 한대요. 아니면 뭔가 켕기는 게 있다고 생각한다고요."

유감스럽게도 아이쥔은 조급한 성격이 아니라 언니 부부에게 담담한 어조로 재미있고 조리 있게 설명할 뿐이었다. 그가 돌아가자 언니가 웃으며 말했다. "아이쥔이 이제 말을 잘하네. 정말이지 소철나무에 꽃이 피었다니까." 그러고는 또 속담을 인용했다. "후회하느니 늦게라도 하는 게 낫다는 서양 속담도 있지."

아이쥔은 다른 취미 없이 춤추는 것만 좋아했다. 진심으로 춤을 좋아해 상대를 고를 때도 외모가 아니라 춤 솜씨 좋은 무희를 골랐다. 그때까지도 무도장은 영업 중이라 그는 늘 혼자 춤을 추러 갔다. 그의 '두 번째 봄'을 발견한 언니는 의심을 지우지 못했다. "무희한테 반한 거 아닐까?"

패니가 없어 모두 아이쥔에게 책임감을 느꼈다. 형부가 사람을 통해 알아보니 그런 일은 없었다.

어느 날 아이쥔이 또 찾아와 친구가 비누 공장 공장장으로 초빙했다고 말했다. "소득이 좀 있는 편이 좋을 것 같아. 아니면 혼자서 너무 불안정하잖아?" 그러면서 손짓에 능한 이탈리아인처럼 두 손을 펴 보였다.

언니 부부는 하지 말라고 말렸지만 시절이 시절이다 보니 친한 친구한테도 깊은 이야기를 할 수 없었다.

당시 유학생, 특히 물리학과 화학 전공자는 꽤 괜찮은 대우를 받았다. 공장 내 적극적인 직원들은 입만 열면 그를 '대지식 분자'라고 부르며 가르침을 청했다. 아이췬이 언제 그런 존중을 받아 보았겠는가. 당연히 '열과 성을 다하여' 일했다. 언니 부부는 조마조마하게 지켜보던 중 갑자기 그가 체포되었다는 소식을 들었다.

이유는 알 수 없었다. 두 달 뒤 석방되고 나서야 왜 끌려갔는지 알게 되었다. 아이췬의 친척이 타이완에서 유명하고, 그가 이번에 집을 팔러 상하이에 왔다면서 집은 안 팔고 직업을 구해 눌러앉아 의심을 샀다.

아이췬은 구치소에서 일고여덟 명이 한 침대를 썼고 하루에 두 끼를 먹었는데 개인별로 양은 양치 통에 모래 섞인 밥을 받은 뒤 채솟국 한 사발을 다 같이 먹었다고 말했다. 언니 부부는 구치소에서 어떻게 지냈는지만 묻고, 아이췬이 말하지 않는 것은 무언가 꺼리는 이유가 있을 거라고 생각해 굳이 캐묻지 않았다.

나온 지 얼마 되지 않아 아이췬은 또 잡혀갔다. 뤄전이 홍콩으로 떠날 때는 이미 여러 차례 들락거린 상태였다. 당연히 출국 허가서도 신청할 수 없었다. 한편 공장 업무는 '대중의 감시'를 받아야 한다며 계속하고 있었다.

뤄전은 경찰 앞에서 눈물을 쏟고 나서야 간신히 출국 허가서를 받았다. 신청하고 얼마 뒤 파출소에서 경찰 두 명이 상황을 파악하러 찾아왔다. 형부는 앓아누웠고 언니도 나오지 않아 뤄전이 혼자서 상대했다. 그녀는 실직한 지 오래되어 얹혀 사는 신세라고 하소연했다.

"언니인데 뭐 어때?" 한 경찰이 말했다. 산둥성 출신인 두 사람은 한눈에도 해방되지 못한 고지식한 남자인 게 보였다.

뤄전은 대꾸하지 않고 눈물만 줄줄 흘렸다. 정말로 속이 타 들어 간다거나 다급해 우는 게 아니었다. 그렇다고 극적 효과 를 노리는 여성의 본능이나 남자에게 의지하려는 본능이라고 도 인정할 수 없었다.

두 경찰은 말없이 잠깐 앉아 있다가 돌아가서는 다시 찾아 오지 않았다. 두세 달 뒤 출국 허가서가 나왔다.

아이쥔이 먼저 나서서 그녀를 영국 대사관에 데려가 입국 허가서를 신청해 주었다. 버스에서 뤄전은 아이쥔이 애타게 애 원하는 듯한 표정을 하고도 자신을 쳐다보지 않는 것을 발견 했다. 무척 이상했는데 금세 이유를 알아차렸다.

내가 왜 가서 고자질하겠어? 뤄전은 속으로 생각했다. 대놓 고 말할 수 없어 괴로웠지만 확실히 육감 같은 게 작동했다. 잠 시 서로를 바라보는 사이 아이쥔의 낯빛이 차츰 평온해졌다.

홍콩에 도착한 첫날 밤에 패니와 나란히 침대에 누워 떠들 게 될 줄은 정말 생각도 못 했다. 뤄후에서부터 뤄전은 세상 이 음양으로 나뉘었고 자신은 일종의 사명감을 가지고 음의 세계에서 양의 세계로 돌아온 듯한 기분이 들었다. 아이쥔도 정말 한심하게 생각되었다. 당연히 에둘러 말해 여지를 남겨 야 했지만 뤄전은 애당초 패니의 적수가 되지 못했다. 잠깐 긴 장을 놓고 몇 마디 상투적인 말을 나누다 어느새 사실대로 털

74

어놓고 말았다.

그때 패니는 기이한 농담밖에 안 된다는 듯 낯빛 하나 흐리지 않았고 한밤의 적막 속에서 나직하게 웃음까지 터트렸다. "오늘은 피곤할 테니 어서 자." 이튿날 아침에는 뤄전 앞에서 딸에게 말해 주며 냉소를 지었다. "온갖 애를 써도 나올 수 없다더니 나올 마음 자체가 없는 거야."

패니의 딸은 무표정한 얼굴로 아무 대꾸도 하지 않았다. 뤄전은 노처녀가 괜히 참견해 사달을 일으킨다고 책망하고 있음을 눈치챘다.

뤄전이 결혼하지 못한 걸 언니는 늘 대학에 진학하지 못한 탓이라고 여겼다. 고등학교 마지막 이 년 동안 뤄전은 실업반을 선택해 타자와 속기를 배웠다. 언니가 샤오윈(小韻)을 임신해 뤄전은 졸업하자마자 언니 일을 이어받아 줄곧 일해 왔다. 뤄전의 회사는 국제적인 노처녀들의 본거지였다. 중국인 남자 동료는 극히 적고 미혼은 아예 찾아볼 수 없었다. 언니 부부와 살다 보니 부모처럼 사람을 만나 보라고 닦달하는 일도 없었다. 뤄전 역시 그건 원치 않았다.

옛것은 업신여기면서 새것은 할 줄 모르니 우리 세대가 제일 한심해. 가끔 그런 생각이 들었다.

매년 성탄절이면 사무실에서 파티가 열렸다. 결혼하고 사흘은 윗사람 아랫사람을 구분하지 않는다는 전통을 참고했는지 그날만큼은 위아래를 따지지 않고 마음껏 행동했다. 정말로 어떤 여비서가 캐비닛 위에서 억지로 키스를 당했다는 말도 있었다. 커리 씨는 평소에 툭하면 뤄전을 찾아와 놀리곤 했

다. 그날 술에 잔뜩 취한 얼굴을 보았을 때 뤄전은 조금 두려
웠다. 하지만 사람이 이렇게 많은데 설마 무슨 짓을 하겠나 싶
었다.

게다가 그는 귀찮게만 굴 뿐 무슨 의도가 있는 것으로 보이
지 않았고 밖에서 만나자고 한 적도 없었다. 따로 만나자고 해
도 거절하면 그만이지 그로 인해 직장을 잃을 분위기는 아니
었다. 물론 전례가 없으니 전부 추측에 불과했다. 회사 여비서
들은 뤄전을 제외하면 모두 서른 살이 넘었고 뤄전은 부사장
몇 명을 동시에 맡고 있었다. 스웨덴 비서 한 명은 일흔 살이
넘었는데도 퇴직하지 않고 사장 비서로 일했다. 성탄절 밤의
떠들썩한 파티는 그런 노약자들의 사기를 북돋아 주었다. 어
쨌든 커리라는 인물은 모두가 두려워하지도 않고 쓸모없는 사
람이라는 것도 아는, 상하이 사람들이 소위 말하는 '뺀질이'
였다.

그는 귀밑머리가 하얗게 세었지만 영화배우보다 잘생겼고
크고 늘씬한 몸매를 한결같이 유지했다. 다만 피부가 생고기
처럼 붉었다.

자기소개서를 완성한 뒤 뤄전은 꺼내서 살펴보았다. 그때
문 두드리는 소리가 들려 깜짝 놀랐다. 설마 조금 전 그 일등
항해사인지 이등 항해사인지가 찾아왔나?

뤄전은 조심스럽게 문을 빼꼼히 열었다. 옆 선실에 묵는 영
국계 인도인의 아시아계 부인이었다.

"들어가도 돼요?"

뤄전이 얼른 안으로 물러났다. 자리에 앉은 뒤에도 여전히

통성명은 하지 않았지만 질문을 통해 두 사람 모두 상하이에서 왔음을 알게 되었다.

"우리는 훙커우에 살아요." 예전에 일본 조계지였다.

"일본인이세요?" 뤄전은 그제야 물어보았다. 동남아인 가운데에는 일본인으로 오인당하면 화를 내는 사람이 있었다.

"네."

"일본으로 가시나요?"

"맞아요, 오사카로 가요. 집이 오사카에 있거든요."

"그렇군요, 저는 도쿄에 가요."

"아, 도쿄."

웃으며 서로를 잠시 쳐다보았다.

"배가 정말 작아요."

"맞아요, 작아요." 그녀가 일어나 책상 위에 놓인 자기소개서를 집어 들었다. "제가 가져가서 리처드슨 씨에게 보여 줘도 될까요?"

뤄전은 난감한 웃음을 지을 수밖에 없었다. 중국인이 툭하면 나이와 수입, 가정 형편을 묻는다면서 남의 사생활을 존중할 줄 모른다고들 하는데 그건 새 발의 피도 아닌 것 같았다. 어떻게 대답할지 고민했지만 숨길 만한 내용이 있는 것도 아니라 뤄전은 웃으며 승낙하고 말았다.

그녀는 나갔다가 얼마 뒤 다시 찾아와 정중하게 말했다. "리처드슨 씨가 아주 좋대요."

뤄전은 피식 웃으며 적어도 그녀가 남자를 존중한다고 생각했다. 그러면서 그의 눈이 밝다는 생각도 했다. 업무용 서신 덕분이었다. "공백 비율을 잘 따져야 해. 내용은 좋은데 양식이 별로인 경우가 있더라고."라고 언니는 말했다.

주고받으며 친분을 쌓고 싶었는지 그녀는 사진첩을 가지고 와 뤄전에게 보여 주었다.

"홍커우예요."

전부 홍커우였다. 집 바깥의 햇살 아래에서 찍은 작은 사진이 대부분이었지만 사진관에서 찍은 가족사진도 있었다. 이미 황갈색으로 바랜 가족사진은 젊은이들이 앞줄에 앉고 뒷줄을 차지한 사람들은 서 있었다. 남녀노소 모두 전쟁 전 일본인이 입던 평범한 양복 차림이었다. 그런데 그녀는 없었다. 어느 사진 속에서 그녀가 1930년대 운동장에서 쓰던 하얀 프릴 모자를 쓰고 사내아이를 안고 있었다. 그녀와 아이 모두 통통하고 햇살에 눈이 부신지 실눈을 뜨고 있었다.

"누구예요?"

"조카요."

사진첩을 거의 봤을 때 증명사진이 한 장 나왔다.

"리처드슨 씨예요." 가만 보니 리처드슨은 훈련을 잘 시키는 모양이었다. 그녀는 찰스 디킨스의 『데이비드 코퍼필드』 속 인물, 입을 열 때마다 남편을 우아하게 '미코버 씨'라고 부르는 미코버 부인을 연상시켰다.

그 한 장을 제외한 나머지는 전부 그녀의 친정 식구들 사진이었다. 그녀 사진은 결혼 전에 찍은 게 무척 많았다. 그런 사진들을 통해 그녀가 원래도 지금과 비슷한 모습이었음을 알 수 있었다.

그녀와 사진을 찍은 아이들은 전부 조카들이었다. 뤄전은 자기도 모르게 측은해졌다. 이렇게 자식을 잘 낳을 듯한 여자와 결혼하고도 아이가 하나도 없다니.

이런 여자도 외국인한테는 괜찮게 보이나? 물론 리처드슨이 훨씬 더 부적합하니 두 사람이 서로 맞춰 온 거겠지. 뤄전은 순간 머리가 잘 돌아가지 않았다. 서머싯 몸의 글에서 이민족 간의 결혼은 기꺼이 금기를 어겨 고통에 빠지는 행위였으며 최소한 한쪽이 광적으로 사랑에 빠져 있었다.

뤄전이 아는 유일한 국제결혼 커플은 서머싯 몸 이후의 세대여서인지 그런 상황과 거리가 좀 있었다. 커리 씨의 비서인 판(潘) 양은 광둥 사람이었다. 외모를 말하자면 납작하게 밟힌 리처드슨 부인 같았다. 얼굴도 넙데데하고 몸도 펑퍼짐하지만 남방 미인처럼 가슴이 풍만하고 '광둥성 사람 특유의 단단함'으로 얼굴 윤곽이 진하고 또렷했다. 이목구비는 수려한 편이어도 눈에 늘 불만스러운 기운이 가득했다. 진주만 공습 이후 상하이 일본군은 조계지를 점령하더니 영국인과 미국인을 수용소로 보냈다. 충직한 판 양은 정기적으로 커리 씨에게 음식을 보냈다. 커리 씨는 그동안 아내와 서로 간섭하지 않고 각자의 삶을 살았다. 아내는 승마와 경마를 좋아하는데 커리 씨는 지원해 줄 여력이 안 되었고 다행히 아내한테는 본인 재산이 있었다. 제 마음대로 사는 데 익숙한 두 사람은 수용소에서 한 침대를 쓰게 되자 군용 담요로 칸을 나눈 뒤 꼼지락꼼지락하면서도 절대 넘어가지 않고 금방이라도 싸움을 벌일 태세로 지냈다. 그렇게 몇 년을 견딘 뒤 커리 씨는 수용소에서 나오자마자 아내와 이혼하고 판 양과 재혼했다.

　이 이야기에 교훈이 있다면 서머싯 몸의 글과 다르게 시대가 바뀌었다는 것이 아닐까. 대영 제국이 해체되었다. 수용소에서 나온 사람들은 한눈에도 상황이 달라졌음을 알 수 있었다. 어쨌든 커리 씨는 그를 잘 돌봐주는 여자에게 정착한 셈이었다.

　전쟁이 끝난 뒤 회사에서 대규모 감원이 있었고 커리 씨도 조기 퇴직했기 때문에 그의 재혼은 더 큰 파장을 일으키지 않았다. 뤄전은 해고된 뒤 옛 동료들과 만나지 않았다. 그래도 상하이가 함락되어 다들 무급 휴직 상태일 때는 가끔 만나곤 했다. 판 양이 음식을 보냈다는 소식은 솔로몬 양한테 들었다. 그날 솔로몬 양은 오후에 차를 마시자며 두 자매가 사는 아파트로 뤄전을 초대했다. 솔로몬 양의 언니는 작고 통통한 전형적인 유대인 여자로 다른 외국 회사에서 일했다. 대담한 표현을 즐기는 노처녀 유형이었지만 동생의 신랄한 유머에 한참 뒤떨어지는 저속한 농담을 했다. 자매는 늘 붙어 다녀 그다지 예쁘지 않은 외모인데도 주목을 받았다. 비슷한 옷차림과 머리 모양을 하고 나란히 앉은 자매를 보니 하나만으로 족한데 왜 굳이 똑같은 것을 되풀이하나 하는 생각이 들었다. 두 사람의 검은 머리카락은 태생적으로 단정하고 작은 웨이브가 있어 유행이 지난다고 바뀔 것 같지 않았다. 언니는 머리카락이 이미 희끗희끗했다. 뤄전은 솔로몬 양이 손해라는 생각을 억누를 수 없었다. 사실 못생긴 외모가 아닌데 언니와 나란히 있어 희화화되었다.

뤄전은 손을 씻으러 욕실로 가다가 침실을 지나게 되었다. 작은 철제 침대가 나란히 놓인 게 아이들 같아 우습기도 하고 안쓰럽기도 했다.

판 양의 음식 배달 이야기를 꺼내며 솔로몬 양이 웃었다. "그런데 너는 찾아가지 않았더라." 커리 씨가 뤄전에게 장난치곤 했던 일을 지적하는 말이었다.

"저는 그 사람 비서도 아닌걸요."

전쟁이 끝난 뒤 그때의 대화가 자주 생각났다. 그의 비서였다면 뤄전도 음식을 보냈을 것 같았다.

사진첩을 보면서 뤄전이 웃으며 물었다. "리처드슨 씨와는 어떻게 만나셨어요?"

"사촌 오빠가 소개해 줬어요."

리처드슨도 홍커우에 살았던 게 분명했다. 홍커우는 집값이 싸면서 와이탄 사업 지구와 가깝고 직통 전차까지 있어 출근하기 편했다. 이웃 청년이 일본 기생집에 데려갔을 때 일본 여자의 부드러움과 공손함을 알았던 게 아닐까 싶었다.

그들은 리처드슨이 외국 회사에 다닌다는 사실을 알았다. "결혼하고 싶다고요? 하나코 양을 소개해 드릴까요?"

결혼사진은 없었다. 일본인은 그런 걸 따지지 않고 신사에 다녀오면 그만이라고 생각했다. 그렇게 많은 친척이 연결되어 있으니 동거일 리는 없었다. 수많은 영국 여자가 멀리 동양으로 시집오는 것처럼 그녀도 혼자 외지로 나와 친척들에게 상대를 찾아 달라고 했을 듯했다.

리처드슨의 집에는 이렇다 할 사람이 없었던 모양이었다.

작은 흑인 아이가 태어나자 아버지가 곁에 둘 마음은 없어도 공부는 시켜 주었는지 억양에서 영국 국제 학교 출신이라는 게 드러났다. 일본인 아내를 얻은 것은 항의와 보복의 의미였다. 상하이가 함락되기도 전에 그는 이미 친일파가 되었다.

공산당이 들어오자 그는 아내를 데리고 귀국하기로 했다. 지난 몇 년 사이 일본이 번영하기 시작하면서 수많은 처가 식구 가운데 리처드슨처럼 영어 문서를 다룰 줄 아는 사람을 필요로 하는 큰 사업가가 생겼을 가능성이 컸다. 친척에게 의지하는 것은 아주 자연스러운 일이지 뤄전이 옛 친구에게 의탁하려는 것처럼 뜬금없지 않았다. 똑같이 일본어를 못 하고 그의 나이가 쉰 살 남짓으로 적지 않다고 해도 그랬다. 뤄전은 무슨 이유에서인지 그가 일본어를 할 줄 모른다고 단정했다. 사실 모른다고 어떻게 단정한다는 말인가? 당연히 부부는 식탁에서 자기들끼리 일본어로 대화할 수 없을 터였다. 그건 예의에 어긋나는 행동이었다. 설령 못 한다고 해도 통역해 줄 아내가 있으니 리처드슨은 뤄전처럼 일본에서 말이 안 통해 꼼짝하지 못할 상황이 아니었다. 그럼에도 뤄전은 자신이 더 젊은 만큼 희망적이라고 생각했다.

사진첩을 한 장씩 넘기는 동안 리처드슨 부인은 자신의 일생을 다시 한번 사는 것처럼 옆에서 흥미진진하게 지켜보았다. 다 보고 나자 기쁘게 사진첩을 끌어안고 선실을 나갔다.

배 안의 바퀴벌레는 커도 너무 컸다. 뤄전은 자는 동안 아래쪽에서 꿈틀거리는 느낌을 받았다. 사람의 온기를 느낀 놈들이 판자 밑에서 기어 나올까 봐 두려웠다. 짐 속에 들어가

뭍까지 따라올까 봐도 걱정되었다. 홍콩에서 세 들었던 방에는 가구가 없었다. 그녀는 돗자리와 살충제, 분무기만 샀다. 네모나고 작은 방은 식모에게 내주었던 방인지 바닥이 거친 시멘트였는데 벽은 또 하얗게 새로 칠해 놓았다. 모퉁이에 자리한 덕분에 양쪽으로 창문이 있어 환하고 바람이 잘 통하는데다 바다까지 보였다. 뤄전은 보자마자 마음에 들어 두 번째 집은 보러 가지도 않았다. 하지만 밤이 되어 시멘트 바닥에 눕자 한기가 돗자리를 뚫고 이글거리는 얼음처럼 올라왔다. 뤄전은 일어나 가방에서 옷을 전부 꺼내 겹쳐 입은 뒤 다시 잠을 청했다.

무더운 오후가 되면 전대인이 복도에 나와 앉아 바람을 쐬었다. 광둥 사람으로 게딱지 같은 얼굴에 두꺼운 안경을 써 눈이 금붕어처럼 튀어나왔다. 그는 마른 몸에 러닝셔츠만 입고 아기를 안아 어르면서 광둥어로 "딸아! 딸아!" 하고 노래했다. 1930년대 퇴폐파 시인들이 "여인아! 여인아!" 하고 애틋하게 부르는 듯했다.

날이 너무 더워서 다들 방문을 열고 지냈다. 젊은 예(葉) 부인이 제일 좋은 방에 살았는데 별로 크지 않은 방에 닝보식 티크 가구를 빽빽하게 들여놓아 어두컴컴해 보였다. 예 부인만 유일하게 사람을 고용했지만 식모 방은 세를 주었으니 부엌에 야전 침대를 놓고 재웠다. 상하이 사람인 예 부인은 영화배우 저우쉬안(周璇)을 똑 닮아 귀엽고 깜찍했다. 그런데 소문에 따르면 저우쉬안은 사진이나 화면에서만 매끄럽고 깨끗하게 보일 뿐 원래 피부는 노랗다고 했다. 그와 달리 예 부인은 새하얬다. 예 선생이 퇴근 시간에만 들르는 것으로 볼 때 소실이 확실하고 원래 무희였던 듯했다.

예 선생은 올 때마다 목욕했다. 욕실은 공용이고 바퀴벌레가 많았으며 변기 주변에 오줌이 흥건했다. 가정부는 허둥지둥 청소한 뒤 물을 콸콸 튼 욕조에 화로수 반병을 부었다. 그 바람에 김이 올라오면 온 층에서 기이한 향이 진동했다. 다른 한편으로는 부엌에서 지지고 볶으며 음식을 만들고 술을 데우다가 예 선생이 목욕을 마칠 때쯤 상을 차렸다. 아열대 지역의 여름은 해가 길었다. 서쪽으로 기우는 커다란 태양 아래 한바탕 바쁘게 움직이는 모습이 석양 속에서 새들이 둥지로 날아가며 떠들썩하게 지저귀는 형상과 비슷했다.

예 부인 옆방에는 상하이 청년 둘이 살았다. 사무직 직원으로 보였고 늘 예 부인에게 말을 건넸으며, 부인도 그들 방문 앞에서 오랫동안 떠들곤 했다. 하지만 예 선생이 오면 어디론가 종적을 감추었다.

다들 방문 앞을 지날 때마다 안을 들여다보아 뤄전이 일상용품과 함께 노점상처럼 돗자리에 앉은 모습을 보았다. 진짜 난민이 들어와 집값이 내려가겠다고 생각하는 듯했다.

반면 뤄전은 바닥에 돗자리를 깔고 앉은 게 무척 만족스러웠다. 생활을 성공적으로 간소화한 것 같아서였다. 가방 위에 뚜껑을 딴 통조림과 빵, 버터를 올려놓았지만 바퀴벌레가 한 마리도 나오지 않았다. 그래도 상하이 사람들의 멸시에 찬 눈빛은 좀 견디기 힘들었다.

그 집은 여러 사람이 복잡하게 살아 뤄전은 패니의 집 주소로 편지를 주고받았다. 거리도 가까워 자주 들러 편지가 왔는지 확인할 수 있었다. 아이쥔의 비밀을 알려 준 이후 패니는 늘 부드럽게 대해 주었다. 뤄전의 월세가 홍콩 달러로 70위안밖에 안 된다는 말을 들었을 때 패니는 자기도 모르게 웃음을 지었다가 고생을 마다하지 않는 뤄전의 태도를 칭찬하는 듯한 표정으로 물었다. "지낼 만해?"

"방은 괜찮은데 욕실이 너무 더러워요."

"그러면 여기 와서 씻어."

그래서 뤄전은 수건과 비누를 가져가 그곳에서 씻었다. 일자리를 찾고 공용 욕실이 깨끗한 집으로 이사한 뒤에야 더는 가지 않았다. 그날은 일본으로 간다는 소식을 전하러 패니를 찾아갔다.

"그럼 여기 일은?"

"사직할 수밖에 없지요."

"요즘은 일자리 찾기가 어려워. 일본인과 미국인이 모두 떠나니까."

뤄전이 웃으며 말했다. "네. 하지만 일본 입국 허가서를 받기도 힘들어요. 웬일로 저쪽에서 대신 신청해 줬거든요." 어쩌면 좋지 않은 시기일지도 몰랐다. 미국 점령군이 곧 철수할 텐데 그러고 나면 일본어를 모르는 자신이 어떻게 일자리를 구하겠는가. 하지만 뤄전은 멀리 떠나고 싶은 마음이 커서 기회를 놓치고 싶지 않았다.

패니가 잠시 입을 다물었다가 돌연 씩씩거리며 물었다. "그럼 네 언니는?"

패니는 뤄전이 언니 부부한테 돈을 빌려 나왔으며 홍콩에 온 뒤에도 송금받았던 걸 알고 있었다. 이제 겨우 갚기 시작했으니 언니 부부도 기다리고 있을 터였다. 그렇지만 언니는 이해해 줄 게 분명했다. 패니가 자식이나 조카도 아닌 언니를 대신해 그렇게 화를 내며 표정까지 일그러뜨릴 줄은 전혀 예상하지 못했다. 뤄전은 패니가 단지 그 일 하나 때문에 화내는 게 아니라는 느낌을 받았다. 역시 좋은 일만 알리고 나쁜 일은 알리지 말았어야 했나 싶었다. 멀쩡했던 사람이 뤄전이 찾아온 이후 졸지에 버림받은 아내가 되었으니 어떻게 뤄전을 미워하지 않겠는가?

뤄전이 아무 대꾸도 하지 않자 패니는 분위기를 감지하고 곧장 화난 표정을 푼 뒤 부드러운 어투로 수속은 어떻게 하느냐고 물었다. 또 특산물 두 가지를 챙겨 주며 일본에서는 먹을 수 없는 것이니 친구에게 선물하라고 했다.

그날 이후 뤄전은 두 주 넘게 찾아가지 않았다. 만나면 어색할 듯해 떠나기 직전에 찾아가 작별 인사를 하리라 마음먹었는데 너무 오래 안 갔더니 언제 가는 게 좋을지 막막해지고 말았다. 그러던 중 갑자기 '재최 장기 뉴관셴(鈕光先)'과 '딸 스천(適陳), 스허(適何)'라는 구체적인 이름이 적힌 부고가 날아왔다. 아이쿤의 본명을 몰라 뤄전은 몇 번을 읽고 나서야 무슨 상황인지 이해할 수 있었다. 패니가 죽었다. 그동안 아프다는 말을 듣지 못해 정말 뜻밖이었다. 갑작스럽게 간 걸 보면 뇌졸중이 틀림없었다. 작년에 뇌졸중이라는 전보를 여러 차례 상하이에 보내더니 현실이 되고 말았다.

뤄전은 자신이 만든 사달임을 알고 막막해졌다.

물론 아예 생각하지 못했던 바는 아니었다. 패니라면 분명 욕을 퍼붓는 편지를 보냈을 테고, 아이쥔은 패니가 가장 믿는 친구인 언니 부부에게 중간에서 좀 해명해 달라고 하소연했을 터였다. 아이쥔이 언니 부부에게 차마 털어놓지 못했어도 패니는 언니에게 불평하는 편지를 썼을 게 뻔했다. 어쨌든 모를 리 없었다. 언니가 편지에서 굳이 언급하지 않았던 건 뤄전이 외지에서 고군분투하고 있으니 책망할 때가 아니라고 판단했기 때문이었다.

이제 끝났다!

언니의 가장 좋은 친구는.

부고장에 적힌 장례식 장소는 센트럴에 위치한 어느 빌딩 지하였다. 두 짝짜리 높고 오래된 흑단목 문을 밀고 들어가자 시끌시끌했다. 무척 넓고 탁 트인 공간은 시멘트 바닥과 벽밖에 없는 게 원래는 은행의 지하 금고였던 듯했다. 사위 집안에서 빌린 모양이었다. 사람들이 삼삼오오 서서 상하이 말로 이야기하는데 대부분 남자로 사업 동향과 지인에 대한 대화를 나누었다. 뤄전은 양심에 찔려 패니의 딸을 찾아 사인을 묻는 대신 사람들 사이를 지나 앞쪽으로 나아갔다. 영전이 단출했다. 탁자와 애도문, 영정 사진도 없고 서양식 화환이나 꽃 장식, 음악도 없으며 시신 참배도 없었다. 뤄전은 허리를 깊이 숙여 인사하고 자리를 떴다. 그렇게 입구에 이르렀을 때 갑자기 그들 집에서 일하는 광둥 가정부가 뤄전의 손을 꽉 잡더니 무언가 작은 물건을 손바닥에 놓아 주었다. 불필요하게 거친 동작과 노기등등한 얼굴로 보아 달갑지 않은 모양새였다.

그 집 도련님과 아가씨의 대화를 들은 게 아니겠는가. 사장님이 상하이에서 돌아오기 싫어한다고 이 여자가 말해서 사모님이 화가 나 돌아가셨다고, 이제 남은 도련님과 아가씨도 더는 홍콩에 살지 않을 테니 남의 집 밥을 먹는 자신은 해고될 거라고 생각하는 게 확실했다.

뤄전은 손안의 네모난 종이봉투를 멍하니 바라보았다. 상가에서 조문객에게 하얀 상복 띠를 준다는 말은 들었어도 돈봉투를 준다는 말은 듣지 못했다. 광둥성 관습인가? 하지만 그 집 사위도 광둥 사람이 아니었다. 설마 광둥성으로 이사한 뒤 이 지역 관습을 따르나? 아니면 가정부의 생각일까?

왜 그랬는지 모르겠지만 뤄전은 문을 나서기도 전에 호기심 어린 미소를 지으며 봉투를 뜯었다. 안에 20전짜리 동전하나가 들어 있었다. 곁눈으로 보니 가정부가 놀라고 화난 표정을 짓고 있었다.

뭐 이런 사람이 있담! 웃음이 나나? 사모님이 그렇게 잘해줬건만.

뤄전도 나중에 생각해 보니 그 순간 후회가 너무 커 잠시 제정신을 잃고 이상하게 행동했던 듯했다. 다행히 그러고 나서 얼마 지나지 않아 길을 떠났다. 배를 타고 바다를 마주하자 공간도 시간처럼 기억을 흐릿하게 만든다는 생각이 들었다. 어쩐지 외국 소설에서 의사들이 툭하면 '여행'이라는 처방을 내리더라니, 바닷길은 외국인에게 인삼 같은 값비싼 만병통치약 같은 모양이었다.

홍콩을 떠난 배는 어디인지 모르는 장소를 이리저리 거쳐 열흘 뒤 일본에 도착한다고 했다. 뤄전은 혼자 난간에 서서 짐을 싣고 내리는 모습을 구경했다. 부두의 기중기 아래에 있는 아시아계 일꾼들이 전부 미군의 잉여 물품인 카키색 군복을 입고 있었다. 리처드슨 부부는 한 번도 밖으로 나오지 않았다. 상층 갑판에 가끔 나타나는 사람들 모두 제복 차림을 한 선원인 것을 보면 일등실에 승객이 없는 듯했다.

그러던 어느 날 작은 섬에 도착했다. 섬에 도착하기 전에 선원이 찾아와 승객들 모두 문을 잠그고 선실에서 나오지 말라며 어떤 상황에서도 문을 열지 말라고 알렸다. 잔뜩 긴장된 분위기 때문에 이 일대에 식인종 같은 무시무시한 토착민이라도 있나 싶었다.

뤄전은 둥근 창문 옆에 서서 갑판 구석을 바라보았다. 일본 여자들이 깔깔거리며 떠들썩하게 올라오는 게 보였다. 대부분 안경을 썼고 하나같이 기모노 솜저고리에 꽃무늬 하카마를 입었다. 하카마는 북방식 바지처럼 발목이 잘록하면서 허벅지 부분은 헐렁해 전체적으로 햄을 연상시켰다. 그중에는 꽤 젊고 안경을 쓰지 않은 남자도 있었다. 나이가 든 남자들은 대부분 전사했을 터였다. 남자는 하얀 바탕에 검은 꽃무늬가 들어간 꼬질꼬질한 솜저고리를 입고 있었다. 가슴 한쪽에 사발만 한 한자가 초서체로 웅장하고 멋지게 쓰여 있었지만 너무 흘려 써 알아볼 수 없었다. 미군의 잉여 물품마저 들어오지 못할 만큼 외진 섬이 분명했다. 그렇지 않았다면 그런 전통 복장이 아직 도태되지 않았을 리 없었다.

섬에 기중기가 없어 사람들이 직접 짐을 나르는 수밖에 없는 모양이었다. 선실을 잠그라는 이유도 토착민이 물건을 슬쩍하는 습관이 있어서일 듯싶었다. 승객을 안에 가두어 둔다는 말은 도둑질은 물론 강도질까지 걱정한다는 뜻으로 읽혔다. 갑판에서 마주치면 손목시계와 옷을 전부 벗겨 가는 게 아닐까 싶었다. 하지만 고상하게 안경을 쓴 여자들이 그럴 것처럼 보이지는 않았다. 그때 호리호리하고 서른 살쯤으로 보이는 여자가 눈에 들어왔다. 누런 얼굴에 가늘고 둥근 검은색 안경을 쓴 여자는 무척 낯이 익었다. 여자가 창가로 다가오더니 눈을 동그랗게 뜨고 한참 동안 뤄전을 바라보았다.

'내가 동물원 야수가 된 것 같네.' 뤄전은 생각했다.

예전에 해적 섬이나 왜구 소굴이었던 게 아닐까 싶었다. 한 시간 남짓 후 배가 떠나자 섬은 다시 시간의 안개 속으로 가라앉았다.

열흘은 조금도 길게 느껴지지 않았다. 뤄전은 그 진공관 같은 생활이 무척 좋았다. 마침내 서머싯 몸이 말한 말레이 영국 음식도 먹어 볼 수 있었는데 구두를 본 적 없는 사람이 듣기만 한 상태에서 만든 구두 꼴이었다. 수프와 생선튀김, 스테이크, 디저트 모두 밀랍을 씹는 것 같았다. 그럼에도 늙은 선원은 정중한 태도로 음식을 하나씩 차례차례 내왔다. 바다 공기도 좋고 입맛도 좋았다.

그렇게 형편없는 음식까지 잘 먹는 데다 동행 하나 없이 여정을 즐기는 모습을 보았으니 늙은 선원이 뤄전을 어떻게 세계를 일주하며 경험을 쌓은 '노련한 여행가'로 보겠는가? 두둑

한 수고비가 날아갈까 봐 걱정하는 눈치였다. 거의 열흘이 다 되었을 때는 감정을 숨기지 못하겠는지 걱정하는 기색이 역력해졌다. 뤄전은 걱정할 필요 없다고 말해 주고 싶었지만 정말로 말을 꺼낼 수는 없었다.

버스에서 아이췬의 애원하는 표정을 보았을 때도 걱정하지 말라고 말하고 싶었지만 그러지 못했다.

반면 아이췬은 뤄전을 믿었다.

식사하는 동안 리처드슨 씨가 무척 냉랭한 태도를 보였다. 말할 필요도 없이 뤄전이 자기 아내를 무시해 답방하지 않았다고 여겨서였다. 일본에 가는 이상 일본인을 적대시하는 건 아닐 테니 무시한다고 생각하는 게 분명했다.

뤄전도 생각하지 못한 바는 아니었지만 아무 걱정 없이 느긋하고 편안한 진공관 같은 생활이 너무 소중했다. 그러다 자리에 앉기만 하면 피곤이 밀려왔다. 정말로 리처드슨 부인을 찾아갔어야 했다. 최소한 갑판을 산책하며 일본어 회화를 몇 마디 배우고 길을 물었더라면 편했을 텐데 그러지 않았다.

식탁에서 살짝 미소를 지으며 인사하는 정도로 되돌아가고 말았다. 리처드슨 앞에서 아내는 뤄전에게 아예 말을 붙이지 않았고 어쩌다 남편한테 작게 속삭이기만 했다. 그럴 때조차 겁먹은 표정으로 말을 중간에서 삼키곤 했다. 리처드슨이 뒤에서 아내한테 자존심을 지키지 않았다고 한 소리를 한 모양이었다. 서머싯 몸은 혼혈이 열등감 때문에 의심이 많다고 말했다.

일본에 거의 도착했을 때 갑자기 거센 풍랑이 몰아쳤다. 식탁은 바닥에 고정되었어도 컵과 그릇, 나이프, 포크가 마구 미끄러져 다들 웃으면서 부랴부랴 잡았다.

리처드슨은 뤼전이 평소처럼 먹는 것을 보고 웬일인지 웃으며 말했다. "훌륭한 선원이군요." 그러고는 단숨에 해치우려는 듯 식사에 집중했다.

식사를 마친 뒤 벽을 짚으며 각자 선실로 돌아갔다. 손을 씻으려고 수도꼭지를 틀 때 갑자기 옆 선실에서 토하는 소리가 어렴풋하게 들려와 뤼전은 당황했다. 친척에게 의탁하러 가는 그들도 앞날이 막막한 모양이었다. 일본인은 무척 인색했다. 양식에 익숙한 사람이니 그래도 소고기가 무보다 낫기 때문에 뱃멀미를 무릅쓰고 억지로 먹었을 텐데 뜻밖에도 게워 내고 있었다.

배는 작고 풍랑은 거셌다. 백동 세숫대야에 기댄 채 서 있는데 지진이라도 난 것처럼 발밑이 출렁거려 뤼전은 자신이 어디 있는지 잠시 알 수 없었다. 여전히 심하게 토하고 있었다. 소리를 듣기가 괴로웠다. 듣고 있는 게 고통스러웠지만 그래도 심각하게 느껴지지는 않았다. 정처 없이 떠도는 표류에 대한 두려움은 문밖에 가둬 버렸다. 아주 가까이에 있지만 매우 멀고 까마득하게 느껴졌다.

붉은 장미 흰 장미

전바오(振保)의 삶에는 두 명의 여자가 있었다. 그는 두 여자를 흰 장미와 붉은 장미라고 불렀다. 한 명은 순결한 아내이고 다른 한 명은 열정적인 정부였다. 사람들은 보통 그런 식으로 순결과 열정을 구분해 이야기했다.

어쩌면 남자에게는 전부 그런 두 여자, 최소 두 여자가 있는지도 몰랐다. 붉은 장미와 결혼하면 시간이 흘러가면서 붉은색은 벽에 묻은 모기 피처럼 변하는데 하얀색은 여전히 '침대 앞의 밝은 달빛'처럼 유지되었다. 반면 흰 장미와 결혼하면 하얀색은 갈수록 옷에 붙은 밥풀처럼 변하고 붉은색은 가슴의 붉은 반점으로 남았다. 그러나 전바오는 달랐다. 시종일관 변함없고 논리적이었다. 완벽하게 이상적인 현대 중국인이었다. 앞에 놓인 일이 가장 합리적인 상태가 아닐 경우 그는 자기

가슴에 묻고 또 물어 정리한 끝에 이상적이며 가장 적절한 상
태로 바꾸어 놓았다.

　전바오는 말 그대로 정도를 걸어왔다. 외국에서 학위를 딴
뒤 공장에서 실습 과정을 거쳤다. 재능과 학식을 겸비했을 뿐
아니라 학업과 실무를 병행하면서 맨손으로 자신의 세상을
만들어 냈다. 그는 유명한 외국 방직 회사에서 높은 직책까지
올라갔다. 아내는 대학을 졸업했고 흠 없는 집안 출신에 용모
가 단정하고 성격이 온화한 데다 사교 모임에 가는 일도 없었
다. 이제 아홉 살이 된 딸이 하나 있는데 이미 대학 학비까지
마련해 둔 상태였다. 그는 누구보다 정성스럽게 어머니를 모셨
고 누구보다 세심하게 형제를 챙겼으며 누구보다 열정적으로
일하고 의리 있고 절제할 줄 알았다. 성격도 늘 자신만만하고
의기양양했다. 내세를 믿지 않았기에 망정이지 믿었으면 이름
만 바꾸어 다시 살고 싶어 했을 사람이었다. 한가롭고 부유한
문학청년과 진보 청년들은 그를 저속하다고 비웃으면서도 그
의 저속함이 외국식이라 싫어하지 않았다. 전바오는 키가 크
지 않아도 몸놀림이 힘차고 날렵했다. 가무잡잡한 얼굴에 검
은 뿔테 안경을 써 이목구비는 제대로 보이지 않았지만 태도
가 아주 당당했다. 농담할 때가 아닌 이상 단호하게 말했고,
명쾌하게 핵심을 찔러 사람 자체가 일목요연해 보였다. 그의
눈이 진실한지 확인하기도 전에 안경에서 이미 신뢰하게 될
정도였다.

　가난한 집안 출신이라 스스로 자유를 쟁취하지 않았다면
전바오는 장사를 배우러 점원으로 들어가 평생 아무것도 모

르는 채 작은 울타리에 갇혀 살았을지도 몰랐다. 하지만 전바오는 이미 외국에서 돌아와 세계를 향해 열린 창문 앞에서 일하고 있었다. 환경으로 보나 사상으로 보나 정말 보기 드물게 자유로운 사람이었다. 보통 사람의 일생은 아무리 좋아도 '도화선(桃花扇)'[1], 그러니까 머리를 부딪쳐 피가 튀면서 복사꽃 같은 무늬가 만들어지는 부채가 되기 일쑤였다. 그런데 전바오의 부채는 아직 비어 있는 데다 붓과 먹, 환한 창문과 깨끗한 책상이 그가 붓을 놀리기만 기다리고 있었다.

사실 텅 빈 부채 면에는 흐릿한 그림자가 깔려 있었다. 정교한 구식 편지지에 전통 의상을 입은 연보라색 인물이 살짝 돋음 인쇄된 것처럼 말이다. 아내와 정부에 앞서 전바오에게는 중요하지 않은 여자가 두 명 더 있었다.

첫 번째 여자는 파리의 기녀였다.

전바오는 에든버러에서 방직 공정을 전공했다. 고학생은 외국에서 아무것도 볼 수 없기 마련이라 전바오의 기억 속에 영국은 지하철과 삶은 양배추, 하얀 안개, 허기, 식탐으로만 남았다. 오페라 같은 것은 귀국한 뒤에야 상하이의 러시아 오페라단을 통해 접했다. 하지만 어느 해 여름 방학 때 약간의 돈과 시간을 짜내 유럽 대륙을 한 차례 여행한 적이 있었다. 파리를 지날 때 그는 파리 사람이 얼마나 나쁜지 보고 싶었지만 내막을 잘 알고 안내해 줄 친구가 없었다. 사실 그런 친구는

---

1) 중국 청나라의 문인 공상임(孔尚任, 1648~1718)이 쓴 희곡의 제목. 이 작품에서 붉은 피가 튄 부채, 즉 '도화선'은 기녀였던 이향군의 애정과 충절을 상징한다.

사귈 수도 없었고 사귀고 싶지도 않았다. 결국 전바오는 직접 뛰어드는 수밖에 없었다. 그러면서 속아서 예산보다 더 많은 돈을 쓰게 될까 봐 걱정했다.

파리에서의 그날 저녁 전바오는 할 일이 없어 일찌감치 저녁을 먹었다. 숙소가 있는 후미진 거리로 천천히 걸어 돌아가면서 '남들은 내가 파리를 본 줄 알겠지.' 하고 생각했다. 허탈한 마음이 들었다. 가로등이 이미 켜졌지만 태양도 아직 하늘에 남아 조금씩 떨어지고 있었다. 네모난 콘크리트 건물 지붕 위로 떨어진 태양은 점점 더 아래로 아래로 가라앉았다. 지붕이 한 뭉텅이씩 새하얗게 침식되는 듯했다. 전바오는 걸어가는 동안 황량한 느낌만 들었다. 어느 집인지 몰라도 누군가 한 손가락으로 피아노를 치고 있었다. 한 글자 한 글자 눌러쓰듯 느릿느릿하게 성탄절 찬송가를 한 소절 한 소절 쳤다. 성탄 전날 밤이라면 찬송가가 당연히 유쾌하게 느껴지겠지만 한여름 오후에다 햇살이 가득한 조용하고 긴 거리였다. 너무 어울리지 않았다. 정신없는 꿈처럼 시시하고 우스웠다. 전바오는 왜인지 몰라도 한 손가락으로 치는 피아노 소리를 참을 수가 없었다.

발걸음을 재촉하며 나아가니 주머니 속 손바닥에 땀이 찼다. 전바오가 걸음을 빨리할 때 앞쪽에서 가던 검은 옷의 여자가 걸음을 늦추고는 살짝 고개를 돌려 그를 힐끗 쳐다보았다. 까만 레이스 아래에 빨간 속치마를 입었다. 전바오는 붉은 속옷을 좋아했다. 이런 곳에 이런 여자가 있을 줄은, 여인숙까지 있을 줄은 상상도 못 했다.

몇 년이 지난 뒤 전바오는 친구들에게 그 일을 들려주면서 유쾌한 애상에 젖어 스스로를 비웃었다. "파리에 가기 전까지 나는 총각이었어! 기념하러 다시 한번 가야 한다니까!" 돌아보면 낭만적인 일이어야 하는데 왜 그런지 낭만적인 부분은 잘 기억나지 않고 짜증스러운 부분만 떠올랐다. 외국인은 중국인보다 체취가 더 강했다. 여자도 그걸 걱정하는지 무의식적으로 팔을 들고 고개를 돌리더니 냄새를 맡았다. 옷과 겨드랑이에 향수를 뿌리자 저렴한 향수가 암내, 시큼한 땀 냄새와 뒤섞여 잊을 수 없는 기이한 냄새를 만들어 냈다. 사실 전바오가 제일 짜증스러웠던 것은 그녀의 전전긍긍하는 마음이었다. 옷을 벗고 속치마 하나만 입은 채 욕실을 나온 그녀는 한 손으로 문틀을 높이 짚고는 고개를 기울이며 웃음을 지어 보였다. 전바오는 그녀가 또 무의식적으로 자기 냄새를 맡고 있음을 알았다.

그런 여자, 심지어 그런 여자한테조차 전바오는 돈을 쓰고도 주인이 되지 못했다. 그녀와 함께 있었던 삼십 분은 가장 수치스러운 경험으로 남았다.

도저히 잊히지 않는 사소한 기억이 또 있었다. 그녀가 다시 옷을 입을 때였다. 머리부터 집어넣고 반쯤 잡아당겨 옷이 양쪽 어깨에 뭉텅이로 놓였을 때 무슨 생각이 났는지 그녀가 멈칫했다. 그 순간 전바오는 거울로 그녀를 보았다. 덥수룩하게 풍성한 금발이 옷에 꽉 끼면서 마르고 긴 얼굴이 드러났다. 눈이 파란색이었다. 그런데 그 파란색이 눈 밑 그늘로 사라지면서 눈동자가 투명한 유리구슬로 변했다. 그건 차가운 남자의 얼굴, 고대 병사의 얼굴이었다. 전바오는 정신적으로 엄청난 충격을 받았다.

밖으로 나오자 거리에는 여전히 태양이 남아 있고, 나무 그림자가 태양 그림자 속에 비스듬히 누워 있었다. 그것도 비정상이었다. 무서울 정도로 비정상이었다.

성매매이니 저급하거나 제멋대로 더럽게 노는 건 상관없었다. 저속한 곳일수록 촌스러운 느낌이 강한 법이기도 했다. 하지만 단순히 그런 차원이 아니었다. 전바오는 나중에 성매매에서 만족스러운 결과를 얻을 때마다 예전 파리에서의 첫 경험을 떠올리며 정말 바보 같았다고 생각했다. 이제 그는 자기 세계의 주인이었다.

그날부터 전바오는 '정상'인 세계를 만들어 어디든 가지고 다니겠다고 결심했다. 그 작은 세계에서 그는 절대적인 주인이었다.

전바오는 영국에서 오래 살았다. 시간이 날 때마다 동분서주하며 닥치는 대로 일했고 공장에서 실습 수당도 나왔기 때문에 조금씩 여유가 생겼다. 그 덕분에 여자 친구를 몇 명 사귈 수 있었다. 본인이 단정한 사람이라 전바오는 단정한 여자와 창녀를 명확히 구분했다. 그런데 워낙 바빠 연애할 시간이 제한적이다 보니 자연스럽게 솔직한 여자를 좋아하게 되었다. 에든버러에는 원래도 중국 여자가 몇 명 없었는데 내지에서 온 두 여학생은 너무 진중하고 가식적인 데다 지나치게 교회에 빠져 있어 싫었다. 요즘은 교회가 많이 사회화되어 예쁜 사람들을 찾아볼 수 있지만 십 년 전만 해도 사랑의 마음으로 모인 신도들이 그다지 사랑스럽지 않았다. 그나마 활발한 부류는 화교들이었다. 혼혈은 화교보다 훨씬 더 대범했다.

전바오는 로즈라는 아가씨를 알게 되었다. 첫사랑이어서 그는 나중에 만난 두 여자를 모두 로즈와 비교해 보았다. 점잖은 상인이었던 로즈의 아버지는 남중국에서 오랫동안 생활하다가 순간적인 감정으로 광둥 여자와 결혼한 뒤 영국으로 귀국했다. 여전히 함께 사는 모양이었지만 부인은 있는 듯 없는 듯 지낼 뿐 손님을 접대하러 나오는 법이 없었다. 로즈는 영국 학교에 들어갔고 자신이 불완전한 영국인이기 때문에 어떤 영국인보다 더 영국인답게 굴려고 애썼다. 영국 학생들은 거리낌 없는 무심함을 추구했다. 중요한 일일수록 한층 더 거리낌 없고 무심한 척했다. 로즈가 그를 사랑하는지 잘 느껴지지 않았어도 전바오는 살짝 빠져 있었다. 두 사람 모두 흥이 많아 토요일 밤이면 댄스장을 몇 군데씩 돌아다녔다. 춤추지 않을 때는 앉아 이야기를 나누었지만 로즈는 늘 딴생각에 빠진 모양새였다. 성냥개비 위에 유리잔을 올려놓으려 애쓰면서 잡아 달라고 부탁하곤 했다. 로즈는 늘 그런 식이었다. 장난칠 때마저 심각한 표정을 지을 수 있었다. 집에서 카나리아를 길렀는데 그녀는 새가 울 때마다 자기를 부른다고 생각해 다급하게 "그래, 새야?" 하고 대답했다. 그러면서 까치발을 들고 뒷짐을 진 채 얼굴을 새장에 가져다 댔다. 타원형이라 아주 어른스러워 보이는 그 황갈색 얼굴이 그럴 때는 무척 유치해 보였다. 큰 눈을 휘둥그레 뜬 채 새장 속 새를 바라보면 흰자위가 파래져 짙푸른 하늘을 응시하는 것처럼 보였다.

어쩌면 로즈는 지극히 평범한 여자아이였을 수도 있었다. 그저 어렸기 때문에 이해할 수 없는 부분이 있었는지도 몰랐다. 그 카나리아가 우는 게 누군가를 부르는 것도 아니고 아무것도 불러내지 못했던 것처럼.

　로즈의 짧은 치마는 무릎 위에서 끝나 진열창 속 나무다리처럼 정교하고 날렵한 다리가 고스란히 드러났다. 피부색도 매끈하게 기름칠한 나무토막 같았다. 머리카락은 뒤통수에 제비초리가 보일 정도로 아주 짧게 깎았다. 목을 보호할 머리카락도 없고 팔뚝을 보호할 소매도 없었다. 딱히 차단해 주는 게 없으니 누구든 몸을 건드릴 수 있었다. 로즈와 전바오는 자유롭게 어울렸고 전바오는 그녀가 순진하다고 생각했다. 그녀가 어떤 사람하고든 자유롭게 어울렸기 때문에 전바오는 로즈가 조금 미쳤다고도 생각했다. 그런 여자는 외국에서 평범할지 몰라도 중국에서는 통하지 않을 터였다. 로즈와 결혼해 고향으로 데려가는 것은 정신적으로나 경제적으로나 수지가 안 맞는 일이었다.

　어느 날 밤 전바오는 로즈를 차로 집에까지 데려다주었다. 평소에도 늘 그렇게 데려다주었지만 그날은 조금 달랐다. 곧 영국을 떠날 예정이라 할 말을 해야 했다. 사실 벌써 했어야 옳았건만 그러지 않았다. 로즈는 도시에서 꽤 떨어진 곳에 살았다. 한밤중의 도로 위에서 미풍과 안개가 분첩을 바르듯 가볍게 얼굴을 때렸다. 차 안에서 나누는 대화는 한없이 가벼웠고 전형적인 영국식으로 두서없이 이어졌다 끊어지기를 반복했다. 로즈는 자신이 전바오를 이미 잃어버렸음을 눈치챘다. 절망에 찬 고집 같은 것이 가슴에서 뜨겁게 달아올랐다. 집에 거의 도착했을 무렵 로즈가 말했다. "여기서 세워 줘. 우리 가족한테 헤어지는 모습을 보이고 싶지 않아."

전바오가 웃으며 말했다. "너희 가족 앞에서 평소와 똑같이 입 맞출 거야." 그러면서 팔로 어깨를 감싸자 로즈는 그의 가슴에 얼굴을 묻었다. 차는 계속 나아가 로즈네 집을 수십 미터 지나친 뒤에야 멈추었다. 전바오는 로즈의 벨벳 코트 안으로 손을 넣어 꽉 끌어안았다. 차가운 큐빅과 바스락거리는 은색 레이스, 자잘하고 반짝이는 물건들이 사이에 있었다. 로즈의 젊은 몸이 옷에서 튀어나올 것만 같았다. 전바오가 입을 맞추자 로즈의 눈물이 온 얼굴을 덮었다. 그가 우는지 그녀가 우는지 두 사람 모두 알지 못했다. 차창 밖으로는 미풍과 안개가 끝없이 이어졌다. 나른한 공허함 때문에 두 사람은 끌어안는 것 외에는 어디에도 힘을 쓸 수 없었다. 로즈는 그의 목에 꽉 매달렸다가 계속 마음에 들지 않는지 자세를 바꾸고 또 바꾸었다. 어떻게 해야 좀 더 밀착할지 모르겠다는 모양새로 그의 몸과 연결되거나 합쳐지기를 바라는 듯했다. 전바오는 혼란스러웠다. 로즈가 이 정도로 사랑할 줄은, 자신의 요구를 다 들어주려 할 줄은 꿈에도 생각하지 못했다. 하지만…… 절대 안 되는 일이었다. 결국 로즈는 조신한 여자였다. 그런 일은 전바오와 거리가 멀었다.

로즈의 몸이 옷에서 그의 몸으로 튀어 올라왔지만 전바오의 주인은 전바오였다.

나중에 떠올렸을 때도 전바오는 자신의 자제력이 경이로웠다. 그는 감정을 억누른 채 로즈를 집에 데려다주었다. 헤어지기 직전 전바오는 그녀의 얼굴을 받쳐 들었다. 콧김이 느껴지고 눈물에 젖은 속눈썹이 그의 손바닥에서 작은 날벌레처럼 흔들렸다. 세월이 흐른 뒤에도 전바오는 늘 그 일을 떠올리며 스스로를 다독였다. "그런 상황에서도 통제력을 잃지 않았는데 지금 못 할 리가 없잖아?"

전바오는 그날 밤 자신의 행동에 무척 놀라고 탄복했지만 후회하기도 했다. 사실 다른 한편으로는 후회하지 않은 적이 없었다.

그 일을 다른 사람에게 말한 적이 없는데도 그가 여자에게 흔들리지 않는 유하혜[2] 같다는 걸 모르는 친구가 하나도 없었다. 그런 명성이 널리 퍼졌다.

성적이 우수해 전바오는 졸업하기 전 이미 영국계인 흥이 (鴻益) 염색 방직 공장에 채용되었고 상하이로 돌아오자마자 출근했다. 장완(江灣)에 있는 집에서 사무실까지 너무 멀어 처음에는 지인 집에서 출퇴근했다. 그러다가 동생 퉁두바오(佟篤保)가 중학교를 졸업하자 전바오는 어떻게든 공부를 더 시켜 흥이 공장 산하의 전문학교에 보낼 생각으로 동생을 데려왔다. 하지만 친구 집에서 두 사람이 묵는 건 아무래도 불편했다. 그때 마침 이 년 전에 먼저 귀국한 왕스홍(王士洪)이라는 친구가 퍼거슨로의 아파트에 살고 있으며 빙이 하나 남는다고 했다. 전바오는 상의한 뒤 가구까지 전부 포함해 세를 얻었다. 이사하는 날 전바오는 해가 진 뒤에야 퇴근해 허둥지둥 인

---

2) 柳下惠(기원전 720~기원전 621?). 춘추 시대 노나라 사람으로 온화한 기질의 성인이라고 불린다.

부를 고용하고 동생과 짐을 들여놓기 시작했다. 왕스훙은 문가에서 허리를 짚은 채 쳐다보고 있었다. 그때 내실에서 여자가 걸어 나왔다. 머리를 감는 중이었는지 온 머리에 비누 거품이 가득했다. 거품은 대리석 조각을 쌓아 올린 듯 새하얀 데다 구불구불했다. 여자는 두 손으로 머리카락을 받치고 스훙에게 말했다. "인부들이 온 김에 물건들 좀 잘 배치해 달라고 해요. 우리 요리사한테는 도와 달라고 하는 게 어려워도 너무 어렵잖아. 도대체 자기 기분대로 움직이니."

왕스훙이 말했다. "소개할게. 이쪽은 전바오, 이쪽은 두바오야. 여기는 내 아내. 처음 만나지?"

여자는 오른손을 머리카락에서 빼내 악수하려다가 비누 거품을 보고는 내밀지 않고 고개만 끄덕인 뒤 손가락을 목욕 가운에 문질렀다. 그 순간 거품이 전바오의 손등에 살짝 튀었다. 전바오는 문질러 닦는 대신 그냥 내버려두었다. 입으로 가볍게 빠는 듯한 수축감이 피부에서 느껴졌다.

왕스훙의 아내는 몸을 돌려 다시 안으로 들어갔다. 전바오는 인부들에게 침대와 옷장을 옮기라고 지시했지만 영 마음이 불편했다. 손을 빠는 입술의 감촉이 계속 느껴져서였다. 그는 다른 핑계를 대고 욕실로 가 손을 씻었다. 왕스훙의 아내가 싱가포르 화교이며 런던에서 유학할 때도 사교계의 꽃이었다고 들었던 게 떠올랐다. 왕스훙은 런던에서 결혼했는데 그때 전바오는 너무 바빠 결혼식에 참석하지 못했다. 백문이 불여일견이라더니, 비누 거품으로 만들어진 하얀 머리카락 아래의 얼굴은 금빛이 도는 황갈색이고 피부는 촉촉한 데다 팽팽하며 눈은 비스듬하게 올라간 게 배우 같았다. 줄무늬 목욕 가운을 허리끈 없이 느슨하게 걸쳤는데 흑백의 줄무늬 사이로 언뜻언뜻 몸매가 드러났다. 소매와 품이 넓은 고전풍 옷이 곡선미를 잘 살리지 못한다는 세상의 인식이 언제나 옳은 것은 아님을 전바오는 그때 깨달았다. 수도꼭지를 돌렸는데 물이 별로 뜨겁지 않았다. 분명 아래층에 보일러가 켜져 있고 미지근한 물줄기에서 뜨거운 기운도 한 가닥 느껴졌다. 수도꼭지에서 구불구불 흘러나오는 물줄기가 살아 있는 듯했다. 전바오는 생각이 어디로 흘러가는지 알 수 없었다.

욕실에서 물소리가 계속 나는 걸 들었는지 왕스홍이 다가와 물었다. "목욕하려고? 여기는 물을 아무리 틀어도 뜨거워지지 않아. 온수관이 제대로 설치되지 않았지. 이 아파트의 단점이 바로 그거고. 씻고 싶으면 우리 욕실을 써."

전바오가 연거푸 거절했다. "아니, 아니야. 자네 아내가 머리를 감고 있잖아?"

"지금쯤이면 다 했을걸. 내가 가서 볼게."

"됐어, 괜찮아."

스홍이 가서 묻자 아내가 대답했다. "나는 다 했어요. 아줌마한테 물을 받으라고 해요."

잠시 뒤 스홍이 전바오를 부르더니 수건과 비누, 갈아입을 옷을 가지고 자기네 욕실로 오라고 했다. 왕스홍의 아내는 아직 거울 앞에서 머리를 손질하고 있었다. 파마로 꼬불꼬불해진 머리카락이 빗질하기 힘든지 거의 한 움큼씩 잡아 뜯는 모양새였다. 방에 수증기가 가득했고 창문을 활짝 열어 놓아 바닥의 머리카락 뭉치가 밤바람을 타고 귀신처럼 굴러다녔다.

전바오는 수건을 안고 문밖에 서 있었다. 욕실의 강렬한 불빛을 받으며 바닥에서 어지럽게 굴러다니는 머리카락을 보자 마음이 복잡해졌다. 그는 뜨거운 여자, 조금 방탕해 아내로 맞을 수 없는 여자를 좋아했다. 여기 있는 여자는 이미 누군가의 아내, 그것도 친구의 아내였으니 최소한 위험하지 않겠지만…… 그녀의 머리카락이라니! 사방에 널려 있었다. 사방에서 그녀가 끌어당기고 있었다.

스홍 부부가 욕실에서 이야기 중이었지만 욕조로 떨어지는 물소리 때문에 무슨 말을 하는지는 잘 들리지 않았다. 물이 차자 두 사람은 전바오가 목욕할 수 있도록 밖으로 나갔다. 전바오는 목욕을 다 한 뒤 쪼그리고 앉아 타일 바닥에 널린 머리카락들을 집어 하나로 뭉쳤다. 파마한 머리카락은 끝이 노랗고 딱딱한 게 가느다란 전선 같았다. 그걸 바지 주머니에 넣고 손을 대고 있으니 온몸이 달아오르는 듯했다. 어떻게 보아도 우스꽝스러운 행동이라 전바오는 도로 머리카락을 꺼내 가래 통에 던져 넣었다.

전바오는 비누와 수건을 챙겨 방으로 돌아갔다. 동생 두바오가 상자에서 물건을 꺼내 정리하며 말했다. "예전에 어떤 사람이 방을 썼는지 몰라도, 봐 봐, 의자 커버랑 카펫에 담배 구멍이 잔뜩 있어! 탁자에 묻은 얼룩도 지워지지 않고. 나중에 왕 선생이 우리를 욕하지 않겠어?"

"당연히 아니지. 다 알 거야. 게다가 얼마나 오래된 친구인데 너처럼 쪼잔할 리 있겠니?" 전바오는 웃음을 지었다.

두바오가 잠시 생각하다가 물었다. "전에 살던 사람을 형도 알아?"

"쑨(孫) 씨였을 거야. 역시 영국에서 돌아왔고 지금은 대학에서 강의할걸. 그건 왜 물어?"

두바오는 먼저 웃고 나서 입을 열었다. "아까 형이 없을 때 이 집 요리사와 가정부가 와서 커튼을 달아 줬어. 언뜻 들으니 오래 머물지 아닐지 모르겠다고 소곤거리더라. 또 예전에 여길 쓰던 사람을 왕 선생이 내쫓을 수밖에 없었다고도 했어. 원래 왕 선생은 싱가포르에서 사업할 계획이라 벌써 떠났어야 했는데 마음을 놓을 수가 없었대. 그 사람을 내보내지 않고는 못 간다고. 두 사람은 두 달 동안 떨어져 지내야 한다더라."

전바오가 얼른 말을 막았다. "그런 헛소리를 믿는다고? 남의 집에서 살 때 제일 중요한 게 집주인에 대해 고용인과 떠들지 않는 거야. 문제가 커지거든!"

두바오는 더 이상 말하지 않았다.

잠시 뒤 가정부가 식사하라고 알려 와 전바오 형제는 함께 나갔다. 전반적으로 동남아 풍미가 감도는 서양식 중국요리였으며 주요리는 양고기 카레였다. 왕스훙의 아내는 얇은 토스트 한 쪽과 햄 한 조각만 앞에 두었는데 그나마도 기름진 부분은 잘라 남편에게 주었다. 전바오가 웃으며 물었다. "부인은 왜 그렇게 적게 드세요?"

스훙이 대답했다. "살찔까 걱정하는 거지."

전바오가 의아하다는 표정으로 말했다. "딱 좋으신데요. 전혀 뚱뚱하지 않습니다."

스훙의 아내가 대답했다. "최근 2킬로그램 정도 빼서 많이 날씬해졌어요."

스훙이 웃으며 아내의 뺨을 꼬집었다. "많이 날씬해졌다고? 그럼 이건 뭔데?"

그의 아내가 눈을 흘겼다. "작년에 먹은 양고기지."

그 말에 다들 웃음을 터뜨렸다.

전바오 형제와 처음 만나는데도 왕스훙의 아내는 옷을 갈아입지 않고 아까의 목욕 가운 차림 그대로 식사 자리에 나왔다. 머리카락도 다 말리지 않고 하얀 수건으로만 대충 감아 놓아 수건 밑으로 간혹 물방울이 떨어지며 미간을 촉촉하게 적셨다. 그녀의 거리낌 없는 태도를 시골에서 자란 두바오는 아주 이상하다고 생각했고 전바오도 평범하지는 않다고 여겼다. 그런데 식사 자리에서 그녀는 이것저것 세심하게 질문했다. 집안일은 엉망일지라도 접대는 꽤 잘하는 듯 보였다.

스훙이 전바오에게 말했다. "여태 말할 틈이 없어 못 했는데 나는 일이 있어서 내일 싱가포르에 가. 이제 자네들이 들어와서 살펴 줄 테니 얼마나 다행인지."

전바오가 웃으며 말했다. "이렇게 유능한 왕 부인이 우리를 살펴 주시겠지 우리가 살필 일이 뭐가 있겠나?"

스훙이 웃었다. "저 수다에 넘어가면 안 돼. 아무것도 모르거든. 중국에 온 지 삼 년이 되었건만 아직도 적응을 못 했어. 말도 제대로 못 한다니까."

스훙의 아내는 미소만 지을 뿐 반박하지 않고 가정부에게 찬장의 약병을 가져다 달라고 한 뒤 한 숟가락 따랐다. 전바오는 하얀 페인트처럼 걸쭉한 액체를 보고 자기도 모르게 눈살을 찌푸렸다. "칼슘제죠? 저도 먹는데 맛이 정말 끔찍해요."

스훙의 아내는 숟가락의 액체를 먹고 잠시 말을 못 하다가 침을 삼키고서야 입을 열었다. "담벼락을 먹는 느낌이에요!"

전바오가 또 웃음을 터뜨렸다. "왕 부인은 한 마디 한 마디 전부 재치가 넘치시네요!"

"퉁 선생님, 저를 왕 부인이라고 부르지 마세요." 왕스훙의 아내는 몸을 일으켜 창가 책상 쪽으로 걸어갔다. 전바오는 '왕 부인이라는 호칭은 확실히 개성이 부족하지.'라고 생각했다. 무언가를 쓰려는 듯 그녀가 책상 앞에 앉자 스훙이 다가가 손을 그녀 어깨에 올리고 허리를 굽히며 물었다. "멀쩡한 사람이 무슨 약을 또 먹어?"

스훙의 아내는 쓰는 데 집중하느라 고개도 돌리지 않고 대답했다. "열기가 올라와서 얼굴에 뾰루지가 났잖아."

스훙이 얼굴을 바싹 붙이면서 "어디?" 하고 물었다. 그녀는 살며시 옆으로 비켜 눈살을 찌푸리며 웃고는 경고하듯 말했다. "에이, 에이, 에이."

구식 가정에서 자라 그런 부부를 처음 본 두바오는 가만히 앉아 있을 수 없었는지 경치를 보겠다며 유리문을 열고 베란다로 나갔다. 전바오는 담담하게 자기 사과를 깎았다. 그때 스훙의 아내가 돌아와 종이 한 장을 내밀며 웃었다. "저기요, 저도 이름이 있어요."

스훙이 웃으며 말했다. "당신은 남들 앞에서 한자를 쓰면 안 돼. 웃음거리가 된다니까."

전바오가 보니 종이에 '왕자오루이(王嬌蕊)'라는 글자가 비뚤비뚤하게 적혀 있었다. 뒤로 갈수록 글자가 커지고 간격이 벌어져 '루이' 자는 거의 세 글자처럼 보였다. 전바오가 자기도 모르게 피식 웃음을 터뜨리자 스홍이 손뼉을 쳤다. "남들이 비웃을 거라고 했잖아. 봤지? 당신도 봤지?"

전바오는 웃음을 참으며 부인했다. "아, 아니야. 정말 잘 썼는걸."

스홍이 말했다. "저들 화교들은 이름을 정말로 볼품없이 짓는다니까."

자오루이는 입을 삐죽이며 종이를 잡아 꾸긴 뒤 화난 듯 돌아서 나가 버렸다. 하지만 삼십 초도 안 되어 뚜껑을 딴 유리병을 들고 돌아왔다. 병에는 설탕에 절인 호두가 들어 있었다. 걸어오면서 이미 먹기 시작한 그녀는 전바오와 두바오에게도 권했다. 스홍이 웃으며 말했다. "그건 살찔까 걱정 안 되나 보네!"

전바오도 웃으며 맞장구쳤다. "맞아요. 단 걸 많이 먹으면 살이 쉽게 찌죠."

스홍이 웃었다. "자네 모르지, 저들 화교들은……."

그때 자오루이가 말을 잘랐다. "또 '저들 화교들'이라고 하네! 나를 '저들'이라 부르지 말라고!"

스홍은 계속 이어 갔다. "저들 화교들은 중국인의 단점도 가지고 있지만 외국인의 단점도 가졌어. 외국인들처럼 살찔까 걱정하며 이것저것 다 안 먹고 툭하면 설사약을 먹는다니까. 그러면서 또 설탕은 못 끊고. 한번 물어봐. 왜 그걸 먹느냐고!

분명 요즘 기침을 좀 하는데 절인 호두가 기침에 아주 좋다고 대답할 거야."

전바오가 웃으며 말했다. "확실히 중국인은 그렇지. 무엇이든 내가 먹고 싶은 게 제일 잘 듣는다고 믿잖아."

자오루이는 호두 한 알을 위아랫니 사이에 넣으면서 새끼손가락으로 그를 가리켰다. "입 다물어요. 일리 있는 말이니까."

자오루이 앞에 있다가는 술기운에 실수할 것만 같아 전바오는 핑계를 대고 베란다로 나갔다. 찬 바람을 쐬자 아까 얼굴이 벌겋게 달아오르지 않았었나 한층 더 걱정되고 마음이 복잡해졌다. 이제 겨우 로즈와 헤어졌는데 그녀가 새로운 여자, 그것도 남의 아내로 부활한 듯했다. 심지어 이번 여자는 로즈보다 더 심했다. 그녀가 방에 있을 때면 왼쪽 오른쪽 할 것 없이 사방팔방에 반라의 그녀가 그려진 붉은 벽화가 가득한 느낌이 들었다. 어째서 이런 여자만 만날까? 어디에서나 위태위태해지는 건 그의 잘못일까? 그럴 리가 없지 않은가? 순수한 중국인 중에는 이런 유형이 거의 없었다. 그가 얼마 전에 귀국해 반은 중국식, 반은 서양식인 무리와 어울리기 때문이었다. 외국에서 중국인을 만나면 무조건 오래된 친구처럼 여겨졌다. 그러다 고향에 돌아와 타향 친구를 만나면 처음에는 익숙해도 점점 낯설게 느껴지고 갈수록 멀어졌다. 그런데 이 왕자오루이는……. 왕스훙은 그녀와 결혼하고도 잘 지내지 않나? 물론 왕스훙은 아버지가 재력가이니 달랐다. 자기 능력만으로 헤쳐 나가야 하는 전바오에게 이런 여자는 부담이었다. 더군다나 왕스훙처럼 성격이 좋지 못해 여자를 멋대로 내버려둘 수 없었다. 온종일 그녀와 티격태격한다면 무슨 꼴이 되겠는 가. 그랬다가는 진이 다 빠질 터였다. 물론…… 왕스훙이 그녀 를 제어하지 못하는 탓도 있었다. 제어할 수 있다면 이 정도는 아닐 텐데……. 전바오는 팔짱을 끼고 난간에 엎드렸다. 아래 쪽 문 앞에 환하게 불 켜진 전차가 멈추어 서자 사람들이 우 르르 올라타거나 내렸고 곧이어 전차 불빛이 사라졌다. 조용 해진 거리에 아파트 아래층의 음식점 불빛만 남았다. 바람에 날리는 낙엽 두 장이 아무도 신지 않은 낡은 신발처럼 터덜터 덜 한참을 걸어갔다. ……세상에 사람이 이렇게 많아도 너를 데리고 집으로 돌아갈 사람은 없구나. 깊고 조용한 밤, 혹은 그 언제라도 생사의 갈림길이나 깊은 어둠에 놓일 때는 진심 으로 사랑하는 아내가 필요할 거야. 아니면 적막뿐일 테고. 전 바오는 그렇다고 확신하지 못한 채 서글픈 느낌에 휩싸였다.

스훙 부부가 이야기를 나누며 베란다로 나왔다. 스훙이 아 내에게 말했다. "머리카락 다 말랐어? 바람을 쐬면 기침이 더 심해질 텐데."

자오루이가 머리를 감싼 수건을 풀고 머리카락을 흔들었다. "괜찮아."

전바오는 그들 부부가 이별을 앞두고 있으니 둘이서만 이야 기하고 싶을 듯해 일부러 입을 틀어막으며 하품하는 척했다. "우리는 자러 가야겠어. 두바오가 내일 아침 일찍 학교에 가서 안내서를 받아야 하거든."

"나는 내일 오후에 떠나니까 자네를 못 보고 가겠군."

전바오는 스훙과 악수하며 작별 인사를 나눈 뒤 두바오와 함께 방으로 돌아갔다.

이튿날 전바오가 퇴근해 초인종을 누르자 자오루이가 한 손에 수화기를 든 채 문을 열어 주었다. 복도가 어두워 잘 보이지는 않아도 옷걸이에서 스훙의 모자와 외투가 사라진 것을 알 수 있었다. 옷걸이 아래에 놓여 있던 가죽 트렁크도 없어진 것으로 보아 이미 떠난 게 분명했다. 전바오가 외투를 벗어 옷걸이에 걸 때 자오루이가 전화번호를 누르고 "쑨 선생 부탁합니다."라고 말하는 게 들렸다. 귀를 기울이니 자오루이의 말소리가 또 들려왔다. "티미? ······아니, 오늘은 안 나가, 집에서 남자 친구를 기다리고 있거든." 키득키득 웃고는 또 말했다. "누구냐고? 안 가르쳐 줘. 왜 가르쳐 줘야 하는데? ······아, 관심 없다고? 당신은 당신 자신한테도 관심이 없나? ······어쨌든 5시에 같이 차를 마시려고. 특별히 그 사람을 기다리니까 당신 멋대로 오면 안 돼."

전바오는 통화를 끝까지 듣지 않고 방으로 갔다. 동생이 방에도 없고 욕실에도 없었다. 베란다에 있나 싶어서 나가자 자오루이가 거실에서 이쪽으로 오고 있었다. "두바오가 책을 헌책방에서 살 수 있는지 보러 간다고 전해 달래요."

전바오는 고맙다고 인사하면서 그녀를 힐끗 쳐다보았다. 자오루이는 바닥까지 끌리는 긴 옷을 입었는데 초록색이 얼마나 선명하고 촉촉한지 무엇이든 닿기만 하면 초록색으로 물들일 듯했다. 한 걸음 살짝 움직이자 조금 전까지 그녀가 점유했던 공기에 초록색 자국이 남는 것만 같았다. 옷을 너무 작게 만든 듯 양쪽 가장자리가 5센티미터 정도 벌어졌고, 십자 모양으로 묶은 초록색 리본 사이로 진분홍색 슬립이 드러났다. 오래 쳐다보면 색맹이 될 것처럼 자극적인 색깔이었다. 그런 옷을 거리낌 없이 입을 수 있는 사람은 그녀뿐일 듯했다. 자오루이가 "차 한잔 할래요?"라고 물으면서 거실로 돌아가더니 탁자 옆에 앉아 주전자에서 차를 따랐다. 탁자에는 찻잔과 접시 두 세트가 가지런히 놓이고 접시에는 버터 비스킷과 토스트가 있었다. 전바오는 유리문 앞에 선 채 웃음을 지었다. "이따가 손님이 오시는 거 아닌가요?"

"기다리지 말고 우리 먼저 먹어요."

전바오는 그녀가 무슨 생각인지 가늠이 안 되어 머뭇거리다가 잠시 앉기로 했다.

자오루이가 물었다. "우유 드릴까요?"

"다 괜찮습니다."

"아, 맞다. 순수한 차를 좋아하시지요. 외국에 있는 동안 마시고 싶어도 마실 수 없었다고 어제 이야기했는데 말이에요."

전바오가 웃으며 대답했다. "기억력이 정말 좋으시네요."

자오루이가 일어나 종을 울리며 힐끗 쳐다보았다. "아니에요. 모르셔서 그렇지, 전 기억력이 형편없답니다."

전바오는 가슴이 철렁하며 자기도 모르게 살짝 얼이 빠졌다. 가정부가 들어오자 자오루이가 분부했다. "차를 두 잔 내와요."

전바오가 웃었다. "이참에 찻잔과 접시도 더 달라고 하세요. 어차피 이따가 손님이 오면 내와야 할 테니."

자오루이가 쳐다보며 웃음을 지었다. "손님은 무슨. 뭘 그렇게 신경 쓰세요? 아줌마, 펜과 종이 좀 가져다줘요." 그녀는 쓱쓱 쪽지를 적더니 전바오에게 내밀었다. 아주 간단하게 "친애하는 티미, 정말 미안한데 일이 있어서 나가. 자오루이."라고 적혀 있었다. 그녀는 쪽지를 반으로 접어 가정부에게 건넸다. "이따가 쑨 선생이 오면 이걸 주고 나는 집에 없다고 해요."

가정부가 나간 뒤 전바오는 비스킷을 먹으며 웃었다. "정말 이해가 안 되네요. 대체 무슨 짓입니까? 오라고 해 놓고 헛걸음하게 만들다니요."

자오루이가 몸을 내밀어 접시의 비스킷을 신중하게 살펴보았지만 끝내 마음에 드는 것을 고르지 못하고 대답했다. "약속할 때만 해도 헛걸음시킬 생각이 없었어요."

"네? 갑자기 바뀌었다고요?"

"여자에게 변덕은 권리라는 말도 못 들어 봤어요?"

가정부가 녹차를 가져왔다. 찻잎이 수면에 잔뜩 떠 있었다. 전바오는 두 손으로 유리잔을 들었지만 마시지는 않았다. 두 눈을 차에 고정한 채 속으로 이유를 찾았다. 자오루이는 남편 몰래 쑨 씨와 인연을 맺고 있으니 자신을 방해물로 생각할 게 분명했다. 그래서 오늘 그의 손을 묶고 입을 막으려고 일부러 호감을 드러내는 것일 터였다. 사실 전바오는 그들 일에 관여할 생각이 전혀 없었다. 왕스훙과 그렇게까지 친한 사이도 아니고, 설령 아주 친한 사이여도 남의 부부 사이에서 시비를 따지고 싶지 않았으며 그럴 수도 없었다. 어쨌든 상대하기 힘든 여자 같아 전바오는 경계심을 높였다.

자오루이가 찻잔을 내려놓고 일어나더니 찬장에서 땅콩버

터병을 꺼내 오며 웃었다. "저는 수준이 낮은 사람이라 수준 낮은 걸 좋아해요."

"세상에! 그건 열량이 높아서 정말 살찌기 쉬워요!"

자오루이가 뚜껑을 열며 말했다. "전 규칙 깨기를 좋아하거든요. 당신은 규칙 깨는 걸 싫어하나요?"

전바오는 유리병에 손을 올리며 말했다. "싫어해요."

자오루이가 잠시 망설이다가 웃으며 청했다. "그렇다면 토스트에 좀 발라 주세요. 당신이라면 너무 많이 바르지 않겠지요."

전바오는 그녀의 가련한 모습에 웃음을 참지 못하고 결국 토스트에 땅콩버터를 발라 주었다. 자오루이는 찻잔을 든 채 그를 가만히 쳐다보다가 입꼬리를 올리며 웃었다. "왜 당신한테 시켰는지 알아요? 나라면 순간적으로 정신을 차리고 최대한 얇게 발랐을 거거든요. 하지만 당신은 민망해서 너무 얇게 바르지는 못할 테니까요!" 두 사람은 동시에 웃음을 터뜨렸다. 그렇게 유치한 아양에 전바오는 점점 마음이 풀렸다.

한창 차를 마실 때 초인종이 울렸다. 전바오는 안절부절못하며 다시 한번 말했다. "당신이 초대한 손님이잖아요? 정말 마음에 걸리지 않아요?"

자오루이가 어깨를 으쓱했다. 전바오는 유리잔을 들고 베란다로 나가며 말했다. "그 사람이 나갈 때 어떤 사람인지 보려고요."

자오루이가 따라 나왔다. "그 사람이요? 무척 잘생겼어요. 너무 잘생겼지요."

전바오가 난간에 기대며 웃었다. "잘생긴 남자를 좋아하지 않아요?"

"남자가 잘생기면 안 좋아요. 그러면 여자보다 더 멋대로 굴거든요."

전바오가 눈꺼풀을 반쯤 내리뜨고 그녀를 바라보며 웃었다. "남 얘기 할 게 아니라 당신 자신부터 마음대로 행동하잖아요."

"어쩌면요. 당신은 완전히 반대로 사사건건 다 참고요. 사실은 나처럼 놀고먹는 것을 좋아하면서요."

전바오가 웃음을 터뜨렸다. "어? 정말요? 당신은 그걸 알아봤고요!"

자오루이는 고개를 숙인 채 찻잔의 찻잎을 살살 건져 내기 시작했다. 한참을 건진 뒤에야 한 모금 마셨다. 전바오도 말없이 차를 마셨다. 얼마 뒤 아파트에서 양복을 입은 사람이 나왔다. 3층에서 내려다보아 잘 보이지 않았지만 다급하게 모퉁이를 도는 모습이 잔뜩 화난 모양새였다. 전바오가 또 참지 못하고 말했다. "불쌍하게 헛걸음했네요!"

"어차피 온종일 빈둥거리는걸요. 할 일이 없기로는 나도 마찬가지지만 일 없는 사람은 우습게 보이더라고요. 나는 정신없이 바쁜 사람한테서 맹수처럼 시간을 빼앗는 게 좋아요. 비열한 것 같나요?"

난간에 기대 있던 전바오는 난간을 먼저 발로 툭 찼다가 의도적인 듯 아닌 듯 그녀의 등나무 의자를 툭툭 차기 시작했다. 의자가 흔들리자 자오루이의 팔뚝 살도 미세하게 흔들렸다. 살이 많지 않은데도 골격이 작아 자오루이는 통통해 보였다. 전바오가 웃으며 물었다. "바쁜 사람을 좋아한다고요?"

자오루이가 한 손을 눈에 올리며 웃었다. "사실 상관없어요. 내 마음은 아파트거든요."

"그럼 세를 줄 빈방이 있나요?" 웃으며 또 물었는데 자오루이가 대답하지 않자 전바오가 말했다. "그런데 저는 아파트가 익숙하지 않아요. 단독 주택이 좋지."

자오루이가 콧방귀를 뀌었다. "능력 있으면 허물고 다시 짓든가요!"

전바오는 그녀의 의자를 세게 차며 말했다. "두고 봐요!"

자오루이가 얼굴에서 손을 치우고 눈을 동그랗게 뜨며 쳐다보았다. "빈정댈 줄도 아네요!"

"당신을 보니 빈정대지 않을 수가 없네요."

"진정하고 당신 과거나 좀 들려줘요."

전바오가 "무슨 일이요?" 하고 묻자 자오루이가 한쪽 다리를 뻗어 돌렸다. 그 바람에 전바오는 들고 있던 차를 쏟을 뻔했다. 자오루이가 웃으며 말했다. "시치미는! 다 알고 있다고요."

"안다면서 왜 물어요? 차라리 당신 과거나 좀 들려줘요."

자오루이가 "저요?" 하더니 고개를 기울여 뺨을 어깨에 잠시 문지르다가 조용히 말했다. "내 일생은 그냥 몇 마디면 끝나요."

한참 침묵이 흐르자 전바오가 재촉했다. "그럼 이야기해 봐요." 자오루이가 여전히 입을 열지 않고 생각에 잠겨 있자 전바오가 물었다. "스훙과는 어떻게 만났나요?"

"평범해요. 런던에서 학생회 회의가 열렸을 때 나도 대표였고 그 사람도 대표였죠."

"런던대에 있었어요?"

"우리 집에서 나를 런던에 유학 보냈던 것은 사실 시집보내기 위해서였어요. 좋은 사람 고르라고. 그때는 나이가 어려서 결혼할 마음이 전혀 없었지요. 사람을 찾는다는 핑계로 밖에 나가 놀았어요. 몇 년을 놀고 나니 평판이 나빠져서 부랴부랴 스훙을 잡았지요."

전바오가 그녀의 의자를 또 찼다. "아직도 충분히 못 놀았어요?"

"충분하고 말고의 문제가 아니에요. 사람이 어떤 능력을 갖추게 되면 버리기 아까운 법이지요."

"중국에 있다는 걸 잊지 마요."

자오루이가 차를 한입에 들이붓고 자리에서 일어났다. 그러고는 입안의 찻잎을 난간 밖으로 뱉으며 말했다. "중국에도 중국의 자유가 있지요. 마음대로 길바닥에 뱉을 수 있어요."

초인종이 또 울렸을 때 전바오는 동생이겠다고 추측했다. 아니나 다를까 두바오였다. 두바오가 돌아오자 상황은 자연스럽게 달라졌다. 나중에 전바오는 당시 상황을 꼼꼼히 되짚어 보았다. 황혼의 베란다라서 그녀는 모습이 똑똑히 보이지 않았다. 귓가에서 간질간질하게 숨을 내쉬는 듯한 나직하고 은밀한 목소리만 들려왔다. 어둠 속이라 마음을 뒤흔드는 그녀의 몸을 잠시 잊을 수 있었기 때문에 그녀에게서 또 다른 무언가를 발견할 수 있었다. 비록 남의 아내였고 정신적으로도 미숙했지만 솔직하고 총명한 사람 같았다. 바로 그 점이 매력적으로 다가왔다. 하지만 다름 아닌 그 이유에서 전바오는 새로운 위협을 느꼈다. 새로운 위협에 비하면 단순한 육체적 유혹은 아무것도 아니었다. 그는 절대로 진지해지면 안 되었다! 그러면 제 무덤을 파는 꼴이었다. 어쩌면…… 어쩌면 그녀의 몸이 수작을 부리는지도 몰랐다. 남자는 여자의 몸을 동경할 때 영혼에 관심을 가지게 되고 자신이 그녀의 영혼을 사랑한다고 믿는 법이었다. 여자의 몸을 점령하고 나서야 영혼을 잊을 수 있었다. 어쩌면 그게 유일한 탈출법일지도 몰랐다. 왜 안 되겠는가? 그녀는 정부가 많으니 하나쯤 더 늘거나 줄어도 개의치 않을 터였다. 왕스홍도 개의치 않을 거라고 말할 수는 없지만 더 큰 타격을 입을 것도 없어 보였다.

불현듯 전바오는 자신이 이 여자와 자야 할 정당성을 확보하기 위해 온갖 핑계를 만들어 내고 있음을 깨달았다. 수치심이 밀려오면서 이제부터 그녀를 피하고 다른 집을 찾으리라 마음먹었다. 적당한 곳을 찾으면 곧장 이사 가리라 결정했다. 전바오는 사방으로 부탁해 동생을 전문학교 기숙사에 집어넣었다. 혼자 남자 대처하기 편해졌다. 점심은 원래부터 사무실 부근의 식당에서 먹었고 이제는 저녁도 밖에서 해결한 뒤 아주 늦게 돌아와 곧바로 잠자리에 들었다.

어느 날 밤 전화벨이 울리는데 한참이 지나도 받는 사람이 없었다. 전바오가 방을 나갔을 때야 자오루이의 방문이 열리는 소리가 들렸다. 혹시라도 어두운 복도에서 마주칠까 봐 전바오는 방으로 돌아가려고 했다. 하지만 자오루이가 허둥대며 전화기를 찾지 못하는 듯해 전바오는 근처의 전등을 켜 주었다. 등불 아래로 자오루이의 모습이 드러났을 때 전바오는 그대로 굳어 버렸다. 조금 전에야 씻고 잠옷으로 갈아입은 듯했다. 동남아 화교들이 즐겨 입는 비단 재질의 윗옷과 바지였다. 무늬가 너무 어두워서 잘 보이지 않았지만 어쨌든 뱀이나 초목 같은 게 뒤엉키고 검정과 금색 바탕에 주황색과 초록색이 섞여 있었다. 그 바람에 집 안의 어둠이 한층 짙어지는 기분이었다. 희미한 등불 아래의 복도는 낯선 곳에서 낯선 곳으로 가는 기차간 같았다. 기차에서는 우연히 만나는 여인과도 친해지기 쉬운 법이었다.

자오루이는 한 손에 수화기를 들고 다른 손으로 옆구리의 금색 복숭아씨 모양 단추를 잠그려고 했지만 성공하지 못했다. 사실 아무것도 보이지 않았는데도 전바오는 쿵쿵거리는 심장을 진정시킬 수 없었다. 자오루이가 몸을 돌리자 머리카락이 어지럽게 흘러내렸다. 노란 얼굴색 때문에 금박을 입힌 조각상 같았고, 내리뜬 속눈썹 그림자가 작은 손처럼 뺨까지 길게 드리웠다. 다급하게 나오느라 한쪽 슬리퍼가 벗겨져 슬리퍼가 없는 발을 다른 쪽 발등에 올려놓고 있었다. 전바오가 그녀의 발목에서 땀띠 파우더 흔적만 겨우 발견했을 만큼 잠깐 사이에 그녀는 전화를 끊었다. 잘못 걸려 온 전화였다. 자오루이는 불안정하게 서 있다가 비틀하더니 수화기를 손에 든 채 의자에 주저앉았다. 전바오는 별로 이야기하고 싶지 않다는 뜻으로 손을 문고리에 얹고 고개를 끄덕이며 웃었다. "요즘 왜 이렇게 만나기 힘들지요? 설탕처럼 녹아 버린 줄 알았습니다." 자신이 피했지 그녀가 피한 게 아님을 분명히 알면서도 전바오는 자오루이가 입을 열기 전에 선수를 쳤다. 일종의 자기방어였다. 한심하기 짝이 없다는 걸 알았지만 그녀를 보자 농담을 건네지 않을 수 없었다. 자오루이는 그런 여자였다.

"내가 그렇게 달콤한가요?" 자오루이가 거리낌 없이 말하면서 슬리퍼를 찾아 한쪽 발을 이리저리 내저었다.

전바오가 대담하게 답했다. "모르죠. 먹어 본 적이 없으니."

자오루이가 피식 웃음을 터뜨렸다. 계속 슬리퍼를 못 찾기에 전바오는 더 이상 보고 있기 힘들어 다가가 허리를 굽혔다. 하지만 그녀는 이미 발을 슬리퍼에 집어넣은 뒤였다.

민망해진 전바오는 몸을 일으키고 괜스레 씩씩거리며 물었다. "고용인들은 오늘 다 어디 갔습니까?"

"요리사와 가정부는 고향 사람들이 찾아와서 다스제 놀이공원에 놀러 갔어요."

전바오는 그러냐고 하고 또 웃으며 물었다. "집에 혼자 있으면 무섭지 않아요?"

자오루이가 웃으며 일어나 방으로 걸어갔다. "뭐가 무서울까요?"

"내가 무섭지 않아요?"

자오루이는 고개도 돌리지 않고 웃었다. "뭐라고요? ……신사와 단둘이 있는 게 무서울 리 없죠."

전바오는 가기 싫다는 듯 손잡이를 잡은 손에 등을 기대며 뒤로 물러났다. "신사인 척한 적 없는데요."

"진짜 신사는 그런 척할 필요가 없지요." 웃으며 대꾸한 뒤 자오루이는 문을 열고 들어갔다가 도로 몸을 내밀고 복도의 전등을 탁 껐다. 전바오는 어둠 속에서 몸을 부르르 떨었지만 헛된 흥분이었다. 자오루이는 이미 사라지고 없었다.

밤새도록 뒤척이면서 전바오는 있을 수 있는 일이라고 스스로를 달랬다. 자오루이는 로즈와 다르고 제멋대로인 유부녀는 가장 자유로운 여자이므로 아무 책임도 느낄 필요가 없다고. 그러나 전바오는 스스로에 대한 책임을 저버릴 수 없었다. 로즈를 떠올리자 그날 밤이 떠올랐다. 벌판의 자가용 안에서 자신이 얼마나 떳떳하게 행동했던가. 그때의 자신에게 미안한 행동을 할 수는 없었다.

그렇게 또 두 주가 지나갔다. 그날 갑자기 따뜻해져 전바오는 외투를 입지 않고 나갔는데 비가 살짝 내리고 나자 한기가 느껴졌다. 점심시간에 외투를 가지러 집으로 돌아갔건만 웬일인지 복도 옷걸이에 걸려 있어야 하는 외투가 보이지 않았다. 한참을 찾느라 다급해졌을 때 전바오는 거실 문이 살짝 열린 걸 발견하고 들어갔다. 뜻밖에도 그의 외투가 벽면 유화 액자에 걸렸고 자오루이가 그림 아래의 소파에 앉아 조용히 담배에 불을 붙이고 있었다. 전바오는 깜짝 놀라 다급하게 물러났지만 몸을 돌리는 순간 참지 못하고 힐끗 들여다보았다. 알고 보니 자오루이는 담배를 피우는 게 아니었다. 소파 팔걸이에 재떨이를 놓고 성냥으로 꽁초에 불을 붙인 뒤 그게 손가락 사이에서 천천히 타들어 가는 걸 보고 있었다. 손가락에 닿았을 때 그녀는 꽁초를 내던진 뒤 손을 입가에 대고 아주 만족스러운 듯 불었다. 전바오는 푸른빛의 법랑 재떨이가 자기 방에 있던 것임을 알아보았다.

도둑처럼 빠져나오면서 전바오가 느낀 감정은 당혹감이었다. 처음에도 이해가 잘 안 되었는데 생각을 정리한 뒤에도 의문이 풀리지 않았다. 자오루이 같은 사람이 그의 외투 옆에 멍하니 앉아 옷에 밴 담배 냄새에 파묻히는 것으로 모자라 그가 남긴 꽁초에 불까지 붙이다니…… 정말 손을 많이 타는 어린아이 같았다. 언제나 원하는 모든 것을 다 얻었기 때문에 거부하는 사람을 만나자 빠져들 만하다고 느끼는 모양이었다. 그런데 어린아이의 머리와 성숙한 여인의 아름다움보다 더 매혹적인 조합이 어디 있겠는가. 전바오는 완전히 정복당했다.

그런데도 전바오는 친구들을 불러내 밖에서 저녁을 먹었다. 다만 앉아 있을수록 대화가 재미없고 친구들도 밉살스럽게 느껴졌다. 전바오는 안절부절못하며 겨우 자리를 지키다가 끝나자마자 얼른 버스를 타고 아파트로 돌아갔다. 자오루이는 피아노를 치고 있었다. 그때 한창 유행하는 「그림자 왈츠」였다. 전바오는 두 손을 주머니에 찔러 넣은 채 베란다에서 서성거렸다. 피아노 위에 놓인 등이 그녀의 얼굴을 비추었다. 그렇게 차분한 자오루이의 얼굴은 처음 보았다. 전바오가 피아노 가락을 따라 흥얼거렸지만 자오루이는 못 들은 듯 곡을 바꾸어 가며 연주만 계속했다. 전바오는 따라 부를 용기가 나지 않았다. 유리문 앞에서 오랫동안 지켜보고 있는데 갑자기 눈물이 흘러나왔다. 어쨌든 그녀와 한곳에, 두 사람의 몸과 마음이 함께 있기 때문이었다. 그녀가 자신의 눈물을 보아 주었으면 했지만 자오루이는 피아노만 칠 뿐이었다. 전바오는 고민하다가 가까이 다가가 더는 못 치도록 악보를 넘겨 버렸다. 그러나 자오루이는 전혀 신경 쓰지 않았다. 애당초 악보를 보는 게 아니라 외워서 여유롭게 손가락을 놀리고 있었다. 문득 그녀와 아무 관련이 없는 듯 느껴져 전바오는 화도 나고 겁도 났다. 그는 피아노 의자에 바싹 다가앉은 뒤 팔을 뻗어 그녀를 끌어안았다. 피아노 소리가 뚝 끊어졌다. 자오루이가 능숙하게, 지나칠 정도로 능숙하게 얼굴을 옆으로 돌렸다. 두 사람은 입을 맞추었다. 전바오는 그녀를 거칠게 피아노 건반 위로 눌렀다. 요란하고 혼란스럽게 울리는 소리 속에서 전바오는 최소한 다른 사람이 했던 입맞춤과는 다를 것이라고 생각했다.

자오루이의 침대는 무척 근사했지만 전바오는 그렇게 두툼한 침구가 익숙하지 않아 일찍 잠에서 깼고 머리가 핑 도는 느낌마저 받았다. 머리를 빗을 때 머리카락 속에서 초승달 모양의 붉은 손톱 조각이 나왔다. 긴 손톱에 전바오가 긁히자 자오루이는 전바오가 잠기운에 비몽사몽 중일 때 침대 머리에 앉아 손톱을 깎았다. 어젯밤에 달이 떴었는지 기억나지 않았지만 분명 붉은 초승달이었을 듯싶었다.

그날 이후 전바오는 퇴근해 돌아갈 때 이 층 버스의 위층에 앉았다. 해가 지는 쪽으로 달려 버스 유리창이 환하게 빛났다. 버스는 굉음을 내며 태양을 향해, 그의 쾌락을 향해, 그의 수치스러운 쾌락을 향해 달려갔다. 어떻게 수치스럽지 않겠는가? 그의 여인이 남의 밥을 먹고 남의 집에 살며 남의 성씨를 썼다. 하지만 전바오의 쾌락은 옳지 않다는 생각 때문에 한층 커질 뿐이었다.

전바오는 추락하는 기분이 들었다. 높은 곳에서 떨어지는 물체는 원래의 중량보다 몇 배는 더 무거워지는 법이니 그 엄청난 중량에 부딪힌 자오루이는 정신을 잃을 지경이었다.

"정말로 당신을 사랑하게 되었어요." 그렇게 말할 때도 자오루이는 조금 비웃는 어투였다. "그거 알아요? 나는 매일 여기 앉아서 당신이 돌아오길 기다려요. 엘리베이터가 천천히 올라오다가 우리 층을 지나쳐 계속 올라가면 내 심장도 딸려 올라가 내려오지 않는 기분이지요. 여기까지 오지 않고 멈추면 중간에 숨이 끊어질 것 같고요."

전바오가 웃으며 말했다. "당신 마음에는 엘리베이터도 있군요. 역시 당신 마음은 아파트였어."

자오루이가 담담하게 웃고는 뒷짐을 진 채 창가로 가서 잠시 밖을 내다보다가 입을 열었다. "당신이 원하는 집은 이미 다 지어졌어요."

처음에는 무슨 말인지 이해하지 못했고 이해하고 난 뒤에도 전바오는 한동안 정신을 차릴 수 없었다. 글로 장난쳐 본 적이 없던 사람이 이번만큼은 이례적으로 책상에서 펜을 들고 "마음속 새집의 준공을 축하합니다."라고 적었다. 사실 별로 기쁘지 않았다. 떠들썩하던 육체적 즐거움이 삽시간에 가라앉고 황량한 고요, 감정이 거의 없는 일종의 만족감만 남은 기분이었다.

다시 끌어안았을 때 자오루이가 힘껏 팔을 감으며 부끄러운 듯 말했다. "사랑하지 않으면 이러지 않잖아요? 사랑하지 않는데도 이러면 당신은 나를 경멸할 테고요." 그녀는 두 팔을 한층 더 조이면서 물었다. "좀 다른 게 느껴져요? 다르죠?"

"당연히 다르지요." 솔직히 전바오는 구분할 수 없었다. 예전의 자오루이는 뛰어난 연애의 장인이었다.

그런 사랑은 자오루이도 생전 처음이었다. 그녀 자신도 왜 전바오에게 빠졌는지 알지 못했다. 늘 전바오를 향하는 자오루이의 눈빛에는 나긋함과 함께 가벼운 비웃음이 깃들었다. 그녀는 그를 비웃고 자신을 비웃었다.

물론 전바오는 능력 있는 사람이고 최고의 방직 기술자였다. 사무실에서 그는 독특한 스타일을 드러내며 고개도 들지 못할 만큼 바쁘게 일했다. 외국인 상사는 "미스터 퉁! 미스터 퉁! 어디 있나?" 하고 쉴 새 없이 불렀다. 이마로 흘러내린 머리카락을 전부 뒤로 넘겼고, 안경 뒤에서는 렌즈 가장자리에 빛이 서릴 만큼 눈이 반짝반짝 빛났다. 그는 여름을 좋아했지만 여름이든 아니든 땀을 줄줄 흘리며 정신없이 일했다. 양복 전체에 주름이 자글자글했으며 특히 팔꿈치와 무릎에는 웃는 것처럼 주름이 잡혀 있었다. 중국인 동료들은 행색이 초라하다고 흉보곤 했다.

전바오가 제 유능함을 자랑할 때마다 자오루이는 치켜세워주며 그의 머리카락을 쓰다듬었다. "그래요? 아, 우리 아기가 정말 능력 있군요. 하지만 이것도 알아야 해요. 이걸 모르는 게 더 문제일걸? 다른 면에서 당신은 그다지 똑똑하지 않으니까. 당신을 사랑해요, 알겠어요? 사랑한다고."

전바오는 자오루이 앞에서 잘난 척하고 자오루이도 전바오 앞에서 잘난 척했다. 그녀의 특기는 남자를 잘 다루는 것이었

다. 공중제비를 잘 넘는 어릿광대가 성모 마리아 앞에서 공중
제비를 넘는 것과 같은 극진함으로 자오루이는 제 특기를 전
바오를 사랑하는 데 바쳤다. 자신의 도발에 남자들이 적절히
반응해 오면 자오루이는 겸손한 미소를 지으며 전바오를 바라
보았다. 마치 "이것이 내가 알아야 하는 거지. 이걸 모르는 게
더 문제일걸?" 하고 말하는 표정이었다. 티미 쑨이 그날 이후
화가 나서 찾아오지 않자 자오루이는 찾아가 집적거렸다. 그
런 자오루이의 심리를 전바오는 아주 잘 이해했다. 한심하다
는 생각이 들었지만 철없는 아이 같기도 해 그냥 내버려두었
다. 자오루이와 함께 있으면 한창 성장 중인 아이들 속에 있는
듯해 폭삭 늙는 기분이 들었다.

　자오루이의 남편이 돌아오는 것에 대해 이야기할 때도 있
었다. 그러면 전바오는 얼굴에 어두운 패배의 미소가 떠올랐
다. 눈썹 끝과 눈꼬리가 아래로 처지고 얼굴 전체가 밀대의 마
포 걸레처럼 엉망으로 늘어졌다. 어떻게 보아도 해서는 안 되
는 연애였다. 전바오는 여러 차례 범죄라며 스스로를 억누르
려고 했지만 한층 더 사랑하게 될 뿐이었다. 자오루이는 전바
오의 마음을 이해하지 못한 채 그가 괴로워하는 걸 보면서 속
으로 좋아했다. 예전에 그녀 때문에 자살하겠노라 떠들어 댄
사람이 있었고, 영국에서 유학할 때 새벽에 세수도 못 하고 대
충 립스틱만 붉게 칠한 뒤 남자 친구를 만나러 가면 그들도
"밤새 못 잤어. 네 창문 밑에서 밤새도록 서성거렸지."라고 말
했다. 하지만 그런 건 아무것도 아니었다. 남자가 그녀 때문에
정말로 고통스러워하는 것이야말로 특별한 일이었다.

어느 날 자오루이가 "그 사람이 돌아오면 어떻게 말할지 생각 중인데……." 하며 모든 것을 왕스훙에게 털어놓고 헤어진 뒤 전바오와 결혼하겠다고 결정한 듯 말했다. 전바오는 어떻게도 대답하지 못했다. 하지만 어두운 패배의 미소만 유지하는 것도 너무 성의 없는 듯해 어쩔 수 없이 입을 열었다. "경솔하게 굴면 안 될 듯해요. 우선 변호사 친구를 만나 자세히 물어볼게요. 알겠지만 제대로 처리하지 못하면 손해가 클 테니."

사업가의 직감으로 전바오는 변호사라는 말이 나온 이상 자신이 아주 깊이 연루되었음을 알 수 있었다. 전바오의 머뭇거림을 자오루이는 눈치채지 못했다. 그녀는 무척 자신만만해 자기 문제만 해결되면 다른 사람은 아무 문제가 없으리라고 여겼다.

자오루이는 전바오의 사무실로 거리낌 없이 전화하곤 했다. 그 또한 전바오의 걱정거리였다. 그날도 전화를 걸어 "이따가 어디든 같이 놀러 가요."라고 말했다. 왜 그렇게 기분이 좋냐고 묻자 자오루이가 답했다. "당신은 내가 단정하고 단아한 중국옷을 입으면 좋아하지 않나요? 오늘 그런 옷이 왔거든요. 그걸 입고 나가려고요."

"영화 보러 갈까요?"

그때 전바오는 작은 자동차를 동료들과 공동 구매해 몰고 다녔다. 자오루이는 그들 차를 자주 탔고 그에게 운전을 배우겠다면서 큰소리까지 쳤다. "운전을 배우면 나도 한 대 살 거예요."

스훙더러 사 달라고 하겠지? 그 말을 들었을 때 전바오는 가슴이 꽉 막히는 듯했다. 영화를 보러 가자는 제안에 자오루이는 아주 재미있겠다고 생각하지 않았지만 일단 좋다고 한 다음 덧붙였다. "차가 있으면 가요."

전바오가 웃으며 물었다. "다리는 뭐에 쓰고요?"

"당신 쫓아다니지요!"

자오루이가 대답한 뒤 사무실이 바빠져 전바오는 대충 전화를 끊었다.

하필 그날은 동료도 차를 쓸 일이 있었다. 전바오는 원래 희생정신이 강한 데다 놀러 가는 일이니 당연히 양보했다. 자동차가 그를 길모퉁이에 내려 주었다. 자오루이는 창문에서 그가 석간신문을 사려고 서 있는 것을 보았다. 영화 광고를 보려는 듯해 그녀는 얼른 문 앞 거리로 나가 말했다. "5시 15분에 있는데 차가 없이는 그때까지 가지 못하니 포기해요."

전바오가 그녀를 보며 웃었다. "그럼 다른 곳에 갈까요? 이렇게 예쁘게 꾸몄는데."

자오루이가 팔짱을 끼며 웃었다. "그냥 거리를 돌아다니는 것도 좋지 않을까요?"

걷는 동안 전바오는 전전긍긍하며 여기는 어떠냐, 저기는 어떠냐 물었다. 음악이 흐르는 서양식 다과점까지 자오루이가 거부하자 전바오는 비로소 털어놓았다. "요즘 많이 쪼들리거든요!"

자오루이가 웃으며 말했다. "이런, 당신이 가난한 줄 알았다면 사귀지 않았을 텐데!"

바로 그때 전바오는 예전부터 친분이 있는 외국인 노부인과 마주쳤다. 유학 시절 집에서 돈과 물건을 그에게 보낼 때 늘 부탁했던 노부인이었다. 영국인인 애시 부인은 혼혈과 결혼했기 때문에 신경 쓰는 게 많고 정통 영국인처럼 굴려고 애썼다. 키가 크고 몸이 굽었으며 아주 고상한 무늬의 모슬린 옷을 입었는데 들쑥날쑥 재단해 어떻게 보면 늙은 거지 같았다. 제비 깃 두 개와 진주 장식 핀이 꽂힌 남색 모직 모자를 썼으며, 모자 아래로 늘어진 회색의 곱슬머리는 가발 같았고 눈동자도 희푸른 도자기로 된 가짜 눈알 같았다. 그녀는 숨을 살짝 헐떡이며 나직한 영어로 재잘거렸다. 전바오가 악수하면서 물었다. "아직도 거기 사세요?"

"원래는 올여름에 집에 가려고 했는데 남편이 움직일 수가 없었지 뭐야!" 그녀는 영국에 가는 것을 "집에 간다."라고 말했다. 사실 남편은 중국에서 태어난 교포 3세였고 영국에 살던 그녀의 친척도 이제는 모두 죽고 없었다.

전바오가 자오루이를 소개했다. "이쪽은 왕스훙의 아내예요. 왕스훙도 에든버러에 있었고 왕 부인도 런던에서 꽤 오래 있었지요. 저는 지금 이들과 함께 살고 있어요."

애시 부인 곁에는 딸이 서 있었다. 전바오는 원래부터 혼혈 아가씨에게 관심이 많았다. 애시 양은 붉은 입술을 오므린 채 소리 없이 서서 뾰족하고 하얀 복숭아 같은 얼굴과 갈색 눈동자로 모든 것을 지켜보고 있었다. 아직 가정이 없어 자기 몫의 걱정과 책임, 즐거움이 없는 여자들은 늘 조심스럽게 기다리는 그런 표정을 지었다. 애시 양은 나이가 많지 않아 보통 여자들처럼 서둘러 돌아가려는 초조함을 나타내지 않았지만 도시의 직장 여성으로서 늘 긴장해서인지 눈 주변이 부어 초췌해 보였다. 중국이든 외국이든 '예법의 규율'은 애당초 여자를 위한 것으로 미모의 여자를 얻기 힘들고 가치 있게 만들어 주었다. 또한 못생긴 여자에게도 일종의 보호막이 되어 곳곳에 널린 좌절로부터 지켜 주었다. 하지만 오늘날 여자들은 그런 보호막을 누리지 못하게 되었고 지위가 불확실한 혼혈 아가씨들은 특히 더했다. 애시 양 얼굴에 드러난 고단한 탐색이 유난히 날카로운 것도 그런 이유에서였다.

자오루이는 그들 모녀가 '집에 돌아가도' 영국의 중하위층에 불과함을 한눈에 알아보았다. 전바오의 친구임을 고려해 그녀는 일부러 두 여자에게 좋은 인상을 남기려고 했다. 게다가 왠지 그녀들 앞에 있으니 자신이 '신분 상승한 여자'처럼 느껴지면서 누군가의 아내로서 단정하고 부유해 보여야 할 듯했다. 전바오는 자오루이가 그렇게 영화배우처럼 우아하게 미소 짓는 모습을 처음 보았다. 꼼짝하지 않을 때는 몽환적인 빛을 받아 깊은 곳에서부터 빛과 그림자가 일렁이는 사파이어 같았다. 짙은 자주색과 푸른색으로 된 비단 치파오를 입었고 가슴에 걸린 하트 모양의 금 장신구는 유일한 심장인 양 은은하게 빛났다. 전바오는 자오루이를 보면서 정말 자부심이 넘친다고 생각하는 한편, 남자가 있을 때만 다른 모습을 보이는 게 아닐까 살짝 의심했다.

애시 부인이 어머니의 안부를 물어 전바오가 대답했다. "어머니는 건강하십니다. 지금도 온 가족을 돌보시지요." 그러고는 자오루이 쪽으로 돌아서 웃었다. "어머니는 요리를 자주 하시고 무척 잘하십니다. 저는 늘 우리 어머니 같은 분은 없다고 말하지요!" 오랫동안 워낙 고생을 많이 했기 때문에 전바오는 홀어머니를 칭찬할 때마다 자기도 모르게 이를 악물곤 했다. 미소를 짓고 있어도 가슴속이 커다란 바위로 변해 꽉 막힌 듯했다.

애시 부인이 동생들에 대해서도 물어 전바오가 대답했다. "두바오는 잘 풀렸습니다. 지금은 전문학교에 다니고, 나중에 우리 공장의 지원을 받아 영국으로 유학 갈 수도 있습니다." 두 여동생도 귀엽고 착하다고 칭찬하자 애시 부인이 웃으며 말했다. "정말 잘됐네! 그렇지 않아도 내가 예전부터 말했잖아. 네 어머니가 너를 정말 자랑스러워할 만하다고!"

전바오는 아니라고 겸손을 떨다가 애시 가족들은 어떻게 지내는지 물었다.

애시 부인이 전바오의 손에 들린 신문을 보고는 오늘 저녁에 무슨 뉴스가 있느냐고 물었다. 신문을 건네자 부인은 노안이라 손을 쭉 뻗었다. 그런데도 잘 보이지 않자 딸에게 들어 달라고 했다. 전바오가 말했다. "왕 부인과 영화를 보러 갈까 했는데 좋은 영화가 없더라고요."

다른 사람이 있을 때 자오루이에게 딱딱한 태도를 유지하는 건 단순한 친구로 보이기 위해서였다. 하지만 조용히 탐색하는 애시 양의 눈동자에 전바오는 그게 오히려 의심을 키울 듯해 무람없이 자오루이에게 몸을 기울이며 말했다. "다음에 보상할게요, 네?" 그는 눈을 빛내며 그녀를 쳐다보다가 웃음을 지었다. 그래 놓고 또 너무 세게 말해 침이 튄 것 같아 금방 후회했다. 전바오는 애시 양이 계속 지켜본다는 느낌을 받았다. 그녀는 아무것도 없는, 심지어 개성조차 없는 젊은이인데도 온 세상이 다가오길 기다리는 중이고 이미 그 거대한 그림자가 얼굴에 드리워진 듯 보였다. 그 외에는 아무런 표정도 없었다.

자오루이는 젊고 이미 많은 것을 가졌지만 가지고 있어도 아무 소용이 없는 부류였다. 난꽃을 한 송이 한 송이 꺾어 다발로 묶어 놓고 미련 없이 내던지는 어린아이처럼 어리숙했다. 반면 전바오는 달랐다. 그가 소유한 보잘것없는 안전과 앞날은 제 손으로 직접 만들어 낸 것이었으니 어떻게 가볍게 흩어 버릴 수 있겠는가? 부잣집 도련님이나 아가씨는 안전을 물려받으니 대단하게 여기지 않을지라도 전바오는 절대 쉽지 않았다! ……그렇게 네 사람은 천천히 걸어갔다. 애시 부인이 꽃무늬 벽지가 발린 방에서 안락하게 산다면 세 젊은이는 곳곳에 위험이 도사리고 바닥까지 뒤흔들리는 세계에 살고 있었다.

날이 아직 어둡지 않은데 네온등이 이미 들어와 있었다. 하늘빛 속에서 보니 광대의 보석 왕관처럼 심하게 가짜 같았다. 전등 가게에 이르자 무수한 전등이 네온등과 한데 어우러져 환하게 빛났다. 식당의 양철판에서 여자 점원이 빵을 꺼내기 위해 몸을 숙이자 뺨마저 먹을 수 있을 듯 노릇노릇하게 변했다. 노인의 눈에도 그렇게 보일까? 전바오는 노부인 옆에서 걷다 보니 자기도 모르게 청춘이 길지 않게 느껴졌다. 보행자에게 길 건너는 곳을 알려 주는 표지못이 차도 중간에 일렬로 박혀 있었다. 반짝이고 둥글며 가장자리가 오목한 표지못은 아스팔트 도로를 어둡고 부드러워 보이도록 만들었으며 밟으면 탄성이 느껴졌다. 휘적휘적 걸어가는 동안 전바오는 탄성이 도로에서 느껴지는지 자기 발걸음에서 느껴지는지 구분할 수 없었다.

애시 부인이 자오루이의 옷 원단을 칭찬하고 나서 말했다. "지난번 후이뤄(惠羅) 상점에 갔을 때 이런 것을 봤는데 돌리가 너무 진해서 싫다며 안 사더라고. 나는 사고 싶었지만 가만 생각해 보니 요즘은 입을 일이 별로 없어서……." 그녀는 그 말이 처량하다고 느끼지 않았지만 다른 사람들은 어떻게 대꾸해야 할지 몰라 잠시 침묵에 빠졌다. 조금 뒤 전바오가 물었다. "애시 선생님은 여전히 바쁘세요?"

"응. 그렇지 않으면 이번 여름에 집에 다녀왔을 텐데 도저히 빠져나올 수 없다더라고!"

"언제 주말에 차를 쓸 수 있으면 제가 가족분들까지 모두 모시고 장완에 갈게요. 어머니의 중국 음식을 같이 드시죠."

"그럼 좋지. 우리 남편이 중국 음식을 엄청 좋아하잖아!"

멀리에서 온 부유한 손님 같은 어투만 들으면 그녀의 남편한테 반은 중국인 피가 흐른다고 생각도 못 할 판이었다.

애시 모녀와 헤어진 뒤 전바오는 변명하듯 말했다. "애시 부인은 정말 좋은 분이에요."

자오루이가 전바오를 바라보며 웃음을 지었다. "내 눈에는 당신이 정말 좋은 사람이에요."

"응? 뭐라고요? 내가 왜 좋은 사람이에요?" 그녀의 얼굴에 대고 계속 물어보았다.

자오루이가 웃으며 대답했다. "말해 줄 테니 화내면 안 돼요. 당신처럼 좋은 사람을 보면 여자는 당장 누군가를 소개해 주고 싶어져요. 하지만 본인과 엮으려고는 하지 않지요."

"아, 그렇군요. 당신은 좋은 사람을 좋아하지 않는군요."

"여자가 좋은 사람을 좋아할 때는 속일 수 있다고 느낄 때뿐이에요."

"세상에. 그러면 당신은 나를 속이려고 한다는 뜻이네요?"

자오루이가 멈칫하더니 그를 힐끗 쳐다보고 웃는 듯 아닌 듯 말했다. "이번에는 나쁜 여자가 걸려들었지요!"

순간 전바오는 그녀의 곁눈질과 속삭임이 부담스러워졌다. 그날 밤 자오루이의 침대에 누웠을 때 길에서 만난 애시 부인이 떠오르고 에든버러 유학 시절 집에서 어떻게 돈과 소포를 보내 주었는지 떠올랐다. 이제는 어머니에게 보답할 때였다. 전바오는 언제나 앞으로, 또 위로 나아가려 했고, 그러기 위한 첫걸음을 직장에서의 직위 상승이라 여겼다. 직위가 높아지면 사회에 도움이 되는 일을 하고 싶었다. 예를 들어 빈곤한 집안 아이들을 위해 공과전문학교를 세우거나 고향 장완에서 괜찮은 섬유 공장을 열고 싶었다. 모호한 생각에 불과해도 그는 주변의 따뜻한 반응을 어렴풋하게 느낄 수 있었다. 그의 어머니만 아니라 세상 곳곳에 있는 노모들이 눈물을 글썽이며 자기만 쳐다보고 있는 듯했다.

자오루이가 그에게 기댄 채 잠들어 귀밑에서 그녀의 숨소리가 크게 울렸다. 그러다 갑자기 멀리 동떨어진 듯한 이질감이 들었다. 전바오는 몸을 일으켜 침대 가장자리에 앉아 어둠 속에서 담배에 불을 붙였다. 자오루이가 모를 줄 알았는데 이미 깨어 있었다. 한참 뒤 자오루이가 그의 손을 잡으며 조용히 말했다. "걱정 마요. 나는 분명 좋아질 테니까." 그러면서 전바오의 손을 자기 팔 쪽으로 잡아당겼다.

자오루이의 말에 눈물이 났지만 전바오는 눈물마저 이질적으로 느껴졌다.

전바오는 대답 없이 익숙한 곳을 쓰다듬기만 했다. 이미 날이 밝고 있어 온 도시가 닭 울음소리로 가득 찼다.

이튿날 왕스훙의 귀국 이야기가 또 나왔을 때 자오루이가 확신에 차 말했다. "며칠 내에 돌아올 거예요."

전바오가 어떻게 아느냐고 묻자 자오루이는 항공 우편으로 모든 것을 털어놓고 자유롭게 놓아 달라 요구했노라고 대답했다. 전바오는 헉하고 숨을 내뱉은 뒤 곧장 밖으로 달려 나갔다. 거리에서 아파트를 돌아보니 그 우뚝 솟은 회갈색의 유선형 건물이 빛을 다 가리며 어마어마하게 큰 기차처럼 자신에게로 매섭게 달려오는 듯했다. 이미 구제 불능인 지경에 이르고 말았다. 전바오는 내내 자신이 분수를 잘 알고 적당한 때 멈출 수 있다고 믿었다. 하지만 일은 자기 뜻과 상관없이 진행되어 그녀와 논쟁해 봐야 아무 도움도 안 될 상황까지 번졌다. 문제는 그녀와 함께 있을 때면 논쟁할 필요를 못 느낀다는 것이었다. 두 사람이 서로 사랑하고 계속 사랑해야 한다는 게 너무도 명백해서였다. 그녀가 곁에 없을 때야 전바오는 온갖 반대 이유를 찾을 수 있었다. 지금도 그랬다. 자신이 바보짓을 저질렀고 올가미에 걸렸다는 의심이 들었다. 그녀가 사랑하는 사람은 티미 쑨인데 남편과 이혼하기 위해 일부러 자신을 진창으로 밀어 넣었으며, 사회로부터 용인받지 못할 경우 자기 앞날만 망가지겠구나 싶었다.

전바오는 거리를 정처 없이 마구 돌아다니다 작은 술집에 들어갔다. 술과 음식 몇 가지를 시켜 먹고 술집을 나섰을 때 문득 복통이 느껴졌다. 그래도 두바오의 기숙사를 찾아갈 생각으로 인력거를 불렀는데 인력거에 오르자 배가 심하게 아프기 시작했다. 전바오는 자제력을 잃었고, 신체적인 작은 고통조차 참기 어렵다는 생각에 당황하고 말았다. 콜레라에 걸린 게 아닐까 걱정스러워 인력거꾼에게 가까운 병원으로 가라고 했다. 입원한 뒤 어머니에게 연락하자 어머니가 그날로 찾아왔고 이튿날은 연근 가루와 포도즙까지 사 왔다. 자오루이도 찾아왔다. 어머니는 두 사람의 관계가 의심스러웠는지 일부러 자오루이 앞에서 전바오를 꾸짖었다. "배탈이 뭐 대단하다고 이렇게 다 큰 사람이 자신을 추스르지 못해 나를 밤새 잠도 못 자고 걱정하게 만드니? 내가 어떻게 항상 챙겨 주겠어? 네 멋대로 내버려두자니 마음이 놓이지를 않는구나. 결혼하면 신경 쓰지 않을 것을. 왕 부인, 내 말은 안 들어도 친구 말은 들을 테니 부인도 좀 도와주세요. 에휴! 네가 공부해서 지금 이 자리에 오르기를 얼마나 바랐는데. 지금 상황에 만족하고 멋대로 행동하면 안 돼! 남들이 너를 중시할수록 잘 처신해야지. 왕 부인도 좀 타일러 주세요."

자오루이는 중국어를 잘 몰라 미소만 짓고 있었다. 전바오는 어머니의 말이 그의 생각과 똑같음을 알았지만 어머니에게

서 들으니 왠지 자기 논리가 모욕당한 느낌이 들었다. 수치스러운 나머지 전바오는 핑계를 만들어 어머니를 내보냈다.

두 사람만 남자 자오루이가 침대 옆으로 다가와 하얀 난간을 붙들었다. 온몸으로 고통스러운 질문을 던지는 듯했다. 전바오는 뭐라 변명할 수도 없고 어머니의 논리를 떨쳐 낼 수도 없어 짜증스럽게 몸을 돌렸다. 햇살이 베개 옆에 닿자마자 서늘한 그림자로 변했다. 자오루이가 커튼을 쳤다. 그녀는 가지 않고 남아 차와 물을 챙기고 요강을 건네주며 병간호를 했다. 법랑 요강도 차갑고 그녀의 손도 차가웠다. 전바오가 힐끗 쳐다보았을 때 자오루이가 놓칠세라 입을 열었다. "걱정하지 마요……." 걱정한다는 말을 제일 듣기 싫어했기 때문에 전바오의 안색이 확 변하자 자오루이가 얼른 입을 다물었다. 잠시 뒤 그녀가 또 "나는 정말 변했어요……."라고 입을 열었다 전바오가 불안해하는 것을 보고는 도로 다물었다. 자오루이는 "절대 당신을 끌어들이지 않아요."라고 한 뒤 덧붙였다. "날 떠나면 안 돼요, 전바오……." 몇 번이나 끝맺지 못한 말들이 허공에 매달려 저마다 다른 속도로 똑딱거리는 무수한 시계추 같았다. 각기 나름의 논리를 가지고 결론을 향해 나아가다가 최절정에 이르러서는 각기 다른 시간에 땡땡 종을 울리는 시계추. 그 바람에 전바오는 자오루이가 한참 동안 침묵하고 있었음에도 병실이 그녀의 목소리로 가득 찬 느낌을 받았다.

날이 어두워졌지만 아직 불을 켜지 않은 틈을 타 자오루이가 전바오 앞에 엎드려 울기 시작했다. 굴욕적인 상황인데도 그녀에게는 힘이 있었다. 담요와 시트 너머로 전바오는 그녀의 단단한 팔을 느낄 수 있었다. 하지만 전바오는 그녀의 힘을 원하지 않았다. 힘은 이미 그에게도 있었다.

자오루이가 그의 허리와 다리를 붙들고 통곡했다. 곱슬곱슬 수북한 머리카락에서 불처럼 열기가 뿜어져 나왔다. 그녀는 억울해하는 아이처럼 울었다. 멈출 수도 없고 어떻게 멈추어야 할지도 몰라 계속 악을 쓰며 울다가 왜 우는지 잊어버린 아이 같았다. 사실 전바오도 비슷한 상황으로 "아, 아니, 이러지 마요……. 안 돼요……."라는 말을 되풀이하고 있었다. 끊임없이 올라오는 욕망을 억누르는 데에 집중하다 보니 무작정 아니라고만 말할 뿐 왜 거절하려고 했는지 완전히 잊어버렸다.

그럼에도 결국 전바오는 적절한 말을 찾아냈다. 그는 힘껏 무릎을 구부려 그녀의 몸을 일으킨 뒤 말했다. "자오루이, 당신이 나를 사랑한다면 내 입장을 고려해 줘야 해요. 나는 우리 어머니께 상심을 안겨 드릴 수 없어요. 어머니의 사고방식이 우리와 달라도 인정해 드려야지요. 어머니는 나 한 사람만 의지하고 계시거든요. 세상은 절대 나를 용서하지 않을 거예요. 스훙은 내 친구니까요. 우리 사랑은 친구의 사랑일 수밖에 없어요. 그동안은 전부 내가 잘못했어요. 정말 미안해요. 하지만 이번에 내게 말하지 않고 스훙에게 편지를 쓴 일은 당신 잘못이에요. ……자오루이, 이러면 어때요? 스훙이 오면 장난이었다고, 빨리 돌아오게 하려고 장난친 거라고 해요. 스훙은 분명 믿어 줄 거예요. 믿으려고만 하면."

자오루이는 붉게 부어오른 얼굴을 들어 그를 가만히 쳐다보다가 벌떡 몸을 일으켰다. 조금 전에 왜 그렇게 굴었는지 모르겠다는 표정이었다. 이어서 가방에서 손거울을 꺼내 고개를 돌려가며 이리저리 비추어 보고는 대충 머리카락을 쓸어 넘긴 뒤 손수건으로 눈을 닦고 코를 풀었다. 그러고 나서 전바오한테 눈길 한 번 주지 않고 병실을 나갔다.

전바오는 밤새 뒤척이다가 새벽녘에야 깜빡 잠이 들었다. 가물가물한 가운데 누가 자기한테 엎드려 울고 있다는 느낌을 받았다. 처음에는 가위눌린 줄 알았는데 자오루이였다. 그녀가 또 찾아왔고 이미 한참을 운 듯했다. 그녀 심신의 온기가 부드러운 비단을 씌운 오리털 이불처럼 그의 몸을 덮었다. 전바오는 천천히 땀을 흘리면서 감정적 사치라고 생각했다.

그가 완전히 정신을 차리자 자오루이가 병실을 나갔다. 한마디도 하지 않았고 전바오 역시 아무 말 하지 않았다. 나중에 자오루이와 왕스훙이 합의 이혼했다는 말을 들었는데 자신과는 거리가 먼 일처럼 느껴졌다. 어머니가 여러 차례 눈물까지 흘리며 결혼을 요구했고 전바오는 조금 미적거리다 결국 알겠다고 받아들였다. 어머니가 여자를 소개했다. 멍옌리(孟煙鸝)를 보았을 때 전바오는 혼자 중얼거렸다. "바로 이 사람이야."

남의 집 거실에서 처음 만났을 때 멍옌리는 유리문 옆에 서 있었다. 회색 바탕에 주홍색 줄무늬가 있는 옷을 입었건만 전체적으로 하얗다는 인상을 받았다. 길고 호리호리하게 뻗은 몸에서 그나마 찾아볼 수 있는 곡선이라고는 아이처럼 작은 가슴 끝과 돌출된 골반뿐이었다. 바람이 불어와 옷이 뒤쪽으로 날리자 한층 가냘파 보였다. 얼굴은 부드럽고 예쁘지만 역시 하얗다는 인상만 주었다. 옌리의 집안은 사업가 아버지가 별세하면서 가세가 기울기 전까지 부유했기 때문에 두 사람은 배경이 잘 맞는다고 할 수 있었다. 옌리는 스물두 살로 대학 졸업을 앞두고 있었다. 성적이 좋지 않아 조금 떨어지는 학교에 다녔어도 옌리는 안 좋은 학교에서 좋은 학생으로서 성실히 생활했다. 동급생들과도 거의 어울리지 않았다. 그녀의 순백은 병원의 하얀 칸막이처럼 주변의 나쁜 것들을 막아 주었지만 책 속의 것들까지 막아 버렸다. 학교에 다니는 십 년 동안 열심히 어휘를 익히고 도표를 외우고 칠판의 글자를 베껴 썼는데도 중간에 늘 하얀 막이 있는 듯했다. 중고등학교 시절 친구의 오빠들에게서 편지를 받았을 때 가족들이 보고 나서 그런 무리와 어울리지 말라고 했기 때문에 옌리는 한 번도 답장하지 않았다.

전바오는 두 달 뒤 그녀가 졸업하고 나서 결혼하기로 했다. 그사이 그녀를 데리고 여러 차례 영화를 보러 갔다. 옌리는 말수가 적고 고개조차 잘 들지 않으며 항상 뒤쪽에서 걸었다. 현대식 예법에 따르면 그의 앞에서 걷고 그에게 외투를 입혀 달라고 하는 등 시중받아야 함을 옌리도 알았지만 그런 권리를 자연스럽게 받아들일 수 없었다. 그래서 주저했고, 바로 그래서 더 둔해졌다. 사실 전바오도 타고난 신사가 아니라 나중에 열심히 학습한 유형이었다. 그렇다 보니 그는 현대식 예법을 무척 중시했고 옌리의 그런 부분을 큰 결점으로 받아들였다. 하지만 젊은 아가씨가 부끄러워하는 게 싫지 않았다.

약혼 기간이 짧다는 걸 옌리는 속으로 무척 아쉬워했다. 인생에서 가장 좋은 순간이라고 알아서였다. 그렇지만 막상 결혼하는 날이 되자 그 나름대로 또 기뻤다. 그날 아침 잠이 덜 깨 몽롱한 상태로 머리를 빗고 팔을 들어 거울에 비추어 보다가 옌리는 안간힘을 쓰고 있다는 기이한 느낌을 받았다. 유리 시험관에 갇혀 있는데 뚜껑을 열어젖히고 단숨에 현재에서 미래로 넘어가기 위해 위로 올라가려고 애쓰는 느낌이었다. 지금도 좋지만 앞으로는 더 좋을 것 같았다. 두 팔을 미래의 창문 밖으로 뻗으면 도도한 바람이 머리카락을 날려 줄 것 같았다.

이핀샹(一品香)에서 식을 올린 뒤 둥싱러우(東興樓)에서 피로연을 열었다. 전바오는 체면과 경제성을 모두 따져 무난하기만 하면 다 받아들였다. 사무실 부근에 새집을 얻어 장완에서 어머니를 모셔 왔다. 전바오가 수입 대부분을 접대비로 썼기 때문에 가계 지출은 매우 빠듯했다. 어머니와 옌리는 마음이 잘 맞았지만 전바오는 남한테 드러낼 수 없는 불만이 옌리에게 매우 많았다. 옌리는 운동을 싫어해 '최고의 실내 운동'조차 좋아하지 않았다. 전바오는 남편의 의무를 충실하게 이행해 그녀에게 즐거움을 안겨 주었지만 정작 자신은 그녀 몸에서 별 즐거움을 찾지 못했다. 처음에는 귀엽기도 했다. 그녀의 미숙한 가슴을 손에 쥐면 깊이 잠든 새를 쥐고 있는 듯했다. 가볍게 팔딱이는 심장과 뾰족한 부리를 가진 새는 그의 손을 쪼면서 딱딱해지다가 금세 도로 녹작지근해졌고, 그러면 그의 손까지 녹작지근해졌다. 그러다 시간이 흐르자 소녀 같은 아름다움마저 사라졌다. 모든 것에 익숙해진 뒤 옌리는 무미건

조한 아내로 변했다.

전바오는 그때부터 매춘부를 찾아가기 시작했다. 삼 주에 한 번씩이었다. 그의 일상은 모든 방면에서 매우 규칙적이었다. 친구 몇 명과 여관방을 얻어 여자를 불렀고 집에는 일 때문에 쑤저우나 항저우에 간다고 말했다. 얼굴은 별로 따지지 않았지만 가무잡잡하고 통통한 여자를 좋아했다. 전바오가 원하는 것은 통통한 여자의 굴욕이었다. 그건 로즈와 왕자오루이에 대한 복수였는데 그렇다고 인정하지는 않았다. 혹시라도 그런 생각이 들면 옛 추억을 모독했다고 자신을 비난했다. 전바오는 신성하고 서글픈 가슴 한구석에 두 애인을 간직하고 있었다. 그의 기억 속에서 왕자오루이는 로즈와 하나로 합쳐지곤 했다. 그에게 푹 빠졌던 천진하고 열정적인 여자, 머리를 쓸 줄 모르고 불안감을 전혀 주지 않던 여자. 그런 여자를 전바오는 숭고한 이성과 초인적이고 단호한 의지로 버렸다.

전바오의 매춘을 옌리는 전혀 알지 못했다. 옌리는 다른 이유가 아니라 수많은 사람 중 그가 자신의 남자가 되었다는 이유로 전바오를 사랑했다. "나중에 전바오에게 물어볼게."나 "우산을 가져가는 게 좋겠어. 전바오가 비가 올 거라 했거든." 같은 말을 그녀는 늘 입에 달고 살았다. 그는 하늘이었다. 전바오도 그걸 의심하지 않았다. 옌리가 잘못을 저지르면 전바오는 남들 앞에서 질책했고, 어쩌다 그가 놓치면 어머니가 지적했다. 하인 앞에서 창피당하는 일이 다반사였으니 옌리가 어떻게 호령을 하겠는가? 시킨 일이 제대로 되지 않으면 옌리가 또 비난을 받았다. 그녀는 하인들 눈에 떠오르는 경멸을 참기 힘들었다. 결국 자신을 방어하기 위해 하인에게 말할 때는 늘 입을 열기에 앞서 눈살을 찌푸리고 입을 삐죽거리는 유치한 책망의 표정을 지었다. 엔리는 순간적으로 대드는 것처럼 성질을 부렸고 그럴 때면 계집종이나 첩처럼 비굴해 보였다.

새로 온 하인 앞에서는 그래도 며칠 동안 아씨 행세를 할 수 있어 엔리는 툭하면 사람을 바꾸려고 했다. 전바오의 어머니는 며느리가 쓸모없다고 사방에 떠들고 다녔다. "불쌍한 전바오, 가족들 먹여 살리느라 밖에서 그렇게 고생하는데 돌아와서도 자질구레한 집안일을 신경 써야 하니. 한순간도 평화롭지 못하다니까." 그런 말들이 엔리의 귀에 들려와 차곡차곡 분노로 쌓였다. 그해에 아이까지 가져 힘겹게 출산하고 나자 엔리는 울분을 좀 풀어도 되려니 생각했다. 하지만 시어머니는 고작 딸을 낳았다며 받아 주지 않았다. 결국 두 사람은 다투기 시작했다. 다행히 전바오가 잘 중재해 큰 싸움으로 번지지 않았지만 어머니는 씩씩거리며 장완으로 돌아갔다. 전바오는 아내에게 매우 실망했다. 그녀와 결혼한 이유가 온순해서였으니 속았다는 생각이 들었다. 어머니에게도 그렇게 멋대로 나가 버린 데다 남들한테 좋은 아들이 아니라고 말해 화가 났다. 여전히 기꺼이 일하고 있었지만 갈수록 피곤해졌다. 심지어 웃는 듯했던 양복 주름마저 피곤해 보일 지경이었다.

전바오는 두바오가 졸업하자 공장에 취직시켰다. 두바오는 형의 성공에 빌붙었을 뿐 능력은 별로 없고 빈둥거릴 줄만 알았다. 별 야망이 없는 그는 결혼하지 않은 채 기숙사에서 만족스럽게 살았다. 어느 날 의논할 일이 있어 두바오가 아침 일찍 전바오를 찾아왔다. 공장 부사장이 귀국할 예정이라 직원들이 갹출해 선물을 사기로 했고 그가 기념품 구매를 맡았기 때문이었다. 전바오는 상점에 가서 은제품을 둘러보라고 조언했다. 두 사람은 함께 나와 버스를 탔고 전바오는 어떤 부인 옆에 앉았다. 원래 아이가 앉아 있었는데 부인이 심드렁하게 아이를 안아 가기에 전바오는 쳐다도 보지 않고 앉았다. 그때 다른 곳에 앉았던 두바오가 아 하고 소리 내며 몸을 숙이고 고갯짓을 했다. 그제야 전바오는 자오루이를 알아보았다. 살이 좀 붙었지만 예전에 뒤룩뒤룩 찔까 걱정했던 정도는 아니었다. 초췌해도 나름 꾸며 화장을 하고 금색의 미얀마 불상 귀걸이도 하고 있었다. 다만 중년이 되면서 예전의 요염함이 평범해졌다.

두바오가 웃으면서 말을 건넸다. "주 부인, 정말 오랜만입니다."

전바오는 그녀가 재혼해 주씨가 되었다는 게 떠올랐다. 자오루이도 미소를 지으며 말했다. "정말 오랜만이네요."

전바오가 고개를 끄덕이며 물었다. "잘 지냈어요?"

"그럼요."

자오루이가 대답하자 두바오가 물었다. "계속 상하이에 계셨어요?"

자오루이가 고개를 끄덕였고 두바오가 또 물었다. "웬일로 이렇게 아침부터 나오셨어요?"

자오루이가 웃으며 "그러니까요." 하더니 손을 아이 어깨에 없었다. "아이를 치과에 데려가느라고요. 어젯밤에 이가 아프다면서 잠을 못 자게 하더라고요. 그래서 아침 일찍 데리고 나왔지요."

두바오가 "어디에서 내리세요?" 하고 묻자 자오루이가 대답했다. "치과가 와이탄에 있어요. 두 사람은 사무실에 가나요?"

"형은 사무실에 가고 저는 물건을 사러 다른 곳에 가요."

"공장은 여전해요? 큰 변화는 없고요?"

자오루이의 물음에 두바오가 대답했다. "허턴이 귀국해요. 허턴이 가면 형이 부사장이 될 거예요."

자오루이가 웃으며 말했다. "와! 잘됐네요!"

지금까지 두바오는 형 앞에서 그렇게 많은 말을 한 적이 없었다. 전바오도 그걸 알아차렸다. 이런 상황에 대화를 책임지려고 한다는 것은 두바오가 자오루이와 전바오의 일을 전부 안다는 뜻이었다.

두바오는 다음 정거장에서 내렸다. 전바오는 잠시 조용히 있다가 자오루이를 보지 않고 허공에 대고 물었다. "어때요? 잘 지내요?"

자오루이도 잠시 뒤에야 대답했다. "잘 지내요." 아까와 똑같은 말인데 의미가 완전히 달라 보였다.

"남편, 그 사람을 사랑해요?"

자오루이가 고개를 끄덕이고 나서 더듬더듬 대답했다. "당신을 만난 뒤에야 알았어요. 어떻게, 사랑하는지, 정말로……사랑은 좋더군요. 힘들어도 끊임없이 사랑하고 싶어서, 그래서……"

148

전바오는 자오루이 아들이 입은 세일러복의 네모난 옷깃을 손으로 말아 올리며 나직하게 말했다. "많이 행복하군요."

자오루이가 웃었다. "나는 앞으로 나아갔을 뿐이에요. 무엇을 마주치든 그래야 했지요."

전바오가 냉소를 지었다. "당신이 마주친 건 전부가 남자였고요."

자오루이는 화내지 않고 고개를 기울인 채 잠시 생각하다가 말했다. "맞아요. 젊고 예뻤을 때는 사회에서 무슨 일을 하든 늘 남자와 마주쳤던 것 같아요. 그런데 나중에는 남자 말고도 다른 게 있었어요……. 결국 다른 게……."

전바오는 가만히 그녀를 바라보았다. 그때는 자기 가슴속의 감정이 극심한 질투임을 알지 못했다. 자오루이가 물었다. "당신은요? 잘 지내요?"

전바오는 완벽하게 행복한 그의 일상을 간단하게 압축할 어휘가 뭐가 있을지 생각하며 고개를 들었다. 그러자 버스 운전석 오른쪽에 튀어나온 작은 거울에 자기 얼굴이 보였다. 무척 평온해 보이는 얼굴이 버스 움직임에 따라 거울 속에서 불안정하게 흔들리고 있었다. 누가 얼굴을 가볍게 안마해 주는 듯 아주 기이하면서 평온한 흔들림이었다. 그런데 갑자기 그의 얼굴이 정말 떨리기 시작했다. 거울로 전바오는 제 눈물이 줄줄 흘러내리는 것을 보았다. 왜인지는 그도 몰랐다. 이런 만남에서 누가 울어야 한다면 그녀여야 했다. 완전히 잘못된 일이었지만 어쨌든 전바오는 멈출 수가 없었다. 그녀가 울고 전바오가 위로해야 했다. 자오루이는 위로하지 않고 한참을 가만히 있다가 말했다. "여기서 내려야지요?"

버스에서 내린 전바오는 공장으로 가 평소처럼 일했다. 토요일이라 오후에는 일이 없어 12시 30분에 집으로 돌아갔다. 그의 집은 커다란 돌문이 달린 작은 서양식 주택이었다. 거리에 일자로 늘어선 집들은 전부 비슷해 보였다. 옅은 회색 시멘트 담장은 관짝처럼 반질반질한 직사각형이고 담장 끝으로 드러난 협죽도에 꽃이 피어 있었다. 안마당은 작아도 화원이라 할 만큼 있어야 할 것이 전부 있었다. 푸른 하늘에 작고 하얀 구름이 떠 있고 거리에서 피리를 파는 사람이 피리를 불고 있었다. 날카로우면서도 부드러운 동양의 가락이 구성지게 흘러나와 소설 삽화 속 꿈처럼 떠다녔다. 침대 휘장에서 흘러나온 하얀 연기가 점점 커지자 그 안에서 수많은 환상이 게으른 뱀처럼 나른하게 펼쳐지다가 너무 피곤한 나머지 꿈마저 잠드는 모양새였다.

집에 들어가자 쥐 죽은 듯 조용했다. 가정부는 일곱 살 딸아이 후이잉(惠英)을 데리러 유치원에 갔다. 전바오는 기다릴 수 없어 옌리에게 상을 차리라고 한 뒤 밥으로 마음속 공허함을 메우려는 듯 게걸스럽게 먹었다.

식사를 마친 뒤 두바오에게 전화해 선물을 잘 샀느냐고 물었다. 두바오가 은제품 몇 가지를 보았지만 적당한 게 없었다고 대답하자 전바오가 제안했다. "우리 집에 은화병 한 쌍이 있어. 결혼 선물로 받았는데 가게에 가져가서 새겨진 글자를 바꾸면 될 것 같아. 각출한 돈은 돌려주고. 내가 기증하는 걸로 하자." 두바오가 좋다고 하자 전바오가 말했다. "그럼 지금

가지러 와." 그는 어서 두바오를 만나 오늘 아침 자오루이를 만나고 난 뒤 어떤 느낌을 받았는지 듣고 싶었다. 정말 말도 안 되는 상황이었고 특히 자기 반응이 황당해 애당초 환각이 아니었을까 의심스러웠기 때문이었다. 두바오가 왔을 때 전바오는 심드렁하게 자오루이를 화제에 올렸다. 두바오는 담배를 털며 경험 많은 남자의 어투로 말했다. "늙었더라. 너무 늙었던데." 그것으로 여자는 끝이라는 의미 같았다.

기억을 더듬어 보니 정말로 늙어 보였던 게 떠올랐다. 전바오는 그녀의 늙음마저 부러웠다. 그는 아내를 살펴보았다. 결혼하고 팔 년이 지났건만 여전히 아무 경험도 없는 듯 텅 비고 하앴다. 언제나 그랬다.

전바오는 옌리에게 벽난로 선반에 있는 은 화병을 포장해 두바오한테 주라고 시켰다. 그녀는 허둥지둥 의자를 가져와 쿠션을 치우고 올라가더니 찬장에서 신문지를 꺼내고 서랍에서 끈을 가져왔다. 하지만 끈이 충분한 길이가 안 되어 제대로 묶기는커녕 신문지마저 찢고 말았다. 전바오는 짜증스럽게 지켜보다가 벼락같이 빼앗으며 탄식했다. "제대로 하는 일이 하나도 없다니까!"

멸시받았다는 원망의 표정이 떠올랐지만 옌리는 금세 지우고 미소를 지으면서 두바오가 웃는지 살펴보았다. 남편의 말을 농담으로 이해하지 못했을까 봐 걱정하는 눈치였다. 그녀는 전바오가 포장하는 모습을 팔짱을 낀 채 옆에 서서 지켜보았다. 하얀 막이 씌워진 듯 얼굴이 무척 기이하고 흐릿해 보였다.

두바오는 앉아 있기 민망했다. 그들 집에 온 친척과 친구들은 오래 머물지 않고 금방 떠나려고 했다. 옌리는 조금 전 실수를 어떻게든 만회하기 위해 정신을 가다듬고 다정스럽게 두바오를 붙들었다. "바쁘지 않으면 좀 더 계세요." 실눈을 뜨고 콧잔등을 찡그리며 꽤 애교스럽게 웃었다. 옌리는 그렇게 느닷없이 친밀감을 드러내곤 했다. 두바오가 여자였다면 손을 잡아끌 판이었다. 그랬다면 축축한 손바닥에 절망적으로 붙들려 불쾌한 친절을 맛보아야 했을 터였다.

그만 가야겠다며 문 쪽으로 갔을 때 두바오는 마침 가정부를 따라 들어오는 후이잉과 마주쳤다. 두바오가 호주머니에서 껌을 꺼내 건네자 옌리가 웃으며 말했다. "작은아버지 고맙습니다 해야지!"

후이잉이 몸을 돌리자 두바오가 웃으며 놀렸다. "이런, 창피하구나!"

후이잉이 양장 치마를 끌어당겨 얼굴을 가리는 바람에 속바지가 드러나자 옌리가 다급하게 말했다. "이, 이런. 정말 창피해졌네!"

후이잉은 껌을 받은 뒤에도 치마로 얼굴을 가린 채 웃으면서 달려 나갔다.

전바오는 멀리 앉아 딸을 지켜보고 있었다. 딸은 노랗고 가늘고 자그마한 손과 발을 춤추듯 움직였다. 원래는 존재하지 않았던 아이, 전바오가 허공에서 불러낸 아이였다.

전바오는 세수하러 위층으로 가고 옌리는 아래층에서 라디오 뉴스를 들었다. 전바오는 라디오가 현대 주부를 교육하는데 도움이 된다고 생각했다. 어쨌든 표준어 몇 마디만 배워도 좋았다. 그는 옌리가 사람 목소리를 듣고 싶어 라디오를 듣는 줄은 몰랐다.

창밖을 내다보니 푸른 하늘에 하얀 구름이 떠 있고 마당에 협죽도가 피어 있었다. 거리에서는 여전히 피리 소리가 높고 살랑거리는 저급한 여자 목소리처럼 울리고 있었다. 품질이 좋지 못한 피리라 소리가 좀 갈라져 귀에 거슬렸다.

아름다운 봄날 오후 전바오는 자신이 만든 세상을 바라보았다. 그걸 파괴할 수는 없었다.

고즈넉한 이층집에 햇살이 가득 찼다. 아래층 라디오에서 남자의 당당한 목소리가 쉬지 않고 흘러나왔다.

전바오는 결혼한 뒤 어머니를 비롯한 외부의 모든 사람이 제 어깨를 두드리며 칭찬해야 한다고 생각해 왔다. 그가 무엇을 희생했는지 잘 아는 어머니는 물론 다른 사람들까지 설령 사정을 모를지라도 경의와 따뜻한 보상을 조금씩 빚지고 있다고 생각했다.

그래서 다들 칭찬했지만 전바오는 항상 부족하다고 느꼈고, 바로 그런 이유로 또 다른 좋은 일을 하려고 애썼다. 심지어 누가 부탁하기도 전에 떠맡았다. 동생 두바오의 빚을 몇 차례 갚아 주고 장가를 보낸 데다 가정을 부양해 주었다. 또한 골칫거리 여동생을 위해 독신이나 홀아비 친구들을 각별히 챙겼다. 일자리와 돈을 마련해 주는 등 할 수 있는 모든 일을 했다. 그러다 나중에는 고심 끝에 여동생을 내륙의 어느 학교 교사로 보냈다. 그쪽에서는 남자 교원들이 대학을 갓 졸업해 미혼이라고 들었기 때문이었다. 하지만 여동생은 고생을 견디지 못하고 반년의 계약 기간도 못 채운 채 성질을 부리면서 상하이로 돌아왔다. 어머니는 딸을 안쓰러워하며 전바오가 지나치게 경솔했다고 비난했다.

옆에서 지켜보던 옌리는 너무 답답해 누구한테든 하소연하고 싶었다. 하지만 그녀에게는 사람을 만날 기회 자체가 거의 없었다. 전바오는 집에 있는 주부가 활발하고 대범한 면이 없으니 돈을 더 쓰더라도 밖에서 손님을 접대했지 집으로 친구를 데려오는 일이 없었다. 하루는 모처럼 친구가 찾아왔는데 전바오가 집에 없었다. 옌리는 조심스럽게 대접하며 자기 친구인 듯 전바오에 대해 이야기했다. "전바오는 그런 점에서 손해를 봐요. 우직하게 잘해 주고 본인만 밑지는 거죠! 아, 장 선생님, 그렇지 않나요? 요즘 세상에 그런 게 어떻게 통하겠어요? 동생들도 그렇게 배은망덕하니 친구는 더 말할 것도 없지요. 원하는 게 있을 때만 찾아와요. 그렇지 않은 사람이 하나도 없다니까요! 얼마나 많이 봤는지 몰라요. 전바오는 매번 손해를 보면서도 고집불통이고요. 요즘 같은 세상에는 좋은 사람이 설 자리가 없는데도 말이에요! 장 선생님, 그렇지 않나요?"

친구는 머지않아 자신도 배은망덕한 무리로 분류될 것 같아 마음이 차갑게 가라앉았다. 전바오의 친구들은 하나같이 옌리를 좋아하지 않았다. 예쁘고 조용하고 가장 이상적인 친구 아내로서 남자들이 장황하게 떠들어 댈 때 좋은 배경이 될 수 있는데도 그랬다.

옌리는 여자 친구 역시 없어 남들과 비교할 수 없었기 때문에 집 안에서 자신의 지위가 낮다고 생각하지 않았다. 전바오도 그녀에게 다른 부인들과 어울리라고 권하지 않았다. 그러지 못하는 사람이라고 생각해 옌리를 낯선 상황에 놓아두었다. 그렇게 그녀의 단점이 드러나고 수많은 시비가 일도록 내버려두었다. 옌리가 남들에게 남편이 어떻게 손해를 보았다고 말할 때도 원래 여자는 마음이 좁다고, 남편이 억울한 게 싫어 보호하려는 의도라고 이해했다. 하지만 나중에 가정부에게까지 그런 말을 하자 전바오는 자기도 모르게 화를 내며 끼어들었다. 또 한번은 옌리가 여덟 살밖에 안 된 후이잉에게 푸념하는 걸 들었다. 그때는 아무 말도 하지 않았지만 얼마 후 후이잉을 학교 기숙사로 보내 버렸다. 그 바람에 집은 한층 더 조용해졌다.

옌리는 변비에 걸려 매일 몇 시간씩 화장실에 앉아 있었다. 그녀는 그때만 당당하게 아무 일도 하지 않고 아무 말도, 아무 생각도 하지 않을 수 있었다. 사실 나머지 시간에도 말이나 생각을 하지 않았지만 괜히 마음이 불편해 여기저기 돌아다녀야 했다. 낮에 화장실에 있을 때만 마음이 편안해지고 뿌리를 내리는 기분이 들었다. 그녀는 고개를 숙인 채 자신의 하얀 배를 내려다보았다. 새하얀 배가 부풀어 올랐다가 납작해지기를 반복했고 그럴 때면 배꼽의 모양도 달라졌다. 깨끗하고 무표정한 그리스 석상의 눈 같다가 갑자기 화를 내는 눈처럼도 보였다. 때로는 음험한 미소를 품은 이교도 신의 눈처럼도 보였지만 둥글게 눈주름이 잡힌 듯한 모양이 무척 귀여웠다.

전바오는 옌리를 병원에 데려가고 신문 광고 속 약을 사 먹이기도 했다. 그런데 옌리는 고칠 의지를 보이기는커녕 병을 핑계 삼아 자존감을 높이고 싶어 하는 눈치라 결국 그도 상관하지 않게 되었다.

어느 날 공장 대표로서 손님과 오찬을 하기로 했는데 장마철이라 사무실을 나서기 전부터 비가 내렸다. 전바오는 비옷을 가지러 차를 불러서 집으로 돌아가던 중 자기도 모르게 예전 일을 떠올렸다. 자오루이 집에 살 때였다. 갑자기 비가 내리면서 날씨가 변해 외투를 가지러 돌아갔던, 정말 기념할 만한 날이었다. 차에서 내린 뒤 대문을 지날 때까지도 전바오는 추억 속 흐릿한 애수에 젖어 있었다. 안으로 들어갔는데 비옷이 옷걸이에 없었다. 십 년 전 일이 되살아나는 듯해 전바오는 심장이 철렁 내려앉았다. 거실로 향하는 내내 심장이 쿵쾅거리고 기이한 운명 같다는 생각이 밀려왔다. 거실 문고리를 잡고 문을 열자 옌리가 거실에 있었다. 그리고 재봉사가 소파 한쪽 끝에 서 있었다. 모든 것이 익숙한 상태라고 안심한 순간 전바오는 왜인지 몰라도 또다시 신경이 곤두섰다. 다른 이유가 아니라 거실에 있는 두 사람이 긴장했기 때문이었다.

"집에서 식사하세요?"

"아니, 비옷을 가지러 왔을 뿐이야."

의자에 놓인 재봉사의 보따리를 쳐다보니 젖은 흔적이 전혀 없었다. 비는 이미 한 시간째 내리고 있었다. 재봉사는 장화도 신고 있지 않았다. 재봉사가 전바오를 슬쩍 쳐다보고는 넋 나간 표정으로 걸어와 보따리에서 줄자를 꺼내 옌리의 치수를 재기 시작했다. 옌리가 전바오에게 보일 듯 말 듯 손짓하며 말했다. "비옷은 말리려고 주방 복도에 걸어 두었어요." 재봉사를 밀어내고 비옷을 가져다줄 줄 알았는데 옌리는 움직이지 않고 치수를 재도록 가만히 서 있기만 했다.

전바오는 남자가 여자와 관계를 맺고 나면 남들 앞에서 다시 그 몸을 만질 때 표정이 완전히 달라진다는 사실을 잘 알고 있었다. 그는 두 사람을 차갑게 살펴보았다. 빗물의 새하얀 입이 창문에 달라붙어 숨을 내뿜는 덕분에 바깥은 차갑고 흐릿했지만 안은 완전히 밀폐되었다. 안에 그런 세 사람이 있다는 걸 아주 친절하게 상기시켰다.

전바오는 경험이 없는 불륜 남녀를 높은 곳에서 내려다보는 기분이 들었다. 도무지 이해할 수 없었다. '어떻게 이런 사람과 그럴 수 있지?' 재봉사는 젊어도 등이 살짝 굽고 안색이 누런 데다 뒤통수에 부스럼 자국까지 있었다. 어떻게 보아도 그냥 재봉사였다.

전바오가 비옷을 입고 단추를 잠그면서 거실로 되돌아오니 재봉사는 이미 떠나고 없었다. "언제 돌아올지 모르니 저녁 식사 때 기다리지 마." 전바오가 말하자 옌리가 다가오면서 알겠다고 대답했다. 여전히 당황한 듯 두 손을 어쩔 줄 몰라 하며 할 일을 찾아 허둥대다가 라디오를 켰다. 표준어 뉴스 시간이라 실내가 또 다른 남자의 목소리로 가득 찼다. 전바오는 더 대화할 필요성을 느끼지 못해 돌아서 나오며 단추를 계속 잠갔다. 단추가 왜 그렇게 많은지 알 수 없었다.

거실 문이 활짝 열려 라디오 속 정직하고 밝은 남자가 당당한 목소리로 조리 있게 하는 말이 전부 들렸다. 전바오는 생각에 잠겼다. '꽤 잘해 줬건만! 사랑하지는 않아도 미안한 짓은 하나도 하지 않았어. 나쁘게 대했다고 할 수 없지. 천박한 것. 스스로 부족한 걸 알아서겠지. 그래서 더 비천한 상대를 찾아 위로받고 싶었을 거야. 하지만 내가 그렇게 잘해 줬는데, 그렇게나.'

거실에 있는 옌리가 여전히 불안했는지 탁 소리를 내며 라디오를 껐다. 문 앞에 서 있던 전바오는 순간 숨이 턱 막히는 듯했다. 청중이 라디오를 꺼 버린 걸 방송국에서 신나게 떠들던 사람이 알 수 있다면 딱 이런 심정일 것만 같았다. 갑작스러운 단절감과 답답한 공허함. 전바오는 계단에서 비 내리는 거리를 마주한 채 잠시 서 있었다. 인력거가 다가와 호객했을 때 그는 흥정도 하지 않고 곧장 올라탔다.

저녁에 돌아와 보니 계단이 30센티미터 정도 물에 잠겨 있었다. 어둠 속에서 물에 잠기자 집이 크게 달라 보였는데 전바오는 무척 걸맞다는 느낌을 받았다. 하지만 문으로 들어서 후끈한 기운을 감지하고 노란색 전등 아래로 위층까지 이어진 계단을 보았을 때는 원래의 집 그대로였다. 아무것도 달라지지 않았다.

전바오는 현관에서 젖은 신발과 양말을 벗어 가정부에게 건넨 뒤 맨발로 위층 침실까지 올라갔다. 더듬더듬 전등 스위치를 찾던 중 욕실에 불이 켜진 게 보여 반쯤 열린 문으로 들여다보았다. 허여멀건 욕실이 길고 좁은 수직축 같았다. 전등 아래의 옌리도 허여멀건 본연의 색이었다. 옌리는 역대 어떤 미인도에서도 찾아볼 수 없는 난감한 모습을 하고 있었다. 바지를 붙들고 허리를 굽힌 상태로 몸을 일으키는 중이라 머리카락이 얼굴 아래로 흘러내렸다. 하얀 바탕에 자잘한 꽃무늬가 있는 잠옷으로 이미 갈아입었는데 짧은 윗옷을 높이 올려 턱으로 절반 정도를 누르고 잠옷 바지를 발등에 뭉텅이로 늘어뜨려 중간에서 몸이 하얀 누에처럼 길게 드러났다. 미국이었다면 괜찮은 화장지 광고가 되었을지 몰라도 전바오는 힐끗 쳐다본 뒤 일상 속의 불결한 무엇, 가령 비 오는 날 축축하고 진한 사람 냄새를 풍기는 뒤엉킨 머리카락 뭉치 같다고 생각했다.

침실 불을 켜자 옌리가 그를 발견하고 황급히 물었다. "발이 엉망이에요?"

전바오가 그렇다고 대답했다. "바로 씻어야 해."

"금방 나갈게요. 아줌마한테 물을 끓이라고 하고요."

"지금 끓이고 있어."

옌리가 손을 씻고 나왔을 때 나이 든 가정부도 주전자를 들고 들어왔다. 전바오가 재채기를 하자 가정부가 말했다. "감기 들려나 봐요! 문을 닫을까요?"

전바오는 문을 닫고 혼자 욕실에 들어갔다. 여전히 비가 세차게 내리며 유리창을 타다닥 때리고 있었다.

욕조 안에 무슨 꽃인지 모르는 부드럽고 노란 꽃이 핀 화분이 있었다. 비를 맞지 않았는데도 비 기운이 느껴졌다. 대야가 화분 옆에 놓여 있어 전바오는 욕조 가장자리에 앉아 발을 씻을 때 뜨거운 물이 꽃송이에 튀지 않도록 조심했다. 고개를 숙이면 희미하게 맑은 향이 느껴졌다. 그는 다리 한쪽을 무릎에 올려놓은 뒤 수건으로 발가락을 하나씩 닦다가 불현듯 자신이 안쓰러워졌다. 본인이 아니라 애인 같은 다른 사람이 그의 몸을 보면서 너무 소홀히 했다고 한탄하는 듯했다.

전바오는 슬리퍼를 질질 끌며 창가로 가 밖을 내다보았다. 어느새 빗줄기가 가늘어진 게 비가 서서히 그치고 있었다. 거리가 강물처럼 변했다. 물결 위에 비치는 가로등 불빛이 발사되자마자 사라지는 백금 화살촉들 같았다. 차량이 지나가면서 "촤아." 하얗게 물보라를 일으키자 물살이 공작 꼬리처럼 펼쳐지며 가로등 그림자를 삼켰다. 그러다 하얀 공작 꼬리 속에서 금빛 별이 조금씩 반짝거리면 공작 꼬리는 천천히 길고 옅어졌다. 자동차는 지나가도 백금 화살촉은 여전히 남아 누런 강물 위로 날아가자마자 사라지고, 날아가자마자 사라졌다.

손을 유리창에 대었을 때 전바오는 자신의 손과 호흡이 슬픔에 빠진 게 똑똑히 느껴졌다. 그는 찬장 속 브랜디병을 떠올리고는 가져다 한 잔 가득 따른 뒤 창문 앞에 서서 천천히 마셨다. 옌리가 등 뒤로 다가와 말했다. "브랜디로 배 속을 좀 데워야지요. 아니면 정말로 감기에 들릴지 모르니까요."

브랜디 열기가 얼굴로 치솟자 전바오는 눈에서 불이 나는 듯했다. 그는 고개를 돌리고 혐오에 찬 눈빛으로 옌리를 쳐다보았다. 그렇게 은근하게 말을 붙이는 게 싫었고, 그가 얼마나 아는지 알아보기 위해 뒤에서 기웃거리는 건 더더욱 싫었다.

이후 두 주 내내 옌리는 기웃거리며 그를 염탐했다. 그러다 그에게 달라진 점도 없고 의심도 하지 않는다고 생각했는지 안심하더니 자신에게 비밀이 있다는 것 자체를 점점 잊어버렸다. 전바오마저 원래 그녀에게 비밀이 없는 게 아닐까 의심스러울 정도였다. 광야에 두 쪽짜리 하얀 문이 양쪽에 흐릿한 불만 켜 둔 채 꽉 닫혀 있는데 문 뒤에서 살인이 일어났다고 단정하며 한밤중에 필사적으로 문을 두드린 기분이었다. 그러다 문을 열고 들어가니 살인이 벌어지기는커녕 건물조차 없고 희미한 별빛 아래로 안개와 들풀만 보이는 듯했다. 정말 끔찍한 상황이었다.

전바오는 툭하면 술을 마시기 시작했다. 밖에서 대놓고 여자를 만났으며 더는 예전처럼 몸을 사리지 않았다. 술에 잔뜩 취하면 집으로 돌아가기도 했지만 안 그러기도 했다. 옌리는 늘 자기만의 해석으로 그가 거절하기 힘든 새로운 접대가 생겼으려니 했다. 더는 자신과 관련 있다고 인정하지 않았다. 옌리는 고집스럽게 자신을 설득했고, 그의 방탕함이 숨길 수 없는 지경에 이르렀을 때도 남들에게 웃으며 설명하고 충성스럽게 감쌌다. 그래서 전바오가 기녀를 집으로 데려오지만 않았을 뿐 밖에서 광란의 질주를 벌이는데도 사람들은 여전히 그를 호탕하고 좋은 사람으로 보았다.

비가 한 달 내내 이어졌다. 어느 날 가정부가 그의 비단 셔츠를 빨다 줄었다며 옷단을 내야 한다고 말했다. 침대에 앉아 양말을 신던 전바오는 대수롭지 않다는 듯 말했다. "재봉사에게 고쳐 오라 해요."

"재봉사는 안 온 지 꽤 됐습니다. 고향으로 내려갔는지도 모르겠어요."

전바오는 '어? 그렇게 쉽게 끝났다고? 감정이 전혀 없었나, 정말 졸렬하군!' 하고 생각하며 또 물었다. "그럴 리가? 단오 때 청구하러 오지 않았나요?"

"수습생이 왔었어요." 전바오 집에서 삼 년째 일하는 가정부는 속옷을 접어 침대 가장자리에 놓고 톡톡 두드렸다. 그를 쳐다보지는 않았어도 그 온화하고 늙은 미소에는 위로의 뜻이 담겨 있었다. 전바오는 돌연 화가 치밀었다.

그날 오후 전바오는 여자를 데리고 놀다가 일부러 집에 들러 돈을 가져갔다. 여자는 삼륜차에 앉아 기다렸다. 날이 개었어도 거리에 아직 물이 고여 있어 노란색 강물에 오동나무 그림자가 비쳤다. 길 맞은편 일대의 작고 붉은 주택들에서 나무들이 푸르스름한 기운을 내뿜고 굴뚝에서는 축축하고 노란 연기가 올라와 나지막이 흩어졌다. 돈을 챙겨 나온 전바오는 우산으로 수면을 쳐 여자한테 물을 튀겼다. 여자가 비명을 지르자 그는 삼륜차에 올라타며 지저분한 쾌락을 즐기듯 하하 웃었다. 옌리가 창가에서 내다보고 있을 듯해 그는 위층 창문을 올려다보았다. 욕실 벽에 붙여 놓은 누렇고 오래된 레이스 찻잔 받침이나 한가운데에 차 얼룩이 밴 얇고 하얀 접시 같을 터였다. 전바오는 또 우산으로 물을 쳤다. 깨부수자! 깨부수자!

자신이 만든 가정과 아내, 딸은 부술 수 없어도 최소한 자기 자신은 부술 수 있었다. 우산으로 수면을 치자 비릿하고 차가운 진흙이 얼굴로 날아왔다. 순간 또다시 안쓰러워하는 연인이 느껴졌지만 의지가 강한 자신이 연인의 맞은편에 서서 그녀를 잡아당기고 밀치며 발악하는 느낌도 들었다. 그를 박살 내야 한다, 산산조각 내야 한다면서!

삼륜차가 물살을 가르며 나아가 물이 신발과 핸드백, 옷에 튀자 옆에 앉은 여자는 그에게 배상해 달라고 투덜거렸다. 전바오는 웃으며 한 손으로 그녀를 끌어안고 계속 물을 튀겼다.

그 이후로는 옌리조차 그를 변호할 수 없었다. 전바오가 생활비를 가져다주지 않아 딸의 학비를 내지 못했고 매일 식비까지 걱정해야 할 판이 되었다. 그 순간 옌리는 용감한 주부로 탈바꿈했다. 서른을 앞둔 나이에 돌연 성장해 유창하고 감동적인 말로 남들에게 거침없이 하소연하게 되었다. "계속 이러면 어떻게 살겠어요! 정말 죽으라는 거지요. 온 가족이 그 사람 하나에게 의지하는데 이러다가는 공장 일까지 놓칠 거예요……. 미친 사람 같아요. 돌아오지 않거나 돌아왔다 하면 사람을 때리고 물건을 부수니. 원래 그런 사람이 아니었거든요! 류 선생님, 생각 좀 해 주세요. 대체 제가 어떻게 살아야 하는지 좀 알려 주세요."

옌리는 이제 자존심을 찾고 사회적 지위와 연민, 호의를 얻었다. 어느 밤 전바오가 집으로 돌아오니 옌리가 거실에서 두바오와 이야기하고 있었다. 말할 것도 없이 그에 대해 이야기하던 중이라 그를 보자 입을 다물었다. 그녀는 새까만 옷을 입고 있었다. 등불 아래의 슬픔에 젖은 얼굴에서 주름이 살짝 보였지만 여전히 은근한 아름다움을 갖고 있었다. 전바오는 탁자나 걸상을 건드리지 않고 거실로 들어가 두바오에게 고개를 끄덕여 인사한 뒤 담배에 불을 붙였다. 그러고는 조용히 앉아 시국과 주식에 관해 이야기하다가 피곤해서 조금 일찍 잠자리에 들어야겠다며 혼자 위층으로 올라갔다. 옌리는 무슨 상황인지 잘 이해가 안 되었다. 조금 전에 자신이 거짓말을 한 것 같아 어떻게 설명해야 할지 난감했다.

두바오가 간 뒤 옌리가 방으로 들어오는 소리를 듣자마자 전바오는 장식장 위의 전등과 보온병을 와장창 소리와 함께 바닥으로 쓸어 버렸다. 그런 다음 몸을 숙여 전등의 철제 받침대를 집어 전선과 함께 그녀에게 내던졌다. 옌리는 얼른 몸을 돌려 밖으로 달아났다. 전바오는 그녀를 완전히 굴복시켰다는 생각에 득의양양해져 그 자리에 서서 소리 없이 웃었다. 조용한 웃음이 그의 눈에서 흘러내렸다. 눈물처럼 온 얼굴로 흘러내렸다.

가정부가 빗자루와 쓰레받기를 들고 긴장한 얼굴로 문가에 서 있었다. 전바오가 불을 끄자 가정부는 감히 들어오지 못했다. 전바오는 침대에 누워 잠이 들었다가 한밤중에 모기 때문에 깨어나 불을 켰다. 바닥 한가운데에 옌리의 자수 슬리퍼가 팔자 모양으로 하나는 앞에, 하나는 뒤에 놓여 있었다. 감히 모습을 드러내지 못하는 귀신이 덜덜 떨며 그에게 다가와 애원하는 듯했다. 전바오는 침대 가장자리에 앉아 한참을 바라보았다. 다시 누웠을 때 그는 한숨을 내쉬었다. 예전의 선한 기운이 조금씩 몰래 다가와 자신을 감싸는 기분이 들었다. 무수한 근심과 책임, 모기가 한꺼번에 윙윙거리며 그를 물고 빨았다.

이튿날 침대에서 일어났을 때 전바오는 마음을 고쳐먹고 다시 좋은 사람이 되었다.

봉쇄

전차 운전사가 전차를 운전했다. 뜨거운 태양 아래 두 줄로 반짝이는 철로가 물에서 나온 지렁이가 길어졌다가 짧아지고 또 길어졌다가 짧아지기를 반복하며 앞으로 나아가는 듯했다. 부드럽고 미끌미끌하며 아주 길고도 긴 지렁이가 끝없이 나아가는……. 전차 운전사는 꿈틀거리는 두 줄기 철로에 시선을 고정했지만 정신줄을 놓지는 않았다.

봉쇄되지 않았다면 전차는 끊어지지 않고 영원히 나아갔을 것이다. 하지만 봉쇄되었다. 벨이 울렸다. "따링링링링." 모든 '링' 자는 차갑고 작은 점이었고, 그런 점들이 모여 시간과 공간을 가르는 점선이 되었다.

전차는 멈추었지만 거리의 사람들은 뛰기 시작했다. 거리 왼쪽에 있던 사람들은 오른쪽으로, 오른쪽에 있던 사람들은 왼쪽으로 뛰었다. 상점은 하나도 빠짐없이 철문을 내렸다. 여자들이 미친 듯이 철제 난간을 흔들며 소리쳤다. "들여보내 줘요! 아이가 있어요, 노인이 있어요!" 그러나 문은 굳게 닫혔다. 철문 안에 있는 사람들과 밖에 있는 사람들이 눈을 빤히 뜬 채 서로를 쳐다보며 두려워했다.

전차에 탄 사람들은 꽤 차분했다. 그들에게는 앉을 자리가 있었다. 시설이 좀 낡기는 했지만 그래도 대다수 승객의 집안 상황보다 나은 편이었다. 거리가 조금씩 고요해졌다. 절대적 정적에 빠지는 식이 아니라 사람 소리가 잠결에 들리는 갈대꽃 베개의 바스락 소리처럼 점점 희미해졌다. 거대한 도시가 햇빛 속에서 졸고 있었다. 육중한 머리를 사람들 어깨에 올려놓고 사람들 옷에 침을 서서히 흘리며 상상할 수 없을 만큼 엄청난 무게로 사람들을 억눌렀다. 상하이가 이렇게까지 조용한 적은 한 번도 없었다. 그것도 대낮에! 쥐 죽은 듯 고요해진 틈을 타 거지 하나가 목청을 높여 애원하기 시작했다. "어르신, 마나님, 선생님, 아가씨, 이 불쌍한 사람한테 적선 좀 해주시겠습니까? 어르신, 마나님……." 하지만 얼마 못 가 거지도 그 전례 없는 침묵에 압도되어 입을 다물었다.

잠시 뒤 조금 용감한 산둥 거지가 결연하게 침묵을 깨고 우렁찬 목소리로 말했다. "불쌍하구나, 불쌍하구나! 땡전 한 푼 없는 사람이라니!"

한 세기에서 다음 세기로 줄기차게 이어져 온 오래된 노래였다. 음악적 리듬감을 가진 구걸이 전차 운전사를 움직였다. 운전사도 산둥 사람이었다. 그는 길게 탄식한 뒤 팔짱을 끼고 전차 문에 기대어 노래를 따라 했다. "불쌍하구나, 불쌍하구나! 땡전 한 푼 없는 사람이라니!"

승객 일부가 전차에서 내렸다. 남은 사람들 사이에서 산발적으로 말이 터져 나왔다. 문가에 자리를 잡고 퇴근하던 회사원들이 계속 대화를 이어 갔다. 한 사람이 탁 하며 부채를 펼치더니 결론을 내렸다. "결국 그에게 다른 문제는 없고 그냥 처신을 잘 못 하는 거야."

다른 사람이 콧방귀를 뀌며 냉소를 지었다. "처신을 못 한다고? 상사한테는 얼마나 싹싹하게 구는데!"

남매처럼 닮은 중년 부부가 가죽 고리를 잡고 전차 한가운데에 서 있었는데 아내가 갑자기 소리쳤다. "조심해요, 바지 더러워지겠어요!"

남편이 깜짝 놀라며 훈제 생선을 든 손을 들어 올렸다. 기름기가 가득한 종이 꾸러미를 조심스럽게 양복바지에서 오륙 센티미터 떨어뜨렸다. 아내는 잔소리를 그치지 않았다. "요즘 드라이클리닝이 얼마인지 알아요? 바지 하나에 얼마인지 아냐고요?"

구석에 앉아 있던 화마오(華茂) 은행의 회계사 뤼쭝전(呂宗楨)은 훈제 생선을 보자 아내가 은행 근처의 분식점에서 사 오라고 한 시금치 찐빵이 떠올랐다. 여자들은 늘 그런 식이었다! 꼬불꼬불해 찾기 힘든 작은 골목에서 파는 찐빵이 싸고 맛있다고 믿었다! 그의 입장 따위는 전혀 고려하지 않았다. 말쑥한 양복에 대모 뿔테 안경을 쓰고 서류 가방을 든 사람이 신문지에 싼 뜨거운 찐빵을 들고 거리를 돌아다니는 건 정말 말도 안 되는 일이었다. 하지만 봉쇄가 연장되어 저녁 식사가 힘들어진다면 찐빵은 유용할 터였다. 시계를 보니 이제 겨우 4시 30분이었다. 심리적 영향인지 벌써 허기가 졌다. 뤼쭝전은 신문지 한 귀퉁이를 살짝 들어 안쪽으로 열었다. 새하얀 찐빵에서 참기름 냄새가 은은하게 풍겼다. 신문지가 붙어 조심스럽게 떼어 냈는데 찐빵에 글자가 남았다. 거울에 비치듯 거꾸로 찍혔지만 그는 고개를 숙이고 참을성 있게 읽었다. "부고…… 신청…… 주식 상황…… 성대한 등장……." 전부 정상적인 글자인데도 찐빵에 찍히자 왠지 우스워 보였다. 어쩌면 먹는 게 너무 중대한 일이라 그와 비교하면 무엇이든 우스워지는 까닭일지도 몰랐다. 눈에 좀 걸렸지만 뤼쭝전은 진중한 사람답게 웃지 않았다. 그는 찐빵의 글자에서 눈을 돌려 신문의 글을 읽었다. 반쪽짜리 오래된 신문을 다 읽고 난 뒤 뒤집으려는데 그랬다가는 찐빵이 떨어질 판이라 그만두었다. 그가 신문을 읽을 때 전차의 다른 사람들도 신문이 있는 사람은 신문을 보고, 없는 사람은 영수증이나 설명서, 명함을 보았다. 아무 인쇄물도 없는 사람은 길거리 간판을 보았다. 그들은 끔찍한 공허를 메워야 했다. 그러지 않으면 머리가 돌아가기 시작할 터였다. 생각은 괴로운 일이었다.

뤼쭝전 맞은편에 앉은 노인만 반질반질한 호두 두 알을 손바닥에서 드르륵드르륵 리듬감 있게 굴리는 동작으로 생각을 대신하고 있었다. 머리를 삭발한 노인은 피부가 불그레하면서 노랬고 온 얼굴에 기름기가 가득했다. 주름이 자글자글해 머리 전체가 호두 같았다. 뇌도 호두알처럼 달고 촉촉하면서 밋

밋할 듯했다.

노인의 오른쪽에 우추이위안(吳翠遠)이 앉아 있었다. 교회에 다니는 새댁처럼 보여도 사실은 미혼이었다. 좁고 푸른 테두리의 하얀색 무명 치파오를 입었는데 남색과 하얀색이라 부고장을 연상시켰다. 심지어 양산마저 남색과 하얀색 체크무늬였다. 남의 이목을 끌고 싶지 않은지 머리카락을 진부한 스타일로 빗었지만 사실 남의 이목을 끌 만한 위험은 전혀 없어 보였다. 못생기지는 않았어도 애매하게 예쁜 까닭이었다. 누구한테 밉보이고 싶지 않다는 듯 이목구비가 전부 흐릿하고 느슨하고 불분명했다. 어머니조차 그녀의 얼굴이 긴지 둥근지 말하기 어려울 듯했다.

추이위안은 집에서 좋은 딸이고 학교에서는 좋은 학생이었다. 대학을 졸업한 뒤 모교에서 영어 조교로 일하고 있었다. 봉쇄된 시간을 이용해 그녀는 과제물을 채점하기로 했다. 첫 번째는 격앙된 논조로 도시의 죄악을 비난하는 남학생의 과제물이었다. 정의로운 분노가 가득했지만 문법이 잘 안 맞고 매끄럽지도 않은 문장으로 "입술을 빨갛게 칠한 매춘부…… 거대한 세계…… 저급한 무도장과 술집" 하며 비난을 늘어놓았다. 추이위안은 잠시 망설이다가 붉은색 연필을 꺼내 'A'를 주었다. 평소라면 점수를 주자마자 넘어갔을 텐데 오늘은 생각할 시간이 많아 왜 그에게 이렇게 좋은 점수를 주었는지 자기도 모르게 자문했다. 묻지 않았으면 그만이었을 것을 묻고 나자 얼굴이 붉어졌다. 이 학생이 과감하고 거리낌 없이 자신에게 이런 말을 할 수 있는 유일한 남자여서임을 불현듯 깨달았기 때문이었다.

그는 추이위안을 박학다식한 사람으로 대했고 남자인 듯, 믿을 만한 사람인 듯 대해 주었다. 그녀를 존중해 주었다. 추이위안은 학교에서 늘 무시당하는 느낌을 받았다. 교장부터 시작해 교수, 학생, 직원까지 누구도 그녀를 존중하지 않았다. 특히 학생들은 거칠게 불만을 표출했다. "학교가 갈수록 형편없어지네! 점점 엉망이 된다니까! 중국인한테 영어를 가르치게 하다니, 그것만으로도 인정하기 힘든데 외국에 가 본 적도 없는 중국인이라니!"

추이위안은 학교에서만이 아니라 집에서도 천덕꾸러기 대접을 받았다. 우씨 집안은 종교를 가진 신식 모범 가정이었다. 딸이 열심히 공부해 한 단계씩 올라가 최고 정상에 이르도록 최선을 다해 지원했다. 결국 딸은 이십 대에 대학 교단에 설 수 있었다! 직업적으로 여자가 세운 신기록이었다. 하지만 부모는 그녀에게 점점 흥미를 잃어 갔다. 애초에 딸이 공부를 소홀히 하고 돈 많은 사위를 찾는 데 시간을 썼다면 차라리 좋았을 거라고 여겼다.

추이위안은 좋은 딸이자 좋은 학생이었다. 가족도 모두 좋은 사람들로 매일 목욕하고 신문을 읽었다. 라디오를 들을 때도 상하이 지방극이나 우스운 경극 같은 것은 듣지 않고, 이해하지 못해도 베토벤이나 바그너 교향곡을 들었다. 세상에는 실재하는 사람보다 좋은 사람이 더 많았다……. 추이위안은 행복하지 않았다.

삶은 히브리어에서 그리스어로, 그리스어에서 라틴어로, 라틴어에서 영어로, 영어에서 중국어로 번역된 성경 같았다. 추이위안이 성경을 읽을 때면 머릿속에서 중국어가 다시 상하이 말로 번역되었다. 그러면 어쩔 수 없이 틈이 생겼다.

추이위안은 과제물을 내려놓고 두 손으로 얼굴을 받쳤다. 뜨거운 햇살이 등으로 쏟아졌다.

옆자리에는 품에 아기를 안은 유모가 앉아 있었다. 아기 발바닥이 추이위안의 다리에 밀착되었다. 호랑이 문양의 작고 붉은 신발에 들어 있는 부드럽고 단단한 발……. 최소한 그건 진짜였다.

전차에 타고 있던 의대생이 스케치북을 꺼내더니 인체 골격도를 꼼꼼하게 수정하기 시작했다. 다른 승객들은 그가 맞은편에서 졸고 있는 사람을 스케치한다고 생각했다. 다들 할 일이 없었기 때문에 삼삼오오 모여 허리를 짚거나 뒷짐을 진 채 둘러싸고는 스케치를 구경했다. 훈제 생선을 든 남편이 아내에게 나지막이 말했다. "요즘 유행하는 저런 입체파나 인상파는 영 별로야!"

아내가 귓속말했다. "당신 바지!"

의대생은 뼈와 신경, 근육 이름을 꼼꼼하게 써넣었다. 퇴근 중인 회사원 한 명이 쥘부채로 얼굴을 반쯤 가리고 조용히 동료에게 설명했다. "중국화의 영향이야. 요즘은 서양화에도 글자를 적는다더라고. '동양의 서진'이라고 할 수 있지!"

뤼쭝전은 흥미가 없어 혼자 제자리에 앉아 있었다. 그는 자신이 배가 고픈 것으로 결론을 내렸다. 모두 자리를 벗어났으니 느긋하게 시금치 찐빵을 먹을 적기였다. 하지만 살짝 고개를 들었다가 삼등칸에 있는 친척을 발견했다. 아내 사촌 여동생의 아들이었다. 뤼쭝전은 그 둥페이즈(董培芝)가 몹시 싫었다. 집안이 가난한데 야망이 무척 커서 페이즈는 재력이 좀 있는 아가씨와 결혼해 신분 상승할 기반을 만들고 싶어 했다. 올해 겨우 열세 살인 뤼쭝전의 큰딸에게까지 눈독을 들이더니 페이즈는 혼자 신나게 계획을 세우고 부지런히 드나들었다. 뤼쭝전은 그 젊은이를 보자마자 속으로 낭패라고 외쳤다. 페이즈가 자신을 발견한 뒤 공세를 펼칠 절호의 기회로 삼을까 봐 걱정스러웠다. 봉쇄된 동안 둥페이즈와 한 공간에 갇혀 있는다는 건 상상조차 하기 싫은 상황이었다. 그는 얼른 서류 가방과 찐빵을 챙겨 득달같이 맞은편 자리로 옮겨 앉았다. 옆에 앉은 우추이위안에 가려져 조카가 절대 볼 수 없는 위치였다. 그런데 추이위안이 고개를 돌리고 그를 노려보았다. 아뿔싸! 여자는 그가 아무 이유도 없이 자리를 바꾸었다고 생각할 테니 호의적일 리가 없었다. 뤼쭝전은 여자가 희롱당했을 때 짓는 표정임을 알아보았다. 얼굴이 딱딱하게 굳고 눈가와 입가는 물론 콧방울에서까지 웃음기가 사라졌다. 하지만 어딘가에 숨어 흔들리는 미소가 언제든 터져 나올 준비를 하고 있었다. 자신이 무척 사랑스럽다고 생각할 때 억누를 수 없는 미소였다.

젠장, 둥페이즈는 결국 그를 발견하고 일등칸으로 걸어오고 있었다. 겸손하게도 멀리에서부터 허리를 굽힌 그는 불그레하고 긴 얼굴에 승복 같은 회색 장삼을 입었다. 고통을 잘 참고 몸가짐이 단정한 청년, 가장 이상적인 사윗감을 연출하는 모양새였다. 뤼쭝전은 재빨리 역공을 펼쳐 상황을 타개하기로 마음먹고 한쪽 팔을 추이위안의 뒤쪽 창턱에 올려놓았다. 집적대는 듯한 상황을 말없이 연출한 것이었다. 자기 행동으로 둥페이즈가 놀라 돌아설 리 없다는 건 알고 있었다. 페이즈의 눈에는 애당초 그가 못된 짓이나 저지르는 노인네였기 때문이었다. 페이즈는 서른 살이 넘는 사람은 전부 노인이고 노인은 하나같이 심보가 고약하다고 여겼다. 오늘 쭝전의 저급한 행동을 목격하고 나서 페이즈는 아내에게 시시콜콜 보고할 게 뻔했다. 하지만 아내가 화낸들 무슨 상관이겠는가! 누가 저런 조카를 두라고 했단 말인가! 흥, 화가 나도 싸지!

뤼쭝전은 옆에 앉은 여자한테 별 관심이 없었다. 어쨌든 그녀의 팔은 무척 하얬다. 짜낸 치약처럼 하얬다. 사람 자체도 짜낸 치약처럼 아무 스타일이 없었다.

그가 나직하게 웃으며 말했다. "봉쇄가 언제 끝날까요? 정말 끔찍하네요!"

추이위안은 깜짝 놀라 고개를 돌렸다가 등 뒤에 놓인 팔을 보고 완전히 얼어붙었다. 쭝전은 그렇다고 팔을 뺄 수도 없었다. 조카가 저쪽에서 두 눈에 불을 켠 채 회심의 미소까지 지으며 지켜보고 있었다. 지금 상황에 똑바로 눈을 쳐다보면 조카는 처녀처럼 난감해하며 쭈뼛쭈뼛 고개를 숙일 수도 있지만, 어쩌면 그에게 눈을 찡긋할지도 몰랐다. 누가 알겠는가?

뤼쭝전은 이를 악물고 다시 추이위안을 공략했다. "답답하시죠? 같이 대화나 나누시죠. 어쨌든 중요한 일도 없으니까요! 우리……, 같이 이야기해요!" 자기도 모르게 어투에 애처

로운 기운이 실렸다.

추이위안은 또다시 놀라 그를 쳐다보았다. 뤼쭝전은 그제야 그녀가 전차에 오를 때의 극적인 순간이 떠올랐다. 다만 극적인 효과라고 해도 우연에 불과했으니 그녀의 공이라고 할 수는 없었다. 뤼쭝전이 나직하게 말했다. "그거 아세요? 당신이 전차에 오를 때 저는 앞쪽 유리에 붙은 광고의 찢어진 부분으로 당신 옆얼굴을 봤답니다. 턱 일부였지만요." 그건 통통한 아이가 그려진 노발락 분유 광고였는데 아이의 귀밑에서 느닷없이 여자의 턱이 나타났다. 가만 생각해 보면 조금 으스스한 상황이었다. "그러다 당신이 고개를 숙이고 지갑에서 돈을 꺼냈을 때야 당신 눈과 눈썹, 머리카락을 보았지요." 한 부분씩 쪼개서 보면 그녀는 매력적인 부분이 없지 않았다.

추이위안은 웃음을 지었다. 그냥 믿음직한 사업가로만 보았지 이렇게 말을 잘하는 사람일 줄은 생각도 못 했다. 그녀는 다시 한번 그를 쳐다보았다. 태양이 그의 코끝 아래의 연골을 붉게 비추었다. 소매에서 신문지 위로 이어진 그의 손은 노랗고 감각적이었다. 진짜 사람이었다! 아주 성실하거나 총명하지는 않아도 실재하는 사람이었다! 추이위안은 돌연 달아오르면서 행복한 느낌이 들어 얼굴을 돌리고는 속삭였다. "그런 말은 자제해 주세요."

쭝전은 "네?" 하고 반문했다. 자신이 무슨 말을 했는지 잊어버린 탓이었다. 그는 시선을 조카의 뒷모습에 고정하고 있었다. 눈치 빠른 젊은이는 자신이 끼면 안 되는 자리임을 알아차렸고 친척 어른의 기분을 망칠 생각도 없었다. 두 사람은 끊으려야 끊을 수 없는 친척이니 나중에 만나면 될 일이라 결국 삼등칸으로 되돌아갔다. 둥페이즈가 가자마자 쭝전은 팔을 빼고 점잖은 어투와 태도를 되찾았다. 그는 추이위안의 무릎에 놓인 공책을 멋쩍게 쳐다보았다. "선광(申光) 대학…… 거기에서 공부하세요?"

그렇게 젊게 보았다고? 아직 학생으로? 추이위안은 말없이 웃었다.

쭝전이 말했다. "저는 화지(華濟)대를 졸업했어요. 화지." 그녀의 목에 손톱자국 같은 작은 갈색 점이 하나 있었다. 쭝전은 오른손으로 왼손 손톱을 무의식적으로 문지르며 헛기침하고 나서 물었다. "전공이 뭐예요?"

추이위안은 그의 팔이 사라진 것을 눈여겨보고 자신의 단정한 성품에 영향을 받아 그가 태도를 바꾼 줄 알았다. 그렇게 생각하니 대답할 수밖에 없었다. "문과예요. 당신은요?"

"상경 계열이요." 쭝전은 대답하고 나서 대화가 고리타분해진다는 생각이 들어 덧붙였다. "학교에 다닐 때는 학생 운동 때문에 바빴어요. 졸업한 뒤에는 먹고사느라 바빠졌고요. 공부는 정말이지 얼마 못 했답니다!"

"많이 바쁘세요?"

쭝전이 대답했다. "정신없이 바쁩니다. 아침에 전차를 타고 사무실에 갔다가 오후에 다시 타고 돌아가는데 왜 가고 오는지도 모르겠어요! 저는 제 일에 전혀 흥미가 없어요. 돈을 벌기 위해서라지만 누구를 위해 버는지도 모르겠고요."

추이위안이 말했다. "다들 가족을 책임져야 하니까요."

봉쇄   179

"당신은 몰라요……. 우리 집에는…… 아, 그만하죠!"

추이위안은 속으로 중얼거렸다. '역시! 아내는 이 사람한테 전혀 공감하지 않는 거야! 아내가 있는 세상 남자들은 모두 다른 여자의 공감을 절실히 필요로 한다니까.'

쭝전은 잠시 망설이다가 더듬더듬 무척 곤란하다는 듯 말했다. "내 아내는…… 나한테 전혀 공감해 주지 않아요."

추이위안이 충분히 이해한다는 듯 눈살을 찌푸리며 그를 쳐다보았다. 쭝전이 말했다. "내가 왜 매일 시간 맞춰 집에 가는지 모르겠어요. 어딜 가는 걸까요? 사실 돌아갈 집이 없어요." 그는 안경을 벗고 햇살에 비추어 가며 손수건으로 안경의 물기를 닦았다. "하, 그냥저냥 살아갈밖에요. 생각은 할 수 없어요. 생각이란 건 할 수가 없지요!"

근시인 사람이 남들 앞에서 안경을 벗는 것을 추이위안은 조금 추잡하다고 여겼다. 사람들 앞에서 옷을 벗는 것처럼 채신사나워 보여서였다. 쭝전이 이어서 말했다. "당신은…… 당신은 그 사람이 어떤 여자인지 모르죠!"

"그럼 당신은 애초에……." 추이위안이 말했다.

"처음에는 반대했어요. 어머니가 정해 주셨지요. 당연히 저는 제가 선택하고 싶었지만…… 그녀는 예전에 무척 아름다웠고…… 저도 그때는 어려서……. 젊은이란, 아시겠지만……."

추이위안은 고개를 끄덕였다.

"그러나 그녀는 변했어요. 어머니까지 그녀와 틀어져서 결혼하면 안 됐다고 저를 비난했지요! 그 사람…… 그 성미는…… 그 사람은 초등학교도 못 나왔어요."

추이위안은 자기도 모르게 미소를 지었다. "졸업장을 무척 중시하나 보네요! 사실 여자에게 교육은 그렇게 대단하지 않아요!" 그녀는 왜 그런 말로 자기 자신에게 상처를 주는지 알 수 없었다.

쭝전이 말했다. "당연히 당신은 고등 교육을 받았으니까 그렇게 냉소적인 말을 할 수 있는 것이지요. 당신은 그녀가 어떤 사람인지 몰라요……." 그가 갑자기 입을 다물고 숨을 헐떡거리더니 방금 쓴 안경을 도로 벗어 닦았다.

"너무 심하게 말했다 싶죠?"

쭝전이 안경을 쥐고 힘겹게 손짓했다. "당신은 그 사람을 몰라요……."

추이위안이 얼른 반박했다. "알아요, 알아." 추이위안은 그들 부부의 불화에서 아내만 탓할 수 없다는 걸 알았다. 쭝전 역시 생각이 단순한 사람이었다. 그에게는 자신을 이해하고 포용해 줄 여자가 필요했다.

거리가 소란스러워지더니 군인을 가득 실은 트럭 두 대가 덜컹거리며 다가왔다. 추이위안과 쭝전은 동시에 고개를 들고 밖을 내다보았다. 그러고 보니 뜻밖에도 두 사람 얼굴이 아주 가까이에 있었다. 거리가 극도로 짧아지면 어떤 사람이든 얼굴이 평소와 달라져 스크린에서 클로즈업되는 듯한 긴장감이 생겼다. 쭝전과 추이위안은 문득 서로를 처음 본 듯한 느낌이 들었다. 쭝전이 보기에 그녀의 얼굴은 몇 획으로 간략하게 그린 희미한 모란 같고 관자놀이에 흐트러진 짧은 머리카락 두세 가닥은 바람에 흔들리는 꽃술 같았다.

그가 쳐다보자 그녀가 얼굴을 붉혔다. 그녀의 붉어진 얼굴에 쭝전은 기분이 좋아졌다. 그녀는 얼굴이 점점 더 붉어졌다.

쭝전은 자신이 여자의 얼굴을 붉히고 미소 짓게 만들고 고개를 돌리고 머리 숙이게 만들 줄 몰랐다. 여기에서 그는 남자였다. 평소에는 회계사이고 아이 아버지, 가장, 전차 승객, 상점 고객, 시민이었다. 하지만 그의 내막을 모르는 이 여자 앞에서는 순수한 남자일 뿐이었다.

두 사람은 사랑에 빠졌다. 쭝전은 그녀에게 많은 말을 했다. 은행에서 누가 제일 잘해 주고 누가 겉으로만 웃는지, 집에서 어떤 말싸움이 벌어지는지 이야기하고 그의 은밀한 슬픔과 학창 시절의 꿈 같은 것을 알려 주었다. 끝없이 이야기했지만 그녀는 전혀 지루해하지 않았다. 사랑에 빠진 남자는 떠들기를 좋아하고 사랑에 빠진 여자는 평소와 달리 말을 아꼈다. 남자가 여자를 완전히 이해하고 나면 더는 사랑하지 않는다는 사실을 무의식적으로 알고 있기 때문이었다.

쭝전은 추이위안이 사랑스러운 여자, 겨울날 입에서 나오는 입김처럼 하얗고 희박하고 따뜻한 여자라고 확신했다. 원하지 않으면 그녀는 조용히 흩어질 것만 같았다. 그녀는 그의 일부분으로서 무엇이든 이해하고 무엇이든 용서해 줄 듯했다. 진실을 말하면 마음 아파하고 거짓을 말하면 미소 지으며 "저 입 좀 봐!"라고 말할 것 같았다.

쭝전은 잠시 침묵에 잠겼다가 느닷없이 선언했다. "다시 결혼해야겠습니다."

추이위안이 당황한 표정으로 소리쳤다. "이혼하려고요? 그건…… 힘들지 않을까요?"

"이혼할 수는 없지요. 아이들의 행복을 지켜 줘야 하니까요. 큰딸은 올해 열세 살로 이번에 좋은 성적을 받아 중학교에 들어갔답니다."

추이위안은 '그게 이 문제와 무슨 상관이람?' 하고 속으로 중얼거리며 차갑게 응했다. "아, 첩을 들일 생각이군요."

"아내로 대할 겁니다. 저는…… 그 사람을 힘들게 만들지 않을 거예요."

"하지만 좋은 집안 여자라면 받아들이지 않을걸요? 법률적으로도 복잡하고……."

쭝전이 한숨을 내쉬었다. "그렇지요. 당신 말이 맞아요. 저는 권리가 없습니다. 이런 생각 자체를 하면 안 되는데……. 나이도 많고요. 벌써 서른다섯 살이거든요."

추이위안이 부드럽게 말했다. "사실 지금 기준으로는 그렇게 많다고 할 수 없지요."

쭝전은 잠시 입을 다물고 있다가 물었다. "당신은…… 몇 살인가요?"

추이위안은 고개를 숙이고 답했다. "스물다섯입니다."

쭝전은 멈칫했다가 또 물었다. "자유로운가요?" 추이위안이 대답하지 않자 쭝전이 말했다. "아니군요. 설령 당신이 승낙해도 가족은 승낙하지 않을 테고요. 그렇지요? ……맞죠?"

추이위안은 입을 꽉 다물었다. 가족, 티끌 하나 묻지 않은 좋은 사람들, 그녀는 그들을 증오했다. 그들에게 충분히 기만당했다. 그들은 돈 많은 사위를 원하지만 쭝전은 돈도 없으면서 아내까지 있으니…… 그들의 화를 돋우는 것도 좋을 터였다! 화라! 무슨 상관인가!

전차에 사람이 점점 많아졌다. 봉쇄가 곧 풀릴 것이라는 말이 들리는지 승객들이 하나둘 올라와 자리에 앉았다. 그 바람에 쭝전과 추이위안은 한층 더 밀착해 앉아야 했다.

쭝전과 추이위안은 지금까지 왜 그렇게 멍청했는지, 왜 알아서 가까이 앉지 않았는지 의아해졌다. 쭝전은 자신이 너무 좋아하는 듯해 거절해야 할 것 같아졌다. 그는 고통스러운 어조로 말했다. "안 됩니다! 안 돼요! 나는 당신 앞날을 희생시킬 수 없어요! 당신은 뛰어난 인재이고 그렇게 좋은 교육을 받았으니……. 나는, 나는 돈이 많지 않아요. 당신 일생을 망칠 수 없어요!"

역시 결국에는 돈이 문제였다. 그의 말에 일리가 있었기 때문에 추이위안은 '끝났군.' 하고 생각했다. 나중에는 그녀도 결혼하겠지만 남편은 이렇게 우연히 만난 사람처럼 사랑스러울 리 없었다. 봉쇄된 전차에서 만난 사람처럼……. 모든 것이 이렇게 자연스러울 수 없을 것이었다. 다시는 이렇게……. 아, 이 사람은 이렇게 어리석으니! 이렇게 바보 같으니! 추이위안은 그의 인생 속 한 부분, 누구도 아끼지 않는 한 부분을 원할 뿐이었다. 그는 자신의 행복을 짓밟고 있었다. 얼마나 어리석은 낭비인가! 그녀는 울었지만 우아한 숙녀처럼 울지 않았다. 그의 얼굴에 눈물을 뱉는다고 할 수 있었다. 그는 좋은 사람이었다. 세상에 좋은 사람이 하나 더 늘었다!

그에게 설명한들 무슨 소용이 있겠는가? 여자가 말로만 남자를 감동시켜야 한다면 너무 처량하지 않겠는가?

다급해진 쭝전은 말은 못 하고 그녀가 든 양산을 손으로 계속 흔들기만 했다. 추이위안이 무시하자 이번에는 그녀의 손을 흔들며 말했다. "그, 그러니까 여기에는 사람들이 있잖아요! 안 돼요! 이러지 마요! 나중에 전화로 자세히 이야기해요. 당신 전화번호를 알려 줘요." 추이위안이 대답하지 않자 쭝전이 다그쳤다. "어쨌든 전화번호를 알려 줘야 해요."

추이위안이 빠르게 중얼거렸다. "칠오삼육구."

"칠오삼육구?" 쭝전이 되물었지만 그녀는 아무 말도 하지 않았다. 쭝전은 "칠오삼육구."라고 계속 중얼거리면서 만년필을 찾아 위아래 호주머니를 뒤졌다. 허둥댈수록 더 찾을 수가 없었다. 추이위안은 가방에 붉은 연필이 있는데도 일부러 꺼내지 않았다. 그녀의 전화번호를 그는 기억해야 했다. 기억하지 못하면 사랑하지 않는다는 말이니 더는 이야기할 필요가 없었다.

봉쇄가 풀렸다. "따링링링링." 모든 '링' 자는 차갑고 작은 점이었고, 그런 점들이 모여 시간과 공간을 가르는 점선이 되었다.

환호의 바람이 넓은 도시를 휩쓸고 전차가 덜컹거리며 나아가기 시작했다. 쭝전이 갑자기 자리에서 일어나더니 사람들 사이로 들어가 사라졌다. 추이위안은 고개를 돌리고 상관하지 않았다. 그가 떠났다. 그녀에게는 죽은 것이나 마찬가지였다. 전차가 속도를 한껏 높여 나아갔다. 황혼의 인도에서는 취두부 장수가 짐을 내려놓고 어떤 사람은 눈을 감은 채 점괘 상자를 흔들었다. 커다란 밀짚모자를 등 뒤로 늘어뜨린 키 큰 금발 여자가 어금니를 다 드러낸 채 이탈리아 해병과 웃으며 농담을 나누었다. 추이위안은 그들에게 시선을 맞추고 있었다. 그들은 살아 있지만 그 순간만 살아 있었다. 전차가 덜컹거리며 나아가면 하나씩 죽어 갔다.

추이위안은 불안하게 눈을 감았다. 그가 전화하면 목소리를 억누르지 못하고 열정적으로 대할 게 분명했다. 죽었다가 되살아난 사람이니까.

전차에 불이 들어왔다. 추이위안은 눈을 뜨고 그가 원래 앉아 있던 멀리 떨어진 자리를 쳐다보았다가 충격에 몸을 떨었다. 그는 전차에서 내리지 않았다! 그녀는 중전의 뜻을 이해할 수 있었다. 봉쇄되었을 때 일어난 모든 일은 일어나지 않은 것이란 의미였다. 상하이 전체가 졸면서 비이성적인 꿈을 꾸었다.

전차 운전사가 소리쳤다. "불쌍하구나, 불쌍하구나! 땡전 한 푼 없는 사람이라니!" 그때 허름한 차림의 노파가 허둥거리며 전차 앞을 가로질러 갔다. 운전사가 큰 소리로 욕했다. "이런 얼뜨기가!"

증오의 굴레

머리말

　1947년 나는 처음으로 영화 시나리오를 썼다. '끝없는 사랑(了不情)'이라는 제목이었고 당시 제일 유명한 남자 배우 류충(劉瓊)과 은막을 떠났다 되돌아온 천옌옌(陳燕燕)이 주연을 맡았다. 천옌옌은 오랫동안 은막을 떠나 있었어도 여전히 아름답고 젊은 데다 특유의 달콤함을 간직하고 있었지만 살이 쪄서 최대한 품이 넓고 검은 외투를 입고 출연하는 수밖에 없었다. 다행히 많은 장면이 추운 날씨에 난로도 없는 허름한 방을 배경으로 했기 때문에 실내에서 외투를 입어도 무리가 되지는 않았다. 그 밖에 연극 무대에서도 이름을 날리던 루산(路珊)이 야오(姚) 어멈을 맡았고, 정통 악역 배우(이름은 기억나지 않는다.)가 새장을 들고 코담배병을 만지작거리는 전형적인 만주인으로 보이는 아버지 역을 맡았다. 모두 노련한 배우

들로 배역을 잘 소화해 주었다. 그렇지만 여자 주인공이 외투를 벗을 수 없다는 것은 치명적인 문제였다. 이 영화를 찍느라고 힘들었는지 다음 작품에서는 날씬해졌으니 정말 분통 터지는 줄 알았다! 고작 몇 년 만에 영화가 사라져 나는 아쉬움을 달래기 위해 시나리오를 기반으로 소설 「증오의 굴레」를 썼다.

미국에서는 영화를 기반으로 쓴 소설을 책 같지만 사실은 아니라며 '비서적(non-books)'으로 구분하는데 어느 정도 일리가 있어 보인다. 사실 「증오의 굴레」는 두 장르의 차이를 충분히 이해하지 못한 작품 같다. 가령 어린 딸이 아버지에게 새 선생님이 좋다고 쉬지 않고 이야기하자 아버지가 짜증을 내는 장면이 있다. 이때 영화 관객은 이미 화면을 통해 그가 여선생과 우연히 만났고 두 사람이 서로에게 깊은 인상을 받았어도 엮이기 힘들다는 상황을 알고 있다. 반면 소설에서는 독자가 모르기 때문에 '극적인 아이러니'가 형성되지 않는다. 관객은 알고 웃지만 극중 인물은 전혀 모르는 효과가 만들어지지 않는다는 말이다.

당시 나는 그런 차이를 몰랐는데도 글이 별로라는 느낌을 받았다. 중국을 떠날 때 원고를 가지고 나오기 어려워 일반적인 편지 분량으로 조금씩 부치다 보니 빠진 원고들이 생겼다.

이 년 전 신문에서 '끝없는 사랑'이라는 똑같은 영화 제목을 발견했다. 이미 그런 영화가 있었다는 사실을 아무도 모르는 듯해 나도 모르게 허탈해졌다. 그런데 얼마 전 뜻밖에도 야셴(痙弦) 선생의 친구가 홍콩 도서관에서 오래된 내 소설을

복사해 보내 주었다. 영화는 이미 흔적도 없이 사라졌건만 그
것을 기반으로 한 '비서적'은 멀쩡하게 이 멀리까지 찾아왔으
니 우습기도 하고 아쉽기도 했다.

— 삼십 년 뒤에

　　— 나는 통속 소설에 관해 뭐라고 표현하기 힘든 애정을
품고 있다. 더 설명할 필요가 없는 인물들이나 그들의 슬픔과
기쁨, 이별과 만남 때문이다. 충분히 깊이 들어가지 않고 피상
적이라고 말한다면 돋을새김 역시 예술이 아니냐고 묻고 싶
다. 그런데 쓰기는 또 얼마나 어려운지, 이 소설은 내가 쓸 수
있는 수준에서 가장 통속 소설에 가깝게 쓴 작품이다. 그래서
내가 이 이야기에 연연하는지도 모르겠다. —

현대식 영화관은 가장 대중화된 왕궁으로 유리와 벨벳, 모조 운모석으로 이루어진 위대한 구조물이었다. 일단 안으로 들어가면 흐릿한 연노란색 지하가 나왔다. 노란색 유리잔을 천만 배 확대한 듯한 그곳은 환상적으로 빛나는 데다 깔끔했다. 그러다 영화가 시작되어 홀이 썰렁해지면 다른 전각의 음악 소리가 아련하게 들려오는 원한에 찬 궁전으로 변했다.

맞은편에는 다음 상영을 알리는 화려한 광고판이 높이 세워져 있었다. 광고판 밑에는 전등과 리본으로 장식한 종려나무 화분들이 층층의 원형 받침대에 빽빽하게 국화로 만든 산처럼 놓였다. 위쪽으로는 눈물을 머금은 여인의 모습이 크게 걸렸다. 거기에 비하면 훨씬 작은 또 다른 비극적 인물이 광고 아래에서 서성이고 있었다. 위자인(虞家茵)이었다. 검은 외투를 입고 풍성한 머리카락을 양쪽으로 늘어뜨린 그녀는 하얀 눈밭에 붉은 조명이 비친 듯 낯빛이 발그레했다. 그런 아름다움은 단순히 젊기 때문이라기보다 둥근 얼굴에 자리 잡은 이목구비가 젊은이들이 소망하는 모습이기 때문이었다. 영원히 젊기를 바라는 동시에 약간의 가련함을 가졌으면 하는 소망. 그런데 혼자 있을 때면 작고 아름다운 눈에서 비통한 기운이 고집스럽게 떠올랐다. 그녀의 눈빛은 왜 그렇게 서글플까? 그녀는 얼마나 많은 일을 견뎌 낼 수 있을까? 어쨌든 슬픔은 찾아올 터였다.

위자인은 손목시계와 벽시계를 번갈아 보며 망설이다가 결국 매표소로 가서 물었다. "지금 표를 환불할 수 있나요?"

"영화가 이미 시작해서 안 됩니다."

위자인이 난감해하며 설명했다. "친구가 오지를 않아서요. 이미 한참이 지났으니 안 오려나 봐요."

그때 극장 앞에 고급스러운 회색 구두처럼 생긴 자동차가 멈추었다. 한 남자가 문을 열고 내리더니 입구에 매진이라는 팻말이 걸렸는데도 안으로 들어와 물었다. "표 있나요? 한 장이면 되는데요."

매표원이 위자인에게 말했다. "잘됐네요. 손님 표를 주면 되겠네요."

남자와 자인은 서로를 쳐다보았다. 원래 쑥스러워할 게 없는 일이건만 두 사람 모두 외모가 출중해서인지 조금 쭈뼛거렸다. 남자는 왜인지 몰라도 젊었을 때는 문천상¹⁾처럼 대쪽

---

1) 文天祥(1236~1283). 남송 시대 저명한 정치가이자 문학가로 절의의

194

같았다가 세파를 거치면서 온순하게 바뀌었을 듯한 인상이었다. 자인은 손에 든 표를 창구에 올려 매표원에게 내밀었다. 매표원은 그걸 남자에게로 밀었다. 작은 창구에 단정히 앉은 여자 매표원은 뒤쪽에서 쏟아지는 주황빛 덕분에 남녀 간의 일에도 관여하는 공연계의 작은 신처럼 보였다. 창구 유리 너머에서 그녀가 냉랭하게 말했다. "7000위안이요."

남자는 돈을 꺼냈지만 자인이 받지 않을 듯 굴자 어쩔 수 없이 매표원에게 건네 전달했다. 그러고는 먼저 위층으로 올라갔다. 자인은 아주 멀리에서 뒤따라갔다.

자인의 자리는 남자 옆이었다. 이미 착석한 남자가 자인이 지나가도록 몸을 웅크려 주었다. 특별한 뜻이 있는 것으로 보이지는 않았다. 누구나 가장자리 좌석을 선호하기 때문에 그도 자연스럽게 그 자리를 선점했을 뿐이었다. 영화가 끝나 아래층으로 내려올 때 수많은 관객에 밀려 가까워졌을 때도 두 사람은 입을 열지 않았다. 그러다 계단을 다 내려와 자인이 휘청했을 때 남자가 그녀 옆에 있던 사람을 막아 주었다. 자인이 고맙다는 뜻으로 미소를 지었을 때야 남자는 입을 열었다. "정말 붐비네요!"

"네, 정말 사람이 많네요!"

입구까지 밀려갔을 때 남자가 말했다. "차로 모셔다드릴까요? 이렇게 사람이 많으니 차를 잡기 힘들 텐데요."

"아, 아니에요. 감사합니다!"

상징으로 여겨진다.

유리문을 열고 나오니 거리가 정신없이 혼란스러웠다. 자동차가 꼬리에 꼬리를 문 채 천천히 지나가고 그 틈새로 수많은 사람과 자전거가 신출귀몰하듯 지나가며 떠들썩한 고함이 여기저기서 터졌다. 생사존망의 전투라도 벌이는 듯한 광경이 끔찍하다 못해 우스울 정도였다. 그 격렬한 흐름 속에서 도로 중앙에 있는 경찰 초소의 신호등은 회백색 하늘가에 쓸쓸하게 피어난 붉은 꽃과 초록 꽃 같았다.

자인은 걸어서 돌아갔다. 그녀는 골목 안 삼층집에서 방 한 칸을 얻어 살고 있었다. 그녀는 2시 영화를 좋아하지 않았다. 다 보고 나오면 날이 어둑해 하루가 끝난 느낌이 들어서였다. 설령 완전히 어둡지 않아도 무슨 일을 할 기분이 나지 않았다. 문을 열고 안으로 들어간 자인은 외투를 벗어 옷장에 걸었다. 사실 실내가 바깥보다 더 추웠다. 따뜻한 물을 한 모금 마시고 침대 밑에서 낡은 꽃신을 꺼내 한쪽을 신었을 때 누군가 문을 두드렸다. 한쪽 발은 아직 구두를 신고 있어 자인은 절뚝거리며 달려가 문을 열고는 소리쳤다. "슈쥐안(秀娟)! 뭐야, 아까는 왜 안 왔어?"

자인의 오랜 친구인 슈쥐안은 은쟁반 같은 얼굴에 백금테 안경을 쓰고 있었다. 붉은 여우 털 외투를 입고 손토시를 낀 슈쥐안이 웃으며 말했다. "진짜 미안해. 극장에서 한참 기다렸지? 그 사람 때문이야. 갑자기 쓰러졌지 뭐야!"

자인이 문틀을 짚으며 물었다. "뭐? 샤(夏) 선생 어디가 안 좋으신데?"

"목이 아프다고 해서 디프테리아인 줄 알았잖아! 의사가 진

찰해 보더니 아니라고 했지만 이미 놀라 죽을 뻔한 뒤였지! 너한테 못 간다고 말하려고 전화했는데 벌써 나갔더라."

"괜찮아. 하지만 나중에는 무슨 일이 생겼나 싶어서 걱정되더라고."

자인은 문을 닫고 벽을 짚으며 침대로 가 앉은 뒤 신발을 마저 갈아신었다. 슈쥐안은 여전히 서서 변명을 이어 갔다. "극장으로 사람을 보낼까 했지만 그도 여의치 않았어. 우리 집이 얼마나 엉망진창이었는지 몰라!"

자인은 또 괜찮다고 말한 뒤 의자를 가져와 권했다. "앉아." 그러고는 차를 따랐다.

슈쥐안이 의자에 앉으면서 물었다. "넌 잘 지냈어? 일은 찾았고?"

자인이 웃으면서 차를 탁자에 내려놓고 유리 밑에 깔린 신문지 조각을 가리키며 말했다. "여러 곳에 지원서를 냈는데 별희망이 안 보이네."

"신문에 난 채용 공고가 좋을 리 있겠어? 아무도 안 하려고 하니까 내는 거지!"

자인이 동의했다. "맞아. 하지만 요즘 일자리 찾는 게 얼마나 어렵다고! 내가 다급한 건 다른 이유가 아니라 어머니한테 아직 말을 못 해서야. 걱정하실까 봐 일자리를 잃었다고 알리지 못했어."

슈쥐안이 물었다. "아직도 어머니한테 돈을 부치니?"

자인이 고개를 끄덕였다. "안타까워, 얼마 보내 드리지도 못하는데……." 그러면서 웃었다. 자신이 돈을 빌려 달란다고 슈쥐안이 오해할까 봐 걱정할 필요는 없었다. 경제적 차이가 큰데도 계속 친구로 지내는 건 자인이 돈을 빌리지 않을 것을 슈쥐안이 알고 있기 때문이었다. 슈쥐안은 딱하다는 듯 눈살을 찌푸리며 고개만 끄덕였다. "사실…… 네 아버지를 찾아갈 수도 있잖아?"

자인은 깜짝 놀라 자기도 모르게 싫은 표정을 지었다가 꾹 누르며 대답했다. "어머니와 이혼하고 나서 아버지 상황이 좋지 않다고 들었어. 새로 결혼한 사람도 있으니 만나면 뭐라고 해야 하는데……. 괜히 그 여자한테 안 좋은 소리 듣기 싫어!"

슈쥐안은 잠시 생각한 뒤 말했다. "아이고, 역시 어렵네. 그건 그렇고 사촌 아주버님네서 아이 가정 교사를 구한다고 그이가 그러더라."

자인이 그녀 옆에 앉았다. "그래?"

"다만 네가 싫어할지도 몰라서. 보모처럼 아이를 돌봐 줘야 한다더라고."

자인은 멈칫했다가 미소를 지으며 말했다. "예전에 가정 교사를 해 봐서 만만치 않은 부분이 많다는 거 나도 알아. 처신하기가 쉽지 않지!"

"하지만 그 아주버님네는 무척 단출해. 아주버님은 온종일 집을 비우시고 형님도 계속 시골에 계셔서 아이 혼자만 있어. 돌봐 주는 사람도 없이 말이야."

"일단 가서 좀 봐야겠다."

슈쥐안이 말했다. "네가 가 보는 것도 좋지. 아, 이렇게 하자. 내가 네 조건을 말해 놓을게. 그러면 얼굴 맞대고 어색하게 협상할 필요 없잖아!"

자인이 웃었다. "또 너한테 신세 지는구나!"

슈쥐안은 웃으며 아무 말도 하지 않고 자인의 손목을 잡아 살며시 흔들었다. 그러다 자인의 손목시계를 보고는 깜짝 놀라 소리쳤다. "세상에, 가야겠다! 이이는 몸이 불편하면 성질을 많이 부리잖아. 일하는 사람들은 멍청하고 애는 또……."

자인이 따라 일어나며 말했다. "오늘 정말 바쁘구나. 그럼 잡지 않을게."

자인이 처음 수업하러 간 날은 날씨가 무척 좋았다. 그 집은 골목 안에 자리를 잡았어도 반쯤 독립된 양옥이었다. 무척 입체적으로 2층 베란다 한쪽이 대문을 덮을 만큼 튀어나와 문 앞에 서자 처마 밑에 선 게 되었다. 하늘과 맞닿은 처마가 가장자리에 가느다랗게 서린 한 줄기 빛이 배 옆으로 부딪치는 하얀 물보라 같았다. 고개를 들어 보니 연노란색 건물이 차갑고 푸른 바다에 던져진 모양새라 가슴이 탁 트이면서 상쾌한 기분이 들었다.

자인은 다시 한번 문패를 확인하고 초인종을 눌렀다. 나이든 가정부가 문을 열어 주었을 때 자인이 물었다. "여기가 샤 사장님 댁인가요?"

가정부는 왜 찾아왔는지 의심스럽다는 눈초리로 말했다. "그렇습니다만 누구를 찾으시죠?"

"저는 위자인이라고 합니다."

가정부인 야오 어멈은 마흔 살이 안 된 과부로 생김새가 하얗고 통통한 비구니 같았다. 그녀가 자인을 위아래로 훑으며 말을 흐렸다. "그게……."

자인이 얼른 보충했다. "원래는 포슈로에 사는 샤 부인과 함께 오기로 했는데 요즘 집에 일이 많아서 시간을 못 냈어요……."

야오 어멈이 그제야 웃으며 말했다. "아, 위 선생님이시군요? 셋째 사모님께 들었습니다! 어서 들어오세요." 자인이 안으로 들어서자 야오 어멈이 대문을 닫고 거실 문을 열며 말했다. "잠시 앉아 계세요." 그러고는 고개를 돌려 2층에 대고 소리쳤다. "샤오만(小蠻)! 샤오만! 선생님 오셨다!" 야오 어멈은 아이를 부르며 위로 올라갔다. "샤오만, 어서 내려와 공부해야지!"

거실은 아주 우아하게 꾸몄는데 가죽 소파 때문에 사무실 같은 느낌이 들었다. 소파 위에는 스케이트와 때 묻은 공이 놓이고 인형은 오히려 바닥에 누워 있었다. 아주 깔끔하지도 않건만 웬일인지 아무도 안 사는 듯 썰렁해 보였다. 안쪽에 놓인 나지막한 장식장이 거실과 서재를 구분했다. 자인은 한참을 앉아 있고 나서야 야오 어멈이 아이를 데려와 문 앞에서 실랑이하는 걸 볼 수 있었다. 야오 어멈이 "들어가, 얌전히 들어가!"라고 소리쳤다. 여자아이가 끌려오다가 문 앞의 의자를 잡자 야오 어멈이 호통쳤다. "선생님을 뵈러 가야지! 선생님이라고 불러 봐!"

자인이 웃으며 물었다. "이름이 샤오만인가 봐요? 샤오만, 몇 살이니?"

야오 어멈이 대신 대답했다. "여덟 살이나 됐는데 아직 철이 없답니다." 그러면서 아이를 끌어당기자 의자까지 질질 끌려왔다.

자인이 물었다. "샤오만, 왜 말을 안 하니?"

"낯을 가려요. 겁이 많거든요. 하지만 평소에는 말이 많답니다! 사납고요!" 야오 어멈이 대답하고는 아이를 억지로 의자에 앉히고 차를 가지러 갔다.

자인이 계속 웃으며 물었다. "샤오만은 말을 못 하나?"

야오 어멈이 옆에 없자 뜻밖에도 샤오만은 부끄럽지 않다는 듯 고개를 흔들었다. 심지어 자인이 외투를 벗는 걸 보고 입을 열었다. "저도 벗을래요!"

"왜? 더워?"

"더워요."

자인이 만져 보니 솜옷 위에 재킷을 걸쳤고 스웨터와 모직 셔츠까지 입고 있었다. "너무 많이 입었네." 자인은 옷을 하나 벗겨 준 뒤 책상 위에 놓인 붓과 벼루를 보며 물었다. "글씨 쓸 줄 알아?" 샤오만이 고개를 끄덕이자 자인이 또 말했다. "이 책에 이름을 써 볼래? 내가 먹을 갈아 줄게." 샤오만이 고개를 끄덕이고 책에 "샤샤오만"이라고 적자 자인이 칭찬했다. "정말 잘 쓰네!" 그런데 샤오만이 계속 고개를 숙인 채 글자를 적어 자인은 얼른 말렸다. "아, 됐어, 잘했어, 충분해!" 다시 보니 이름 밑에 "의 책"이라고 쓰여 있어 자인은 자기도 모르게 웃음을 터뜨렸다. "그래, 아주 정확해!"

야오 어멈이 차를 가져왔다가 샤오만의 스웨터가 의자 등받이에 걸려 있자 호들갑을 떨었다. "이런! 왜 옷을 벗었어? 이 녀석! 어서 입어!"

한사코 안 입겠다는 샤오만을 위해 자인이 나서서 말했다. "제가 벗겨 줬어요. 옷을 너무 많이 껴입어도 좋지 않거든요. 머리가 땀투성이잖아요!"

"땀이 났으니 더 쉽게 감기에 걸리지 않겠어요? 아이를 모르셔서 그래요. 툭하면 아픈 녀석이 말도 안 들으니……."

자인이 참지 못하고 반박했다. "말을 아주 잘 듣던데요!"

샤오만이 야오 어멈을 향해 고개를 크게 끄덕이며 말했다. "맞아, 선생님이 나 말 잘 듣는데! 아줌마가 말을 안 들으면서 잔소리만 하지!"

야오 어멈은 잠시 물러서는 수밖에 없었다. 그녀는 쏜살같이 걸어가 반쯤 열린 창문을 쾅 하고 닫으며 중얼거렸다. "내가 말을 안 듣는다고! 네가 감기 걸리면 아버지가 누굴 탓하겠어, 나를 탓하지!"

수업이 끝나 헤어질 때 자인이 말했다. "그럼 내일 아침 9시에 다시 올게."

샤오만이 불안한 듯 따라 나와 자인의 옷을 잡아당겼다. "선생님, 내일 꼭 오셔야 해요!"

야오 어멈이 문을 열면서 샤오만에게 말했다. "이 아가씨야, 대문까지 나가지 마! 바람을 또 쐬면, 옷도 안 입었는데……." 자인도 샤오만에게 어서 들어가라고 했다. 자인이 가자마자 야오 어멈은 샤오만을 잡아끌었다. "얼른 가서 옷 입어!"

"안 입어! 아줌마는 선생님 말씀 못 들었어?" 샤오만은 거의 드러누워 스케이트를 타듯 두 발로 마룻바닥을 문지르며 끌려갔다.

야오 어멈은 억지로 옷을 입히며 투덜거렸다. "선생님이 그랬다고! 고작 하루 왔는데 아이 버릇을 망쳐 놓다니! 아이가 추워서 병나거나 얼어 죽으면 그 밥그릇도 없어질걸! 나는 아니지만……. 어쨌든 나는 가정부니까 아이가 없어도 일이 있다고! 아이가 없으면 자기는 누굴 가르치겠다는 거야?"

샤오만은 발버둥 치며 떼를 쓰다가 울음을 터뜨렸다. 그때 자동차 경적이 울리고 초인종 소리가 났다. 야오 어멈이 다급하게 말했다. "울지 마, 아빠 오셨네! 아빠는 우는 거 싫어해!"

샤오만이 눈을 문지르며 얼른 마중 나갔다. "아빠! 아빠! 새로 오신 선생님 정말 좋아요!"

샤오만의 아버지가 허리를 굽혀 샤오만을 쓰다듬었다. "정말 잘됐구나!" 그러고는 야오 어멈에게 물었다. "오늘 그…… 위 선생이 오셨나?"

"네." 야오 어멈이 대답한 뒤 그의 외투를 받으며 물었다. "요깃거리를 좀 내올까요?"

그가 무심하게 안쪽으로 걸어가며 대답했다. "아, 좋지요. 뭐든 빨리 되는 것으로 내와요. 또 나가 봐야 하니."

샤오만이 뒤에서 또 말했다. "아빠, 새 선생님 정말 좋아요!"

샤오만의 아버지는 앉기도 전에 석간신문을 펼치고 몸을 기울이면서 말했다. "잘됐네. 앞으로는 무슨 일이든 선생님께 말해. 아빠 좀 놓아주고!"

"어…… 그건 안 되는데." 샤오만이 아빠의 다리를 붙들고 힘껏 흔들면서 계속 떠들었다. "아빠, 선생님 정말 예뻐요!" 아버지가 한참 뒤에야 심드렁하게 "그래?"라고 대답하자 샤오만이 조급하게 말했다. "아빠, 왜 내 말을 안 들어요? ……아빠, 선생님이 나더러 착하고 똑똑하대요!"

샤오만의 아버지가 짜증을 억누르며 말했다. "그래, 샤오만은 정말 착하지! 그러니까 아줌마랑 2층에 가서 놀아. 아! 아빠는 조용히 좀 있고 싶구나."

어느 날 샤오만이 잔뜩 흥분해 내일은 쉬어야 한다고 말했다. 자인이 웃으면서 물었다. "고작 며칠 공부해 놓고 쉬어야 한다고?"

"내일은 제 생일이거든요."

"아, 생일이야? 뭐 하고 놀 건데?"

샤오만이 어두운 얼굴로 대답했다. "놀아 줄 사람은 아무도 없어요!"

자인은 자기도 모르게 마음이 흔들렸다. "내가 같이 있어 줄게, 어때?"

샤오만이 펄쩍 뛰면서 물었다. "선생님, 정말이에요?"

"영화 좋아하니?"

의자에 앉아 몸을 들썩이던 샤오만이 눈을 치켜떠 제 이마의 머리카락을 올려다보더니 미간을 때리고 웃었다. "아빠가 가끔 보여 줘요. 아빠는 저랑 나가는 걸 좋아하지요. 엄마랑 영화 보는 건 싫어하지만요!"

자인은 의아해졌다. "왜?"

"엄마는 늘 꼬치꼬치 따지거든요!"

자인은 웃음을 참을 수 없었다. "너는 안 따지고?"

"아빠는 저를 좋아해요!" 그래 놓고 샤오만은 불만스럽게 말했다. "하지만 늘 시간이 없어서……. 선생님, 어쨌든 내일 꼭 오셔야 해요!"

"그래, 선물을 준비해 올게!"

샤오만이 한층 더 폴짝거리며 말했다. "선생님, 잊어버리시면 안 돼요!"

그 말을 들으니 생각나는 게 있어 자인은 과일 한 바구니를 사서 슈줴안의 남편 병문안을 갔다. 그렇지 않아도 내내 다녀와야 한다고 생각하던 참이었다. 그런데 막상 찾아가니 환자는 거실에서 담배를 피우고 슈줴안은 꽃을 꽂으니 사탕 접시를 내오느니 하며 정신없이 바쁘게 움직이고 있었다. 자인이 슈줴안의 남편에게 물었다. "어머, 이제 좀 괜찮으세요? 다 회복하셨나요?"

샤쭝린(夏宗麟)이 일어나 자리를 권하자 자인은 과일을 탁자에 놓으며 말했다. "약소하지만 좀 드세요."

슈줴안이 말했다. "어머나, 고마워! 그런데 뭐 하러 돈을 써? 그나저나 우리 집 너무 엉망이지! 우리 아주버님 댁에는 갔어? 샤오만은 말을 잘 듣고?" 자인이 그 기회를 빌려 고맙다고 인사하자 슈줴안이 또 말했다. "아, 사실 오늘 아주버님 회사에서 손님을 초대해. 너 가지 말고 있어. 이따가 아주버님도 오실 거거든. 너도 아주버님과 아는 사이잖아?" 오늘 접대할 중요한 손님을 쭝린이 연결했다며 슈줴안은 무척 자랑스러워했다. 쭝린은 부사장이고 그의 형은 사장이었다.

자인이 사양했다. "아니야, 나는 일이 있어서 곧 가 봐야 해. 사장님은 계속 못 뵈었고."

"저런, 아직도 못 만났어? 그럼 잘됐네. 오늘 여기에서 만나면 되잖아!" 그때 가정부가 와서 요리가 도착했다고 하자 슈쥐안이 말했다. "내가 올 때까지 기다려."

자인은 자리에서 일어나 "바쁘니까 다음에 다시 올게." 하고는 끝내 발길을 돌렸다.

이튿날 자인은 샤오만에게 줄 선물을 샀다. 그러고는 다른 여자들과 마찬가지로 이미 물건을 사고도 마음을 놓지 못하고 다른 상점들을 둘러보았다. 더 적당하고 싼 물건이 없다는 것을 확인하기 위해서였다. 그런데 뜻밖에도 지난번 영화관에서 자인과 마주쳤던 남자 역시 같은 가게에 들어와 있었다. 그는 진열장이 꽤 잘 꾸며졌다고 생각하며 크리스마스카드 같은 그곳을 들여다보는 중이었다. 솜뭉치로 만든 눈이 흩날리고 작고 붉은 집들 사이에 미키마우스와 아기 돼지, 강아지, 작은 장난감 사람들이 놓여 있었다. 그러다 갑자기 만화속에 진짜 사람이 끼어들 듯 여자 점원이 몸을 들이밀고 진열장에서 물건을 꺼냈을 때 그는 하얀 구슬발 너머로 점원 뒤에서 손짓하는 낯익은 여자를 발견했다. 그는 자기도 모르게 얼어붙었다.

그 역시 가게에 들어와 물건을 살펴본 뒤에야 자인을 발견했다. 두 사람은 멈칫했다가 동시에 조용히 소리쳤다. "어? 이런 우연이 또 있네요!"

그가 웃음을 지었다. "또 만났네요! 그렇지 않아도 지금 난 감해하는 중이었는데 저 좀 도와주시겠어요?" 자인이 무슨 일이냐는 눈빛을 던지자 남자가 설명했다. "여덟 살짜리 여자

애에게 줄 선물을 사려고 하는데 무엇을 살지 모르겠네요."
그러고는 웃음을 지으며 덧붙였다. "여자애 심리는 정말 모르
겠어요."

자인은 그의 말이 농담인지 아닌지 따지지 않았다. "여자애
라면 대부분 인형을 좋아할걸요? 인형 어떠세요?"

"그냥 저 대신 골라 주시겠어요?"

어떤 인형은 너무 나이 들어 보이고 어떤 인형은 옷차림이
별로고 어떤 인형은 웃지 않았다. 자인은 그 속에서 진지하게
하나를 골랐다. 그가 돈을 내고 나서 말했다. "오늘 제가 시간
을 너무 많이 빼앗았으니 꼭 모셔다드려야겠습니다."

자인은 망설이다가 부탁했다. "너무 많이 돌아가지 않으시
면…… 사실 오늘 가려는 곳이 멀거든요. 바이싸이중로예요."

"진짜 공교롭네요! 저도 바이싸이중로에 가거든요!" 그렇게
말하고 나자 그는 자신이 거짓말하는 것처럼 느껴졌다.

두 사람이 탄 자동차가 어느 집 대문 앞에서 멈추었다. 그
제야 상황을 파악한 그의 얼굴에 거짓말을 계획하는 미묘한
웃음이 저도 모르게 떠올랐다. 그가 먼저 차에서 내려 문을
붙잡았고 이어서 자인이 내린 뒤 말했다. "그럼 가 보겠습니다.
정말 감사해요!"

계단에 올라 초인종을 누르던 자인은 그가 따라오는 바람
에 당황했다. 상황이 이상해진 것 같아 난감해하며 몸을 돌리
고 웃었다. "정말 죄송한데 안으로 들어오시라고 할 수가 없네
요. 여기는 저희 집이 아니라서요……."

야오 어멈이 이미 문을 열고 있었다. 자인은 뒤에 따라온

남자를 곧장 사라지게 만들지는 못하니 그냥 무시한 채 빨리 안으로 들어가는 수밖에 없겠다고 생각했다. 그런데 뜻밖에도 그 사람이 따라 들어오며 웃었다. "하지만 우리 집이라서요."

자인은 깜짝 놀라 손에 들고 있던 물건을 떨어뜨렸다. 샤오만이 달려 나오며 소리쳤다. "선생님! 선생님! 아빠!"

자인이 물었다. "아, 샤 사장님이시군요?"

샤쭝위(夏宗豫)가 허리를 숙여 자인의 물건을 집으며 웃었다. "그렇습니다. 위 선생님이시죠?"

그가 물건을 돌려주자 자인이 말했다. "샤오만에게 줄 선물이에요."

쭝위가 샤오만에게 건네주며 말했다. "자, 선생님이 주시는 거다!"

샤오만은 앞뒤 가리지 않고 선물부터 뜯으려고 했다. "선생님, 이게 뭐예요?"

쭝위가 나무랐다. "감사하다는 인사도 안 하니?"

줄곧 차가운 눈으로 지켜보던 야오 어멈은 무슨 상황인지 이해가 안 되었지만 일단 웃으며 거들었다. "선생님 고맙습니다 해야지!"

샤오만은 쭝위가 팔에 끼고 있는 꾸러미도 눈여겨보던 중이라 손가락으로 가리키며 물었다. "아빠, 그건 뭐예요?"

"이건 내가 주는 선물이야. 고맙다고 인사하지 않으면 도로 가져갈 거다!"

하지만 샤오만은 또 고집을 부리며 그냥 보여 달라고 할 뿐이었다. 자인의 선물은 사탕이었다. 쭝위는 샤오만에게 "아줌마더러 치워 놓았다가 네 이가 나면 주라고 할게."라고 말한 뒤 자인에게 웃으며 설명했다. "얼마 전에 이가 빠졌거든요."

자인이 웃으며 말했다. "어디 볼까……"

샤오만이 입을 벌려 보여 주고도 사탕 상자를 보며 속상해하자 자인이 말했다. "미리 알았으면 장갑을 샀을 텐데! 원래는 장갑을 사 주려고 했거든."

샤오만은 그 말을 듣자 떼를 쓰기 시작했다. "아…… 싫어요! 장갑 줘요!"

쭝위가 무척 미안해했다. "버릇이 좀 없죠! 선생님 앞에서 전혀 예의가 없으니!"

샤오만은 아예 얼굴을 붉히며 울기 시작했다. 자인이 얼른 달랬다. "오늘 생일인데 울면 안 되지!"

샤오만이 울면서 소리쳤다. "장갑 주세요!"

자인은 조용히 협상을 시도했다. "무슨 색 장갑이 좋은데?"

샤오만이 자인의 어깨에 걸린 레몬색 털목도리를 잡아당겼다. "이런 색이요."

야오 어멈은 운전기사에게 물으려고 틈을 보아 몰래 빠져나갔다. 기사는 차 안에서 다리를 쭉 뻗은 채 졸고 있었다. 야오 어멈은 차창에 기대어 팔짱을 끼고 목을 움츠리고는 조용히 웃으며 물었다. "헤이, 이봐! 새로 온 선생이 우리 사장님 애인이었어?"

기사가 정신을 차리고 대답했다. "에? 몰라요. 한 번도 본 적이 없는데."

"오늘 저 물건들도 사장님이 직접 사 놓고 잘 보이기 위해 선생님이 주는 선물이라고 하신 거 아니야?"

기사는 모자를 깊이 눌러쓰며 계속 자려고 했다. "모르는 일을 두고 엉뚱한 소리 하지 맙시다!"

"너한테 그렇게 감싸라고 했구나!" 야오 어멈이 눈을 흘기며 중얼거렸다. "그동안 사장님을 점잖은 신사라고 생각했건만! 인제 보니……."

기사가 짜증을 냈다. "원래 아는 사이라고 해도 괜히 유언비어를 만들면 안 되죠!"

야오 어멈이 손뼉을 치며 웃었다. "이런 아첨꾼 같으니! 사장님 애인이 아니면 네가 이렇게 감쌀 리 있겠어?"

간식을 먹을 때 야오 어멈은 샤오만에게 턱받이를 둘러 주며 자인을 향해 빙긋빙긋 웃었다. "그동안 아이를 예뻐하는 사람이 없어서 참 안쓰러웠는데! 이제 선생님이 예뻐하시니 정말 잘됐어요. 진짜 인연인가 보네요!"

쭝위가 말을 잘랐다. "아줌마, 가서 성냥 좀 가져와요."

야오 어멈은 성냥을 가져온 뒤 이번에는 샤오만에게 말했다. "정말이다. 이 아가씨야. 내일부터 열심히 공부해서 선생님처럼 똑똑해져야 해. 그럼 아버지가 아주 기뻐하실 거야."

쭝위는 눈살을 찌푸리며 케이크 초에 불을 붙였다. "됐어요. 그만 가 보세요. 일이 있으면 부를 테니." 그러고는 케이크를 샤오만 앞으로 밀었다. "샤오만, 불어야지."

자인이 웃으며 말했다. "단숨에 다 꺼야 하니까 아빠한테 도와 달라고 해."

네모난 찻잔에 든 국화잎 차를 마시면서 쭝위와 자인은 아이에 관한 대화만 나누었다. 사실 두 사람은 아무 말도 하고 싶지 않았다. 가슴속이 한없이 고요했다. 입으로 내뱉는 말들이 아이에게 접어 준 종이배처럼 맑고 깊은 침묵의 수면을 떠다녔다. 쭝위는 자인을 바라보며 그녀가 앉은 곳에 햇살이 비치는 듯하다고 생각했다. 그녀가 입은 모직 옷은 몇 년 전에 유행했던 소매가 큰 스타일인 것으로 보아 오래된 게 분명했다. 짙푸른 모직 위로 구불구불 올라온 은색 털이 햇빛을 받자 푸르스름하니 달빛처럼 변했다. "햇살이 푸른 소나무를 차갑게 비추는구나."라는 시구절이 연상되었다.

야오 어멈이 들어와 말했다. "선생님, 전화 왔습니다."

자인이 당혹스러워했다. "네? 누가 저한테 전화를요?"

자인이 나가자 야오 어멈이 어색한 표정으로 웃으며 쭝위에게 말했다. "우리 아가씨가 선생님 곁을 잠시도 떠나지 않으려고 할 만합니다. 저희 일꾼들도 다들 선생님이 보기 드문 분이라고 말할 정도니까요. 온화하고 대범해서 사람 마음을 사로잡는 듯해요."

쭝위가 안색을 흐리며 말했다. "왜 이렇게 쓸데없는 말을 늘어놓지?"

그때 자인이 들어오며 말했다. "죄송하지만 일이 있어서 가 봐야겠습니다."

쭝위는 자인의 안색이 별로 좋지 않은 것을 보고 일어나 의자를 짚으며 말했다. "그러세요."

자인이 쓴웃음을 지으며 설명했다. "별일 아니에요. 고향에서 누가 찾아왔다고 집주인 아주머니가 전화하신 겁니다."

자인의 아버지였다. 마지막으로 만났을 때만 해도 멋들어진 한량이었던 아버지가 구질구질한 늙은이로 변해 찾아왔다. 코도 굽고 눈도 누레진 데다 몸까지 덜덜 떠는 아버지는 구식 도포에 낡은 승마 바지와 모직 코트를 껴입고 있었다. 외모가 그렇게 변했어도 자인은 전혀 놀라지 않았다. 그녀는 예전부터 아버지를 너무나 증오했고 너무나 잘 이해했다. 진정한 이해는 사랑에서 비롯하기도 하지만 증오가 바탕이 될 때도 기이할 만큼 완벽하게 가능했다.

자인은 최대한 침착하게 물었다. "아버지, 왜 오셨어요?"

아버지가 웃으며 답했다. "이런, 우리 딸, 정말 잘 컸구나! 밖에서 보면 못 알아보겠다!"

자인이 단도직입적으로 물었다. "상하이에는 대체 무슨 일이세요?"

아버지가 웃음을 거두고 간절하게 딸의 이름을 불렀다. "자인아! 나한테 자식은 너 하나뿐이다. 네 엄마와 이혼했어도 너는 내 딸인데 어떻게 보고 싶지 않겠니?"

자인이 눈살을 찌푸리며 고개를 돌렸다. "그런 말은 뭣 때문에 하세요?"

"자인아! 네 엄마 때문에 날 미워하는 거 알아. 그걸 탓할 수도 없지! 하! 네 엄마도 정말 억울하고 힘들었을 거야!" 그는 탁자의 액자를 힐끗 쳐다보더니 가까이 다가가 두 손을 소매통에 넣고 몸을 구부린 채 사진 속 얼굴에 자기 얼굴을 들이대며 소리쳤다. "세상에! 이거 그 사람이지? 아, 머리카락이 다 하얗게 셌구나. 너무 속상해서 이리 상한 게 아니겠어? 정말

내 죄가 크다." 그는 모자를 벗고 머리를 쓸며 탄식했다. "나는 아직 젊은데 당신은 고생시켜 이리 만들었으니! 후회막급이군, 후회막급이야!"

자인은 아버지가 사진에 대고 이러쿵저러쿵하는 게 모욕처럼 느껴져 싫었다. 그녀는 액자를 집어 서랍에 넣어 버렸다. 아버지는 얼굴색 하나 바꾸지 않고 계속 떠들어 댔다. "봐라, 이번에 나는 혼자 왔어. 네 어머니, 지금 같이 사는 사람 말이다, 그 사람도 오고 싶어 했지만 데려오지 않았다. 내 마음이 바뀐 걸 알겠지!"

자인이 초조하게 물었다. "아버지, 제가 계속 묻잖아요! 대체 상하이에는 왜 오셨어요?"

"자인아! 나는 바르게 살고 싶을 뿐이다. 일자리를 찾고 싶은 마음에 무슨 기회가 없을까 알아보러 왔어."

"세상에, 아버지! 일을 찾아도 적응하지 못하실 거예요. 그냥 돌아가세요!"

그때까지 한참 동안 두 사람은 선 채로 이야기하고 있었는데 돌연 자인의 아버지가 자세를 잡고 의자에 앉더니 천천히 턱을 어루만지며 웃었다. "상하이처럼 큰 도시에서 내 능력이라면, 내가 열심히만 하면 아마……."

자인이 눈살을 찌푸리며 대꾸했다. "요즘 일자리 찾는 게 얼마나 힘든지 모르셔서 그래요!"

"너도 찾는 일을 남자인 내가 못 찾겠니? 아, 그러고 보니 너는 지금 어디에서 일하니?"

"친구 소개로 가정 교사 일을 해요. 이번에는 저도 일을 못 찾아 얼마나 안달했는지 몰라요! 그러니 돌아가세요."

조금 당황했는지 아버지가 자리에서 일어나 뒷짐을 진 채 왔다 갔다 했다. "네 말대로 돌아가려고 해도 여비조차 없구나. 괜히 허탕만 치고 가면 웬 손해겠니?"

"하지만 여기 계셔도 돈이 많이 든다고요!"

아버지는 자기를 방어하면서도 좀 겸연쩍은지 작게 중얼거렸다. "나는 네 어머니 제부 집에서 지낸다."

자인은 들은 척도 하지 않았다. "모아 놓은 돈이 5만 위안 정도 있어요. 돌아가신다면 그걸로 배표를 사 드릴게요."

액수를 듣자 자인의 아버지는 마음이 흔들렸다. "아, 자인아, 네가 몰라서 그러는데 그렇게 간단하지 않아! 내가 여기올 때 여비를 여기저기서 빌렸거든. 그런데 이대로 돌아가면 무슨 낯으로 사람들을 보겠니?"

"저한테는 그 돈이 다예요. 최근 들어서야 일자리를 찾았다고요."

아버지가 의심스럽다는 듯 딸의 옷차림을 훑어보고 허름한 방을 둘러본 뒤 고개를 저으며 길게 탄식했다. "이런! 겉모습만 봐서는 몰랐는데 너도 고생이 많구나! 아! 사실 이치대로 하자면 네가 올해…… 스물다섯 살이지? 아비의 책임을 다해 어울리는 사람을 찾아 줬어야 했는데. 그러면 혼자 이렇게 고생하지 않을 것을!"

자인은 미간을 찡그리며 몸을 돌렸다. "아버지, 그런 쓸데없는 소리는 왜 해요?"

자인의 아버지는 자기 감정에 빠져 길게 탄식했다. "그래, 그만두자. 내가 또 짐을 만들어 줄 수는 없지! 조금 전에 얼마라고 했지?" 갑자기 화제를 돌리더니 무척 시원스럽게 말했다. "그럼 나한테 다오. 내일 아침에 떠날 테니."

자인은 열쇠로 서랍을 열고 돈을 꺼냈다. "선박 회사 알죠?"

아버지가 돈을 받으며 웃었다. "흥! 아비 무시하지 마라! 아니면 어떻게 혼자서 상하이까지 왔겠니?" 그러고는 여유롭게 걸어 나갔다.

자인의 아버지가 두 번째로 모습을 드러낸 곳은 샤쭝위의 집 대문이었다. 집에 돌아와 점심 식사를 마친 쭝위가 막 차를 타고 떠날 때였다. 그는 집으로 돌아와 식사하는 날이 많았다. 자인의 아버지는 그 자동차는 물론 차에 탄 사람의 신분과 나이까지 모두 주의 깊게 살폈다. 그러고 나서 초인종을 누른 뒤 물었다. "위자인 양이 여기 있습니까?"

목소리가 너무 커서 야오 어멈은 미심쩍은 마음에 험상궂은 표정을 지었다. "그렇습니다만 무슨 일이죠?"

"실례합니다만 아버지가 찾아왔다고 전해 주시겠습니까?"

야오 어멈은 고개를 위아래로 끄덕이며 자세히 살펴본 뒤 되물었다. "아버지요?"

마침 안쪽 거실 문이 열려 있어 소리를 들은 자인이 의아해하며 걸어 나왔다. "저를 찾아왔다고요?" 아버지를 보자 자인은 자기도 모르게 소리쳤다. "어? 왜 안 가셨어요?"

아버지가 웃으며 말했다. "바보 같기는, 내가 왜 가니? 갔으면 안 왔을 테고!"

자인은 다급해졌다. "여기는 어떻게 오셨어요?"

아버지가 으쓱거리며 안으로 들어섰다. "네 집에 찾아가니 없더구나!"

자인은 거의 발을 동동거리며 뒤를 따랐다. "제가 어떻게 여기서 아버지를 만나요? 아직 수업도 안 끝났다고요!"

아버지는 못 들은 척 이리저리 둘러보며 감탄했다. "정말 좋구나!"

가만 보니 정말로 자인의 아버지라 야오 어멈은 곧장 태도를 바꾸어 부드러운 얼굴로 안내했다. "어르신, 앉으세요. 따뜻한 차를 드릴게요!"

아버지는 비굴하게 고개를 끄덕이고 허리를 연신 굽히며 대답했다. "그럼 부탁드립니다! 그렇지 않아도 조금 전에 점심을 많이 먹고 한잔 마시기도 해서 입이 말랐습니다. 상하이에 한 번 오는 게 워낙 어려운 일이 아닙니까!"

야오 어멈이 거실로 안내하며 웃었다. "별말씀을요. 위 선생님이 계신 곳이니 집처럼 생각하셔도 되지 않겠어요? 앉으세요. 차를 내오겠습니다." 그러면서 괜히 매무새를 가다듬었다.

낯선 사람을 보자 샤오만은 늘 하던 대로 한쪽에 웅크린 채 가만히 지켜보기만 했다. 자인의 아버지가 샤오만을 칭찬했다. "와! 인상이 아주 좋은 아이로구나!"

자인은 야오 어멈이 나가자마자 초조하게 속삭였다. "저기요, 아버지, 제발요. 이야기는 이따가 돌아가서 하고 일단 나가시겠어요?"

아버지는 건들건들 자리에 앉아 웃으며 탄식했다. "쯧, 넌 나이도 어린 애가 왜 그리 고지식하니? 아주 좋구나! 이런 집과 인연을 맺다니 말이다. 아까 가정부도 그렇게 살갑게 굴던데 왜 이리 답답하게 굴어? 여기 의자에 앉으니 얼마나 편하냐?" 그는 소파에 깊이 앉아 다리를 꼬고 여유롭게 미소를 지으며 계속 말했다. "이 집 주인을 만날 수도 있지 않겠니. 그때 일자리를 부탁하면 들어주지 않겠어?"

자인은 한층 더 당황스러워 아무도 없는지 확인한 뒤 말했다. "아버지! 그런 말을 누가 듣기라도 하면 우리를 어떻게 보겠어요? 제발……."

말을 끝내기도 전에 야오 어멈이 차를 가져왔다. 그녀는 담배도 가져와 불까지 붙여 주었다. "어르신, 담배 피우세요."

"송구합니다! 송구합니다!" 그는 자인을 향해 담담하게 손을 흔들었다. "나는 여기서 기다리면 되니 너희는 공부해라."

야오 어멈이 맞장구쳤다. "여기 앉아 기다리세요! 샤오만 공부야 늘 하는 일이니까요!"

자인이 입을 열려는데 아버지가 손을 내저으며 가로챘다. "너는 가서 수업해! 나는 여기 아주머니랑 이야기하마. 이렇게 세심한 분이니 우리 딸이 신세를 많이 지겠습니다!"

야오 어멈이 웃으며 말했다. "어머, 어르신도 참! 아니에요!"

자인은 자포자기하는 심정으로 샤오만과 앉아 수업하는 한편 두 사람이 이러쿵저러쿵 웃고 떠들면서 가식적으로 주고받는 이야기를 듣는 수밖에 없었다.

자인의 아버지가 사방을 가리키며 말했다. "보세요, 얼마나 꼼꼼하고 깨끗하게 정리되었습니까, 아주머니가 능력이 없으면 가능한 일이겠어요? 다른 아주머니가 안 보이는데 설마 혼자 다 하십니까?"

"혼자가 아니면요?"

자인의 아버지가 갑자기 옛일이 떠올랐다는 듯 한숨을 내쉬었다. "그때는 지금과 달랐지요. 예전에 우리 집에서 일하던 사람만 해도 누가 이렇게 많은 일을 혼자 했겠어요? 침대를 정리하는 사람은 탁자에 손도 안 댔지요!"

야오 어멈은 겸손을 떠는 듯 자랑하는 듯 말했다. "여기 일이 많지는 않아요. 다만 사장님이 깔끔한 걸 좋아하셔서 조금만 소홀히 해도 안 된답니다! 저도 습관이 되었고요!"

자인의 아버지가 얼른 그 말을 받았다. "사장님은 무척 바쁘신가요? 무슨 일을 하시는지요? 아까 도착했을 때 준수한 분이 자동차를 타고 나가시던데 그분인가요?"

"맞아요! 사장님은 싱중(興中) 제약 회사를 운영하셔서 바쁘시답니다. 온종일 집을 비우시지요. 우리 샤오만이 지금은 위 선생님 덕분에 혼자가 아니니 얼마나 다행인지 몰라요!"

샤오만이 계속 돌아보자 자인은 도저히 참을 수 없어 그들 쪽으로 갔다. "아버지, 그냥 집에 가서 기다리세요. 아버지가 여기서 계속 이야기하니 샤오만이 집중을 못 하잖아요."

부녀끼리 사적인 이야기를 나누는데 불편할까 싶어 야오 어멈은 핑계를 대고 자리를 떴다. 자인의 아버지도 시계를 보더니 자리에서 일어났다. "그래, 알았다. 가마. 넌 언제 오니?"

"5시 30분쯤이요."

"그럼 나더러 네 방에서 서너 시간 동안 뭘 하란 말이니? 그러지 말고 잔돈이 있으면 목욕하러 가게 좀 다오."

자인이 조금 놀란 얼굴로 나직하게 물었다. "네? 그날 드린 돈은요?"

"흥! 상하이 같은 곳에서 5만 위안을 그렇게 오랫동안 썼으면 나름 절약한 거 아니니?"

자인은 화를 참을 수 없었다. "반드시 어디를 가야 하는 건 아니잖아요!"

아버지는 목을 옆으로 기울였다가 뒤로 젖히더니 짜증스럽게 흘겨보았다. "얼마 되지도 않는 그깟 돈으로 어딜 가겠니? 흥! 넌 정말 뭘 모르는구나! 이 아비가 꽉 막힌 사람도 아니건만! 예전에 상하이 골목 아가씨 중에는 위 나리라고 하면 모르는 사람이 아무도 없었다! 그때! 그때 아가씨들은 정말 격이 있었지! 하지만 지금은! 지금은 무슨 댄서니 안내인이니 하는데 내가 눈에 들 것 같아? 전부 배워 먹지 못한 계집애들이라 벼락부자만 좋아하더라!"

자인은 눈살을 찌푸리며 아무 말 없이 지갑에서 지폐를 몇 장 꺼내어 건네는 것으로 아버지를 내보냈다.

책상에 엎드려 팔을 벤 채 내내 아무 말도 하지 않던 샤오만이 그때 조용히 자인을 불렀다. "선생님! ……선생님, 저 수박 먹고 싶어요!"

자인이 다가가 웃었다. "요즘 수박이 어디 있어?"

"그럼 아이스크림이요. 차가운 걸 먹고 싶어요."

자인이 몸을 숙여 내려다보았다. "응? 왜 그래? 열나는 거 아니니?"

"오늘 아침부터 안 좋았어요."

"저런, 그럼 왜 말을 안 했어?"

"미리 말했으면 밥도 못 먹었을 거예요!"

자인은 샤오만의 이마를 짚어 봤다가 깜짝 놀랐다. "하지
만…… 너무 뜨겁구나!" 얼른 야오 어멈을 부른 뒤 되돌아와
샤오만을 토닥였다. "선생님 말 들어. 어서 침대에 가서 한숨
자자. 내일 아침까지 자고 나면 좋아질 거야."

자인은 샤오만이 눕는 것을 보고 나서 야오 어멈에게 당부
했다. "6시까지 사장님이 안 돌아오시면 전화로 좀 알려 드리
세요. 열이 너무 높은 것 같아요."

"네. 조금 더 계시지 그러세요? 사장님이 돌아오시면 자동
차로 모셔다 드릴 텐데요?"

"아니요. 저는 그만 갈게요."

자인은 평소보다 일찍 집으로 돌아가 늦게까지 기다렸지만
아버지는 끝내 오지 않았다. 돈이 생겼으니 또 어딘가로 행방
을 감춘 모양이었다.

그날 밤 쭝위는 의사를 부르고 운전기사에게 약을 사 오
도록 했다. 샤오만의 방에서는 이리저리 오가는 쭝위의 그림
자가 계속 어른거렸다. 샤오만이 빨갛게 달아오른 얼굴로 무
슨 말을 하고 싶은지 입을 달싹거렸다. 쭝위는 아이가 이미 다
른 세상의 말을 하는 것만 같아 뭐라고 설명할 수 없는 공포
에 휩싸였다. 그는 담요 위에 엎드려 딸의 베개 쪽으로 가만히
귀를 기울였다. 알고 보니 샤오만은 "선생님! 선생님! 아……
선생님 가지 마세요!"라고 계속 중얼거리고 있었다. 그 소리를
듣자 쭝위는 자기 고민을 들킨 것 같아 심장이 철렁 내려앉았

다. 그는 딸의 침대에 엎드린 채 꼼짝하지 않았다. 전등을 등진 그의 얼굴에 복잡하지만 부드러운 표정이 떠올랐다. 하지만 그건 상처를 씻어 내는 물줄기, 아무리 가늘어도 닿으면 고통스러운 물줄기와 비슷했다. 그는 눈을 깜빡거리고 나서 아주 천천히 미소를 지었다.

자인의 방에 불이 켜졌다. 그녀는 세입자들의 공동욕실에서 빤 세탁물을 방에 너는 중이었다. 양말 두 켤레를 의자 등받이에 널고 나서 손수건을 유리창에 붙였다. 하얀 망사 레이스 손수건과 푸른 잉크 자국이 남은 분홍 손수건, 연보라색 손수건이 창문 격자를 가득 채우자 커튼을 친 듯한 분위기가 연출되었다. 축축한 손수건에서 흘러나온 물방울이 유리로 흘러내리며 "빗줄기가 배꽃을 때리자 문을 닫고 틀어박히네." 같은 시를 연상시켰다. 어쨌든 자인은 그 시각에 누가 찾아오리라고는 전혀 예상하지 못했다.

자인은 문 두드리는 소리에 문을 열었다가 깜짝 놀랐다. "어? 사장님!"

쭝위가 말했다. "정말 실례합니다!"

"들어오세요. 좀 앉으세요." 처음에는 무척 긴장했지만 곧 샤오만의 병이 떠올라 자인은 무언가 대접할 생각도 못 하고 물었다. "집에 다녀오신 건가요? 아까 제가 나올 때 샤오만이 좀 아파서 그렇지 않아도 걱정하고 있었거든요."

"바로 그 일 때문에 찾아왔습니다."

자인은 또 놀라지 않을 수 없었다. "네? ……의사가 다녀갔나요?"

"조금 전에 다녀갔습니다. 의사가 아주 심각한 상황은 아니지만 조심해야 한다고 하더군요. 자칫했다가는 장티푸스가 될 수 있다고요."

자인이 나직하게 말했다. "저런, 그럼 주의해야겠네요."

"그렇습니다. 그래서 이렇게 늦었는데도 찾아왔습니다. 선생님이 저희 집에서 며칠 계셔 주시면 안 될까 여쭤보려고요. 그래야 제가 안심이 될 듯합니다."

자인은 망설일 수밖에 없었다. 하지만 그러겠다고 마음먹은 뒤 시원하게 대답했다. "좋아요. 지금 당장 가겠습니다."

"사실 이런 부탁을 드리면 안 되는데 제가 보니 선생님이 평소에 샤오만을 무척 좋아하시는 듯해서요. 샤오만도 선생님을 정말 좋아합니다. 아까 몽롱하게 잠에 취한 와중에도 계속 선생님, 선생님 하고 부르더라고요."

자인은 그 말에 오히려 조금 난감해져 웃음을 지었다. "정말요? ……그럼 잠시 앉아 계세요. 물건을 좀 챙기겠습니다." 그녀는 침대 밑에서 작은 트렁크를 꺼낸 뒤 서랍에서 갈아입을 옷을 챙겨 넣었다. 그러고 나서 생각난 듯 말했다. "아, 차를 좀 드릴게요." 농축액을 잔에 따른 뒤 보온병을 들었다가 자인은 철컥거리는 소리에 민망해했다. "에휴, 보온병이 깨진 걸 잊고 있었네요! 아래층에서 뜨거운 물을 받아 올게요."

왠지 조금 멍하게 있던 쭝위가 그제야 다급하게 말렸다. "됐습니다. 괜찮습니다."

그가 의자에 앉았을 때 자인이 또 느닷없이 달려왔다. 그녀는 얼굴을 붉히며 "죄송해요!" 하고는 등받이에 걸린 젖은 양

말을 걸어 침대 난간에 널었다.

자인이 물건을 챙기는 동안 쭝위는 그녀를 너무 많이 쳐다보지 않으려고 방을 둘러보았다. 그녀 일상의 모든 모습이 방에 깃들어 있었다. 한쪽 모퉁이에 석유난로가 놓이고 그 옆으로 5단 서랍장이 있었다. 서랍장 위에는 기름병과 밥솥, 접시로 덮은 찬그릇, 하얀 법랑 대야가 있고 대야에는 분홍색 줄무늬 수건이 걸쳐져 있었다. 작은 철제 침대에 깔린 하얀 담요에서 하얀 술이 바닥까지 늘어졌다. 조금 전에 자인이 트렁크를 꺼낼 때 금박으로 수놓은 감색 신발 한 짝이 침대 밑에서 딸려 나왔다. 침대 머리 쪽에는 상자가 쌓였는데 붉은 바탕에 금박을 입힌 작은 가죽 상자가 제일 위에 있었다. 이미 청록색으로 녹슨 구식 구름무늬 자물쇠가 붉은 바탕색과 대비되어 눈에 확 띄었다. 어슴푸레한 등불 아래에 놓인 자인의 방은 암황색 종이에 그려진 화려한 세밀화 같았다. 잡다한 목기 몇 개와 작은 등나무 책꽂이도 있고, 낡은 화장대에서 떼어내 벽에 건 크고 둥근 거울도 있었다. 거울 앞에 놓인 담청색 화병에는 매화 가지가 하나 꽂혀 있었다. 이미 시들었는데도 아직 꽂혀 있는 건 거울에 비친 모습이 정원의 아치형 문에서 뻗어 나온 듯한 운치가 있기 때문 같았다.

쭝위는 왜 그렇게 아련한 느낌이 드는지 알 수 없었다. 그녀의 방에 처음 와서가 아닐까 싶었다. 난로와 밥솥 같은 물건을 보자 재미있다는 생각부터 든 것도 사실이었다. 하지만 다시 생각해 보니 그녀의 방이야말로 사람이 사는 곳 같아서일 듯했다. 그의 집은 아이가 알록달록한 블록으로 만든 집처럼 사람 기운이 전혀 느껴지지 않았다.

그는 문득 자신이 한참 동안 입을 열지 않았다는 걸 깨달았다. 쭝위는 책상 위의 액자를 집어 들여다본 뒤 웃으며 말했다. "어머니시군요? 선생님과 많이 닮았습니다."

자인이 미소를 지으며 응했다. "닮았나요?"

"어머니는 상하이에 안 계신가요?"

"시골에 계세요."

"아버지도요?"

자인은 옷을 개다가 멈칫하고는 답했다. "두 분은 이혼하셨습니다."

쭝위가 조금 놀라 작게 말했다. "그렇군요. ……그럼 선생님 혼자 상하이에 사세요?"

"네."

"여기 혼자 계시면 어머니가 걱정 안 하시나요?"

자인이 웃으며 답했다. "다른 방법이 없으니까요. 우선 어머니는 시골이 익숙하시고, 저 혼자 버는데 시골에 계셔야 생활비가 덜 들지요."

"그럼 다른 형제자매는 없나요?"

"없어요."

쭝위가 갑자기 웃음을 터뜨렸다. "세상에, 제가 호구 조사 같은 질문을 잔뜩 던졌네요!"

자인도 웃고는 트렁크를 닫은 뒤 말했다. "이제 가시죠." 그녀는 쭝위에게 먼저 내려가라고 한 뒤 불을 껐다. 방이 깜깜해지자 문 앞의 그림자가 문을 닫았다.

유리창의 손수건은 오랫동안 그곳에 붙어 있었다.

자인의 아버지가 쭝위의 집에 또 찾아왔다. 이번에 야오 어멈은 문을 열자마자 함박웃음을 지었다. "어머, 어르신 오셨군요. 잘 지내셨어요?"

야오 어멈의 환대에 자인의 아버지는 예의 바르게 미소를 지었다. "그럼요, 잘 지냈습니다!" 안으로 들어가면서 물었다. "우리 아가씨는 여기 있나요? 몇 번이나 찾아갔는데 집에 없더라고요."

"선생님은 지난 며칠 동안 여기서 지내셨답니다! 샤오만이 아파서 선생님이 돌봐 주셨지요."

"그래요⋯⋯." 그는 눈을 치켜뜨고 턱을 쓰다듬으면서 무언가 고민하는 모양새로 거실에 들어간 뒤 물었다. "사장님은 집에 계신가요?"

"오늘은 접대가 있으신지 집에 돌아와 식사하지 않으셨습니다. 어르신, 앉으세요!"

자인의 아버지는 앉아서 다리를 꼬고 감상에 젖은 듯 탄식했다. "아, 사장님은 한창때라 정말 잘나가시는군요. 우리 시대는 끝났고요. 이미 옛날 사람이 되었으니, 안타깝습니다!"

야오 어멈이 냉큼 대답했다. "어르신, 그런 말씀 마세요. 복이 많으신 분이잖아요. 저런 따님을 두셨으니 무슨 걱정이 있습니까?"

두말할 것 없이 마음에 쏙 드는 말이라 자인의 아버지는 정색하며 웃음을 지었다. "정말로 우리 딸은 어려서부터 똑똑하고 심성이 발랐답니다. 예뻐할 만했지요! 우리 애가 말수가 적

긴 해도 아주 사려가 깊어요. 나중에 아주머니를 절대 홀대하지 않을 겁니다!"

어투만 보면 딸이 이미 샤씨 집안에 들어온 모양새라 야오 어멈은 뭐라고 답하기 난감해 웃음만 지었다. "선생님이 일하는 사람한테도 잘해 주시지요! 어르신, 앉으세요, 선생님께 내려오시라 하겠습니다."

거실에 혼자 남자 자인의 아버지는 재빨리 담배통을 열고 주머니에 담배를 챙겨 넣었다.

야오 어멈이 웃으며 자인에게 알렸다. "선생님, 아버님이 오셨어요."

자인은 화들짝 놀랐다. "네?"

"그렇지 않아도 며칠 동안 왜 안 오시는지 궁금해하던 참이었어요. 어르신은 정말 온화하시고 허세도 전혀 없으신 것 같아요!"

자인은 야오 어멈의 웃는 얼굴을 똑바로 바라볼 수가 없어 못 들은 척하며 다른 말을 했다. "잠깐 샤오만 좀 봐 주세요. 금방 올라올게요."

자인은 아버지를 보자마자 쏘아붙였다. "왜 또 여기로 오신 거예요? 지난번에는 집에서 그렇게 기다렸건만 안 오시고!"

아버지가 자리에서 일어나며 맞이했다. "넌 늘 뭐가 그렇게 불만이니? 이게 다 네가 확답을 주지 않아서잖아……." 목소리를 낮추고 손짓까지 했다. "여기 사장님이 그렇게 큰 회사를 가지고 있는데 나 같은 사람 하나를 어찌 고용하지 못할까. 네가 한마디만 해 주면."

자인은 눈살을 잔뜩 찌푸리고 두 손을 맞잡으며 말했다. "확답을 안 드리는 게 아니라 저도 소개를 받아 들어왔다고요. 온 가족이 다 의지할 수는 없잖아요!"

아버지가 조용히 말했다. "너는 왜 이리 고지식해? 그렇게 큰 사업을 하는 사장이 두 사람 꽂아 주는 게 어렵겠니? 아비가 회사에서 좋은 자리에 있으면 너도 면목이 설 것을!"

"아버지, 제발 저 좀 봐주세요! 제 체면을 깎지만 않아도 다행이지 면목 서는 건 바라지도 않아요!"

그 말에 마음이 상했는지 자인의 아버지가 소리쳤다. "잘난 척하지 마라! 네가 말하지 않겠다면 내가 직접 하마! 어쨌든 너한테 마음이 있으니 네 아비를 모르는 척하지 않겠지! 뭐라고 해도 내가 네 아비니까!"

아버지가 씩씩거리며 밖으로 향하자 자인이 다급하게 말했다. "대체 무슨 생각이세요? 이 집 사람들이 들으면 말도 안 된다고 황당해할 거예요!"

아버지는 아랑곳하지 않고 큰 소리로 떠들었다. "나더러 채신머리없다고! 그러는 너는 아예 남의 집에 들어와 살고 있잖니? 창피한 줄도 모르고!"

그때 이미 샤오만의 침대를 떠나 아래층 현관에 내려와 있던 야오 어멈이 얼른 문을 열어 주었다. "어르신, 가시게요?"

자인의 아버지는 신경질적으로 두 손을 휘둘러 소매를 털고는 야오 어멈에게 말했다. "딸은 키워 봐야 소용없다는 옛말이 하나도 틀리지 않습니다!"

자인은 얼마나 화가 나는지 손발이 다 차가워졌다. 혼자 아

래층 거실에서 한참을 머물다가 2층에 올라갔건만 그때까지
도 머릿속이 먹먹할 정도였다. 문을 열고 들어가니 야오 어멈
이 샤오만의 침대에 앉아 음식을 먹이는 게 보였다. 침대에 놓
인 쟁반에는 음식 몇 가지가 담겨 있었다. 자인은 당황스러워
잠시 아무 말도 하지 못했다. 야오 어멈이 먼저 웃으며 말했다.
"선생님, 제가 밥을 좀 질게 지어 왔어요……."

자인이 황급히 다가갔다. "어머, 먹이면 안 돼요. 며칠 동안
아무것도 먹지 않아서 감당할 수 없을 거예요."

야오 어멈이 불쾌한 표정으로 대꾸했다. "에이! 제가 샤오만
을 얼마나 오랫동안 돌봤는데 애한테 해로운 일이야 하겠어
요?"

자인은 쟁반에 있는 고기와 달걀을 보고 마음이 조급해져
얼른 쟁반을 치웠다. "아주머니가 모르셔서 그래요. 의사 선생
님이 장티푸스로 변할 수 있으니 유동식만 먹이라고 했어요."

야오 어멈은 낯빛이 확 굳어 그릇과 젓가락을 든 두 손을
허공에서 휘저으며 말했다. "당연히 저는 모르겠지요. 공부도
해 본 적이 없고 글자도 모르니까요! 하지만 내가 얼마나 오랫
동안 아이를 봤고 몇 명을 키웠는데요!"

자인도 자기 말이 너무 심했다는 생각이 들어 억지로 웃음
을 지었다. "물론 아주머니가 샤오만을 생각해서 그런 걸 알지
요. 다만 그게 해로울 수 있다고요!"

"제가 애한테 해코지해서 뭐 하겠어요? 사장님 첩이 되겠
다는 생각도 없는데!"

자인이 하얗게 질린 얼굴로 말했다. "무슨 그런 말을 하세

요? 아주머니가 해코지하려 했다고도 말하지 않았는데……"

야오 어멈은 그릇과 젓가락을 던지다시피 내려놓은 뒤 쟁반을 들고 밖으로 나가며 중얼거렸다. "샤오만이 지금껏 누구 덕분에 컸는데? 사장님이 홀린 게 분명해."

자인은 그제야 무슨 의미인지 깨닫고 눈물을 줄줄 흘렸다.

쟁반을 주방으로 가져간 야오 어멈은 2층을 손가락질하며 요리사에게 말했다. "저렇게 뻔뻔한 사람은 처음 봐! 양심도 없다니까. 저런 아이조차 우리 사모님이 낳았다고 눈꼴신 거지! 나중에 제 자식을 낳으면 대단하겠어!"

요리사는 영문을 알 수 없었다. "아니 왜 그래요?"

야오 어멈은 씩씩거리며 혼자 떠들어 댈 뿐이었다. "요즘은 세태가 틀려먹었어. 예전에는 아무리 첩이라도 조상님께 절을 하고 나서야 인정받는데 요즘은 그 아버지가 말한 것처럼 그냥 남의 집에 들어와 버린다니까. 게다가 아이까지 맘대로 하려 들고!"

요리사가 앞치마에 천천히 손을 닦으며 웃었다. "오늘 무슨 일이에요? 평소에는 그렇게 비위를 잘 맞춰 주더니? 오늘 선생님이 밉보이는 짓이라도 했어요?"

야오 어멈은 상관하지 않고 혼자 중얼거렸다. "아이만 불쌍하지. 더 안 먹으면 굶어 죽을 거야! 아파 죽지 않아도 굶어 죽겠다고! 지난 며칠 동안 쌀 한 톨도 못 먹었어. 저기서 아무것도 모르는 우리 사모님만 불쌍하시지! 지는 양심이 없어도 나까지 양심이 없을 수는 없어. 내일 사모님한테 알려야겠어! 사모님이 나한테 얼마나 잘해 주셨는데!" 그러면서 서글픈 듯

옷자락으로 눈가를 훔치고는 돌아섰다.

요리사가 붙들고 말했다. "괜히 나서지 마요!"

"흥! 너처럼 양심 없는 인간이나 빠져! 사모님이 너한테도 잘해 주셨건만! 멀쩡한 애가 굶어 죽게 생겼잖아! 내가 다 되돌려놓을 거야."

잠시 뒤 야오 어멈이 큰 보따리를 들고 주방을 지나가자 요리사가 물었다. "어? 정말 가게요?"

야오 어멈은 쳐다도 보지 않고 말했다. "그럼 가짜겠어?"

요리사가 얼른 다가가 붙들었다. "에이, 사장님께 말씀도 안 드리고 가려고요? 이따가 사장님이 찾으시면 뭐라고 해요?"

야오 어멈이 고개를 돌리고 소리쳤다. "사장님이라고! 사장님은 그 여우한테 푹 빠지셨잖아! 그냥 다 말해. 샤오만이 아파서 내가 시골 사모님한테 알리러 갔다고!"

저녁이 되자 샤오만의 침실에 초록색 술이 달린 푸르스름한 수박 모양의 등불이 켜졌다. 쭝위가 들어왔다가 자인이 하얀 의자에 앉아 털실을 풀고 있는 것을 보고 물었다. "어? 선생님 목도리를 왜 풀고 계세요?"

"풀어서 샤오만에게 장갑을 떠 주려고요."

쭝위가 겸연쩍게 웃었다. "저런, 정말로…… 제가 잊지 않았더라면 벌써 사 주었을 겁니다."

자인이 웃으며 말했다. "이 색깔 실은 정말 잘 없어요. 이미 상점 몇 곳에 물어봤는데 다 없더라고요."

샤오만이 눈을 뜨고 몸을 돌리며 말했다. "아빠, 선생님이

230

장갑을 다 뜨시면 바로 끼고 나갈 거예요. 공원에 가려고요."

쭝위가 웃었다. "뭐가 그렇게 급해?"

"답답해 죽겠어요! 선생님, 이야기 좀 해 주세요."

자인이 웃으며 말했다. "선생님이 아는 이야기는 이미 다 해서 하나도 없어. 우리 집에 동화책이 있으니까 다음에 가져와서 보여 줄게."

샤오만은 고단한지 다시 잠들었다.

이야기 소리에 샤오만이 깰까 봐 자인은 조금 떨어진 의자에 앉아 털실을 의자 등받이에 감기 시작했다. 쭝위가 따라와 웃으며 물었다. "도와 드릴까요?"

"네. 그러면 여기 앉아서 팔을 뻗고 계세요."

쭝위는 털실을 감도록 팔을 내밀고 있다가 고개를 돌려 샤오만을 보고는 조용히 말했다. "장갑을 천천히 뜨세요. 안 그러면 완성되자마자 나가겠다고 난리를 칠 테니까요."

자인이 고개를 끄덕였다. "알아요. 아이들이 다 그렇지요!"

노티 나는 자인의 어투에 쭝위가 자기도 모르게 웃음을 터뜨렸다. "왜 그런지 몰라도 저는 선생님이 샤오만보다 몇 살 많지 않은 듯해요. 그냥 큰딸과 작은딸 같다고나 할까요."

자인은 그를 샐쭉 흘겨본 뒤 고개를 숙이고 웃었다. "네? 절 너무 얕잡아 보시는 거 아니에요?"

"사실 나이만 따지면 이렇게 큰 딸을 두었을 수도 있지요."

"에이, 말도 안 돼요!"

"선생님은 아직 스무 살도 안 됐죠?"

"스물다섯 살이에요."

"저는 서른다섯입니다."

"저보다 열 살밖에 안 많으시네요!"

맞은편에 앉아 있는 아름다운 자인의 모습에 쭝위는 살짝 주눅이 들었다. "하지만 요즘은 늙고 쇠약해졌다는 생각이 들어요."

"왜요? 외국에서는 사장님 나이면 아직 청춘이라고 할걸요."

"어쨌든 우리는 중국인이기 때문이겠죠?"

새로 온 가정부가 들어와 손님이 찾아왔다며 명함을 건네주었다. 쭝위는 손님을 만나러 아래층으로 내려갔다. 샤오만은 침대에서 그가 놓고 간 가죽 장갑을 만지작거리다 손에 껴 보고는 너무 커서 곰 발바닥 같자 웃음을 터뜨렸다. "선생님, 이것 좀 보세요!"

자인은 억지로 장갑을 벗긴 뒤 샤오만의 손을 이불 속으로 집어넣었다. "또 찬 바람 들면 안 돼! 이제야 좀 나았는데." 쭝위의 장갑을 살펴보니 가장자리가 터져 있었다. 자인은 미소를 지으며 가방에서 휴대용 반짇고리를 꺼내 터진 자리를 꿰매기 시작했다.

샤오만이 갑자기 큰 소리로 말했다. "선생님, 아빠 장갑은 고쳐 주면서 왜 제 장갑은 안 떠 주세요? 언제 다 뜨는데요?"

자인이 얼른 이로 실을 끊은 뒤 실과 바늘을 챙겼다. "쉿, 조용. 이따가 아빠 오셨을 때 말하지 마, 알겠지? 말하면 선생님은 삐져서 집으로 돌아갈 거야!"

"어…… 가지 마세요!"

"그럼 아빠한테 말 안 하는 거다."

자인은 장갑을 원래대로 샤오만의 베개 옆에 놓았다. 다시 2층으로 올라온 쭝위가 샤오만에게 물었다. "선생님은?"

"제 오렌지주스 가지러 가셨어요."

쭝위는 샤오만이 장갑을 꼈다 벗었다 하고 노는 걸 보며 말했다. "너는 곧 좋은 장갑이 생기겠지만 아빠 건 구멍이 났어!"

샤오만이 다섯 손가락을 벌리면서 물었다. "어디에요? 없는데요!"

쭝위는 샤오만의 손에 있는 장갑을 자세히 살펴보았다. "어? 분명 구멍이 났는데!" 샤오만이 키득키득 웃는 걸 보고 말했다. "오늘은 좀 나았는지 기운이 넘치는구나. 누가 꿰맸어?"

샤오만이 입을 가리며 말했다. "안 가르쳐 줘요!"

"왜 안 가르쳐 줘?"

"아빠한테 말하면 선생님이 삐진대요."

쭝위가 미소를 지었다. "그래, 그러면 말하지 마." 그는 장갑을 들어 천천히 손에 낀 뒤 이리저리 살펴보았다.

샤오만의 열이 떨어지자마자 자인은 집으로 돌아갔다. 이튿날 쭝위가 감사의 뜻으로 옷감을 사 들고 찾아왔다. "옷감은 완전히 문외한이라 적당한 걸 골랐는지 모르겠네요." 그러면서 다른 상자도 내밀었다. "지난번에 보온병이 깨진 걸 봐서 하나 가져왔습니다."

자인이 미소를 지으며 인사했다. "정말 세심하시네요. 감사합니다!"

석유난로에 올려진 냄비에서 무언가가 보글거리자 쭝위가

허공에 대고 코를 킁킁거린 뒤 말했다. "냄새가 좋네요!"

자인은 멋쩍은 표정으로 뚜껑을 열고 웃음을 지었다. "어머니가 시골에서 떡을 보내 주셨어요."

"정말 냄새 좋은데요!"

자인은 웃으며 묻는 수밖에 없었다. "맛은 별로 없을 텐데 드셔 보시겠어요?"

"그렇지 않아도 배가 고픕니다."

자인은 웃으며 그릇과 젓가락을 꺼냈다. "밥그릇도 하나밖에 없어요." 밥그릇을 건네준 뒤 자신은 이가 빠진 남색 테두리의 반찬 그릇을 챙겼다.

그걸 보고 쭝위가 말했다. "큰 그릇을 제게 주세요. 아무래도 제가 더 많이 먹으니."

"드시고 나서 더 드시면 되잖아요?"

"더 먹을 때도 더 많이 먹게요."

자인이 국자로 떡국을 뜰 때 계단에서 누군가 외쳤다. "위자인 양, 편지 왔습니다."

편지를 받아 온 자인이 봉투를 뜯으며 말했다. "지난번 신문 광고를 보고 지원한 곳에서 회신을 보냈나 봐요."

쭝위가 웃으며 말했다. "너무 늦었군요!"

자인이 편지를 읽으면서 설명했다. "샤먼(廈門)에 있는 학교에서 교사를 모집하는데 국어와 영어, 수학, 역사, 지리, 사회, 자연, 도덕, 음악, 체육 등 십여 가지 과목을 맡아야 한대요. 대단하네요! 심지어 서무까지 처리해야 한대요."

쭝위가 편지를 받아 읽어 보았다. "숙식을 제공하고 수당으로 6만 위안을 준다니. 정말 웃기네요. 너무 열악해요! 이런 일을 받아들이는 사람이 실제로 있을까요?"

두 사람은 한참 웃고 나서 떡국을 먹었다.

쭝위가 생각났다는 듯 물었다. "아, 샤오만이 볼 만한 동화책이 있다고 했지요?"

"맞아요. 제가 찾아 드릴 테니 샤오만에게 전해 주세요."

"정말이지 중국에는 아이에게 보여 줄 만한 책이 별로 없다니까요."

"그러니까요." 자인은 책꽂이를 뒤졌지만 찾지 못했다. 그러다 갑자기 생각나 탄식했다. "아차, 이 밑에 괴어 놓은 것을. 마룻바닥 한 줄이 내려앉아서 그 책으로 괴었거든요……." 쪼그려 앉아 책을 빼낼 때 느닷없이 등나무 책꽂이가 앞으로 쏠렸다. 그 바람에 향수병이 그녀 몸에 향수를 잔뜩 쏟은 뒤 바닥으로 떨어져 깨졌다.

쭝위가 웃으며 말했다. "저런, 어쩌죠?" 그리고 얼른 다가가 손수건으로 자인의 옷을 닦아 주었다.

자인은 얼굴을 붉히며 책꽂이를 세웠다. "정말 못 살아요. 어쩜 이렇게 부주의한지요!" 그러면서 다른 책을 괴어 책꽂이의 수평을 맞춘 뒤 얼른 빗자루를 가져와 유리 파편을 문 뒤쪽으로 쓸었다.

쭝위는 손수건 냄새를 맡으며 자기도 모르게 웃음을 지었다. "향기롭네요! 손수건을 빨지 말고 기념으로 가지고 있어야겠어요."

자인은 말없이 고개를 숙인 채 바닥만 쓸다가 유리병과 책을 주워 들었다. 쭝위는 책을 받은 뒤 향수가 튄 것을 발견하고 책상에 있던 편지로 닦으려고 했다. 그러자 자인이 저지했다. "아니, 안 돼요. 가지고 있으려고요."

쭝위가 어리둥절한 표정으로 물었다. "왜요? 설마…… 샤먼에 가서 그 일을 맡으려고요?"

사실 자인은 그 몇 분 사이에 새로운 결심을 내렸던 터라 웃음으로 대답할 수밖에 없었다. 쭝위도 입을 다물었다. 병이 깨지면서 향수는 속절없이 사라졌어도 향기는 강하게 남아 있었다. 쭝위는 깨진 향수병을 들어 살펴보다가 창턱에 기대 세운 뒤 꽃병에서 수선화 한 송이를 뽑아 향수병에 꽂았다. 자인은 멀찍이 침대 난간에 기댄 채 그를 바라보고 있었다. 두 손을 등 뒤에서 맞잡은 그녀의 눈에 서글픈 미소가 떠올랐다.

쭝위가 상자를 덮어 놓은 신문지 한 장을 무심하게 집어 펼쳤다. "궈타이(國泰) 극장에서 좋은 영화를 상영하는 것 같은데 같이 보러 갈래요?"

자인은 피식 웃음을 터뜨렸다. "그거 예전 신문이에요."

쭝위가 "아." 하고는 따라 웃기 시작했다. "그럼 지금 궈타이에서는 무슨 영화를 하나? 5시 영화를 보러 갈래요?"

자인이 멈칫했다가 말했다. "오늘은 일이 좀 있어서 못 갈 것 같아요."

쭝위는 자인이 일부러 차갑게 구는 것을 눈치채고 곧장 작별 인사를 건넨 뒤 떠났다.

자인은 유리창에서 손수건 한 장을 떼어 내고 창문 앞에 서서 쭝위가 차를 타고 떠나는 모습을 바라보았다. 그런 뒤에도 계속 거기에 서 있었다. 숨결이 유리창에 닿자 시선을 가리는 망사로 변했다. 크기도 딱 손수건만 했다. 그녀가 손으로 유리창을 닦았을 때 아버지가 골목에서 들어오는 게 보였다.

자인의 아버지는 방에 들어오자마자 살갑게 "자인아!" 하고 불렀다. 자인은 그렇지 않아도 가슴이 꽉 막혔던 터라 울음을 터뜨렸다. "아버지, 왜 이렇게 저를 괴롭히세요? 샤오만네 집으로 와서 그렇게 말도 안 되는 소리를 하시다니……."

아버지가 자인을 토닥이며 달랬다. "어휴, 내가 네 아비잖니, 할 말이 있으면 다 털어놓거라! 내가 이제 다 알아서 뭔가 일을 벌일까 봐 걱정인 거지? 그럴 리가, 샤 사장이 얼마나 좋은데!"

자인은 화가 치솟자 눈물이 쏙 들어갔다. "그게 무슨 뜻이에요?"

아버지가 의자를 자인 쪽으로 바싹 당겨 앉으며 말했다. "얘야, 그러니까 말이다." 호주머니를 뒤적였지만 빈 담뱃갑만 나왔다. "이런, 일꾼한테 담배 좀 사 오라고 해라."

"남의 집 일꾼을 우리가 어떻게 부려요?"

"그게 뭐가 어때서?"

"남의 집에 살면 아쉬워도 참고 견뎌야죠."

"그나저나 그렇게 좋은 곳으로 왜 들어가지 않니? 이렇게 구차한 곳에서 왜 굳이 고생을 사서 하냐고!"

자인은 잘 이해가 안 되었다. "어디로 옮기라고요?"

"샤 사장네 집이지! 집이 얼마나 좋으냐!"

"대체 무슨 말씀이세요?"

아버지가 웃으며 말했다. "아니 남들 눈이야 조심해야겠지만 가족한테까지 뭘 그렇게……."

자인이 발을 동동 굴렀다. "아버지, 어떻게 그런 말씀을 하세요!"

아버지가 부드럽게 말했다. "그래, 말 안 하마. 우리 아가씨가 이리 성질을 부리니! 하지만 어찌 되었든 샤 사장한테 내 일자리를 부탁해 다오. 그러면 된다!"

거기까지 말했을 때 집주인 아주머니가 전화 왔다며 자인을 불렀다. 자인이 수화기를 들었다. "여보세요? ……아, 사장님이세요? ……네? 지금 귀타이 극장에서 기다리신다고요? 하지만 저는…… 여보세요? ……여보세요? 왜 소리가 안 들리지?" 자인은 망연자실한 표정으로 한참 서 있다가 전화를 끊었다. 그러고도 잠시 멍하니 있다가 방으로 돌아가 급히 외투와 지갑을 챙기며 아버지에게 말했다. "일이 있어서 지금 나가 봐야 해요. 아버지는 돌아가셔서 마음을 가라앉히고 생각 좀 해 보세요. 사장님한테 일자리를 부탁해 달라는 건 절대 안 해요. 아버지 때문에 요즘 제가 얼마나 심란한지 몰라요!"

아버지가 잔뜩 실망한 표정으로 말했다. "그래, 그럼 나는 여기에 조금 더 있다가 가마."

"네, 그러세요." 자인은 그렇게 말하는 수밖에 없었다.

자인이 나가자 아버지는 뒷짐을 진 채 서성이며 이리저리 둘러보았다. 서랍까지 전부 열어 들여다보던 그는 옷감이 든 상자를 발견하고 묘책을 떠올렸다. 그는 상자를 꺼내 들고 바람처럼 아래층으로 내려갔다. 다행히 누구와도 만나지 않았다. 뒷문으로 빠져나갔다가 다시 들어와서는 집주인의 방으로 갔다. 그는 문을 열고 들어가 웃으며 말했다. "여사님, 제가 계속 왔다 갔다 하면서 귀찮게 해 드린 게 죄송해 선물을 좀 가져왔습니다. 약소하지만 받아 주십시오!"

집주인은 생각지도 못했던 일이라 함박웃음을 지었다. "어머, 어르신. 뭐 이렇게까지 예의를 차리세요? 주머니까지 여실 필요가 어디 있다고요!"

"어휴, 약소합니다, 약소해요!" 그는 어깨를 한쪽으로 젖히고 일본인처럼 잇새로 "쓰읍." 숨을 들이마신 뒤 눈살을 찌푸리며 웃었다. "사실 부탁드리고 싶은 일이 있는데 괜찮을까요?"

"제가 할 수 있는 일이면 왜 안 되겠어요?"

"왜냐하면, 솔직히 말씀드릴게요. 제 딸이 여기에서 지내는 동안 여사님은 무슨 일이 있었는지 다 아시잖아요. 여사님이 좋은 사람이고 함부로 말하지 않는 걸 압니다. 하지만 생각해 보세요. 샤 사장이 자주 찾아오면 남들이 이상한 소리를 하지 않겠어요? 딸은 바보 같아서 모르지만 그 남자가 어떤 뜻이겠어요! 아비가 상하이에 오지 않았으면 몰라도 이미 왔으니 그가 어떤 뜻으로 오는지 짚고 넘어가야지요!"

집주인이 고개를 끄덕이며 동의했다. "당연하지요, 당연한 일이지요!"

"그 사람과 싸우려는 게 아니라 분명히 하려는 겁니다. 그 사람이 정말로 그런 마음이라면 제가 여기 있을 때 일을 처리해야지요!"

집주인이 연신 고개를 끄덕였다. "그게 옳지요!"

"그래서 그 사람이 오면 제게 알려 주십사 청하는 겁니다. 언제 오는지 딸은 절대 알려 주지 않거든요."

"제가 꼭 알려 드리지요!"

자인이 극장에 도착할 때까지 쭝위는 한참을 기다려야 했다. 짙은 색 외투를 입고 벽에 기댄 그는 사람들 속에 있었지만 쓸쓸한 낯빛 때문에 등불이나 달빛을 받아 벽으로 늘어진 나무 그림자 같았다. 자인을 본 쭝위가 미소를 지으며 다가가자 그녀가 말했다. "장소만 알려 주고 전화를 끊으시면 어떡해요? 못 온다고 말씀드릴 새도 없었잖아요. 오지 않으면 계속 기다리실까 봐 걱정되었고요."

쭝위가 웃으며 말했다. "못 온다고 할까 봐 그랬지요!"

자인도 웃음을 지었다. "사장님도 참!"

그가 앞장서 계단을 올라갔다. "영화가 시작한 지 한참 돼서 꼭 들어갈 필요는 없어요."

"그럼 왜 극장에서 만나자고 하셨어요?"

"우리가 처음 만난 곳이라서요." 조용히 2층까지 올라간 다음 쭝위가 말했다. "여기에 잠깐 앉죠."

두 사람은 벽면에 길게 놓인 소파에 앉았다. 그곳의 불빛은 언제나 사람을 살짝 취하게 만들었다. 벽면이 거친 양모 같았다. 멀리 긴 복도를 바라보니 어두침침한 침묵과 매혹적인 황량함이 느껴졌다. 쭝위는 자인을 잠시 바라보다가 말했다. "제가 하려는 말은 다른 게 아니라…… 아까 선생님 이야기를 들었을 때 가슴이 철렁했습니다. 선생님이 정말로 가실까 봐 걱정되었지요."

자인이 잠시 멈칫했다가 말했다. "저는 장소를 좀 바꾸고 싶어요."

"상하이를 떠나고 싶다는 뜻인가요?"

"네. 저는…… 계속 이렇게 지내면 별로 좋지 않을 듯해요."

쫑위가 뻔히 알면서 물었다. "왜요? ……저는 상하이에 계신 편이 더 좋을 것 같은데요."

그들이 계속 앉아 이야기만 하고 있자 영화는 안 보고 떠들기만 하려 한다고 생각했는지 검표원이 다가와 의미심장하게 쳐다보았다. 쫑위가 알아채고 짜증스러운 표정으로 시계를 보며 소리쳤다. "아니 왜 안 오는 거야! 우리 기다리지 말고 갑시다." 그러고 나서 자인과 웃으며 자리를 떴다.

쫑위는 식당에서 식사부터 한 뒤 야간 영화를 보자고 하더니 더는 깊은 이야기를 꺼내지 않았다.

또 어느 날 저녁 쫑위가 예고도 없이 찾아왔다. "제가 이 시간에 올 줄 몰랐지요? 밖에서 식사했는데 시간이 많이 늦지 않았기에 만나러 왔습니다. 너무 늦어서 싫은 건 아니죠?"

자인이 웃으며 대답했다. "그렇게 늦은 시간이 아닌걸요. 저도 방금 저녁 식사를 마쳤고요." 그러면서 전등을 아래쪽으로 낮추었는데 그 밑에 골패가 깔려 있었다.

"뭐 하고 있었어요?"

쫑위가 묻자 자인이 웃으며 대답했다. "점을 쳐 보고 있었어요."

"네? 점도 칠 줄 알아요?"

쫑위는 탁자에 놓인 낡은 선장본 점술책을 뒤적이다가 깔

보는 듯한 어투로 웃으며 물었다. "잘 맞아요?"

자인도 웃음을 지었다. "그냥 재미 삼아 보는 거예요. 예전에 아버지가 날이 밝을 때야 집에 돌아오시곤 했거든요. 어머니는 이걸로 시간을 보내며 아버지를 기다리셨어요. 저는 어머니한테 배웠고요."

쭝위가 앉아서 골패를 만지작거리며 웃었다. "방금 무슨 점을 쳤어요?"

"무슨 점이냐고요? ……그냥 미래에 관해 물었어요."

"당연히 미래에 관해 물었겠지 설마 과거에 관해 물었겠어요? 미래의 어떤 일에 관해 물었느냐고요?"

"음…… 안 가르쳐 드려요."

쭝위가 그녀를 힐끗 쳐다본 뒤 말했다. "알 것 같아요. ……저도 해 봐도 되나요?"

"네, 도와 드릴게요. 그런데 뭐가 궁금하세요?"

쭝위가 웃으며 대답했다. "선생님이 안 알려 주니 저도 안 알려 줄래요. 어쩌면 똑같은 걸 물을 수도 있어요!"

쭝위가 골패를 섞은 뒤 자인이 알려 주는 대로 길게 늘어놓았다. 자인은 그의 뒤에서 내려다보며 짝을 이룬 골패를 위로 밀어냈다. "와, 아주 좋네요. 상상(上上)이에요. 다시 하세요. 세 번을 해야 하거든요. ……이런, 이번에는 별로 안 좋아요. 중하네요." 그러다 당황하더니 웃으며 당부했다. "진심으로 빌어야지, 아니면 효과가 없어요."

쭝위가 문득 재떨이 위의 성냥갑에 향이 비스듬하게 꽂힌 것을 발견하고는 웃음을 터뜨렸다. "향까지 피운 걸 보니 정말

진심이군요!"

향이 다 타서 자인이 쭝위를 위해 다시 불을 붙이려는데 쭝위가 말렸다. "됐어요. 그래 봐야 똑같아요." 그는 피우던 담배를 재떨이에 꽂은 뒤 다시 골패를 섞었다.

패를 본 자인이 말했다. "어머, 안 좋아요. 하하(下下)네요." 그러고는 억지로 기운을 내어 웃음을 지어 보였다. "괜찮아요! 무슨 뜻인지나 보죠."

쭝위가 책을 뒤적여 읽었다. "상상, 중하, 하하, 결국에는 수포로 돌아가니 기뻐하지 마라, 좋은 일이 겹쳐도 암중모색하라, 신기루처럼 불가능한 허상이다."

자인이 작게 웃었다. "너무 무서운데요!"

쭝위는 자인이 많이 놀란 듯해 얼른 책을 덮었다. "이런 게 맞을 리 있겠어요? 어쨌든 저는 미신을 믿지 않아요."

"당연히 안 믿지만……." 그러면서도 자인은 침묵에 빠졌다.

조금 뒤 쭝위가 말했다. "물이 끓네요."

"아, 일부러 난로에 주전자를 올려놓았어요. 공기도 덥히고 물도 끓일 겸이요."

"좋은 방법이네요." 자인이 난로로 다가가 손을 쬐며 자기 손을 들여다보자 쭝위가 웃으며 물었다. "뭘 봐요?"

"소용돌이가 있는지 보는 중이에요."

쭝위가 다가가 물었다. "소용돌이가 뭐예요?"

"어머, 사장님은 그것도 모르세요? 여기 지문을 보세요. 모양이 둥근 게 소용돌이이고 긴 건 활이에요."

쭝위가 두 손을 펼쳐 자인 앞으로 내밀었다. "그럼 저한테는 소용돌이가 몇 개 있는지 봐 주세요."

자인이 그의 손을 들어 살펴본 뒤 말했다. "정말 많네요! 저
는 하나도 없는 것 같은데요."

"있으면 어떻고 없으면 어때서요?"

자인이 웃으며 대답했다. "소용돌이가 많을수록 좋거든요. 소
용돌이가 없는 손은 돈을 못 벌고 물건을 잘 망가뜨린다네요."

"아, 그래서 지난번에 향수병을 깨뜨렸군요!"

대답할 새도 없이 자인의 낯빛이 하얗게 질렸다. 아버지가
문을 열고 들어온 탓이었다. 자인의 아버지가 무겁게 기침하
고 나서 말했다. "이런, 자인아! 이분은……."

자인은 소개하는 수밖에 없었다. "샤 사장님이세요. 이쪽은
제 아버지세요."

쭝위가 당황하며 자리에서 일어났다. "네? 아버지요? 언제
상하이에 오셨습니까?"

자인의 아버지가 연신 고개를 끄덕이다가 허리 굽혀 인사
했다. "아, 벌써 며칠 되었습니다. 댁에도 몇 번이나 찾아갔는
데 못 뵈었지요."

쭝위는 한층 더 갈피를 잡을 수 없었다. "이런, 정말 실례했
습니다!" 그러고는 자인에게 나직이 물었다. "왜 말하지 않았
어요?"

"아버지가 오셨을 때 샤오만이 앓아누웠거든요. 정신없어서
잊어버렸어요."

자인의 아버지가 들어오자 좁은 방이 한층 더 좁아져 움직
이기 쉽지 않아졌다. 하지만 그는 일거수일투족이 전부 눈에

보일 정도로 요란스럽게 움직였다. "사장님께 발탁되었으니 저희 딸이 정말 운이 좋습니다. 복이 많은 아이지요. 그리고 사장님은 젊고 준수하신 데다 이리 성공하셨으니 정말 대단하십니다!"

쭝위가 경직된 음성으로 말했다. "과찬이십니다! 앉으시지요."

"앉으시지요." 아버지는 쭝위가 앉은 뒤에야 자리에 앉아 계속 말했다. "저 같은 늙은이는 정말 쓸모가 없습니다. 올해 일이 영 안 풀려서 시골에서는 도무지 대책이 서지 않아 상하이로 올 수밖에 없었습니다. 민망하지만 사장님께 밥벌이를 도와 달라고 청하고 싶습니다. 제 딸의 얼굴을 봐서 작은 일자리라도 주시면 감사하기 그지없겠습니다!"

쭝위는 무척 이상하게 생각되어 잠시 망설이다가 대답했다. "아…… 그게 별건 아니지만 음…… 어르신이…….."

"다른 건 할 줄 아는 게 없습니다. 그저 옛날 책만 읽어서 반평생 기회를 못 만났다고 할 수 있지요…….."

앉지 않고 계속 서 있던 자인이 침대 머리맡의 털실을 들어 뜨개질을 시작하며 담담하게 말했다. "그러니까 아버지처럼 옛날 학문을 익힌 사람이 지금 와서 무슨 일을 하겠어요?"

쭝위가 말했다. "꼭 그렇지는 않아요. 우리도 가끔 접대차 격식 있는 문언을 쓸 때가 있는데 그런 글을 아는 인재가 없더라고요."

아버지가 끼어들었다. "그렇지요! 조문이나 축하문처럼 격식이 필요한 글을 제가 전부 쓸 수 있습니다. 다 가능해요!"

쭝위가 말했다. "그럼 좋습니다. 어르신이 꺼리지 않고 맡아

주시겠다면……."

자인은 너무 화가 나서 몸을 돌리고는 더 이상 상관하지 않았다. 자인의 아버지가 말했다. "그럼 내일 아침에 찾아뵙겠습니다. 사무실 위치가……."

쭝위가 명함을 꺼내 건넸다. "네. 그럼 내일 오전에 오셔서 이야기하시지요."

"네, 네."

쭝위가 담뱃갑을 꺼내며 물었다. "담배 피우십니까?"

자인의 아버지가 몸을 굽혀 받고는 쭝위의 담배에 먼저 불을 붙여 주었다. "요즘 사람들은 다 궐련을 피우더군요. 예전에는 코담배를 피웠는데 아주 멋져 보였답니다! 우리 때는 코담배의 등급과 모양을 무척 따졌지요. 어쨌든 제게도 조상 대대로 내려오는 코담배병이 하나 있는데 사장님은 보신 적이 없을 겁니다……." 그러면서 코담배병을 꺼내 쭝위에게 건넸다.

"이런 물건에 관해서는 정말 문외한입니다." 쭝위는 그렇게 말한 뒤 형식적으로만 잠시 만지작거렸다. "아주 정교해 보이네요."

자인의 아버지가 바싹 다가가 손으로 가리키며 설명했다. "이 유리와 비취로 된 마개는 정말 비쌉니다. 아, 제가 아끼는 것이지만 어쩔 수가 없네요. 사장님, 친구 많으시죠? 이걸 담보로 돈을 융통해 줄 사람이 있을까요?"

그 말을 들었을 때 자인은 몸을 휙 돌려 아버지를 쏘아보았다. 연잎 테두리 모양의 하얀 전등갓이 머리 위로 낮게 늘어져 연노란색 커다란 꽃이 그녀의 머리에 꽂힌 듯했다. 게다가

진한 그림자가 얼굴을 인정사정없이 갈라놓아 노쇠한 열대 여인처럼 초췌해 보였다. 쭝위가 말했다. "제 주변에는 골동품을 잘 아는 사람이 없습니다."

"어쨌든 부탁드립니다."

자인이 외쳤다. "아버지!"

자인의 아버지는 딸의 안색이 이상한 걸 눈치채고 얼른 덧붙였다. "아, 저는 먼저 가 보겠습니다. 내일 아침에 찾아뵙지요! 그럼 부탁드립니다!" 그러고는 총총히 나갔다.

자인이 쭝위에게 말했다. "나이 드시더니 한층 더 철이 없어지셨어요! 이번에도 대체 왜 오셨는지 모르겠어요! 아버지가 오시자마자 저는 그냥 돌아가시라고 했어요. 사장님께 부탁 좀 드려 달라고 이미 여러 차례 조르셨지만 그건 아니라고 생각했지요."

"선생님도 걱정이 너무 많으셨네요."

"사장님이 아버지 성격을 모르셔서 그래요!"

"선생님이 아버지를 좀 멀리하는 건 알겠지만 그래도 어쨌든 아버지시니 계속 그런 마음을 품으면 안 되죠."

자인의 아버지는 일자리를 얻고 나자 잔뜩 신이 났다. 어느 날 이른 아침 쭝위 집의 요리사가 장을 보아 돌아오다 대문 앞에서 그와 마주쳤다. "어? 어르신이 이렇게 일찍 무슨 일이세요?" 그는 허리를 굽혀 자인의 아버지가 들고 있는 새장을 들여다보았다. "어르신, 이게 무슨 새인가요?"

"화미조일세. 어제 사서 오늘 아침 일찍 공원에 데려갔다가 왔지." 요리사가 문을 열어 주자 그는 함께 들어가며 말했다.

"사장님은 일어나셨나? 할 말이 있어서 왔는데."

요리사는 누가 없는지 둘러본 뒤 조용히 대답했다. "오늘 사장님 심기가 안 좋습니다. 어르신도……."

자인의 아버지가 웃으며 말했다. "아무리 심기가 안 좋아도 나한테 화를 낼 수는 없지! 어쨌든 내가 어른 아닌가! 공장에서는 나보다 높지만 여기서는 내가 더 높다고!"

웬일인지 요리사는 평소보다 훨씬 얕잡아 보는 눈빛으로 히죽거렸다. "아, 어르신도 공장에서 일하시는구나!"

"그래. 자네 사장이 어떻게 혼자 공장을 운영하겠나. 가까운 사람이 도와야지! 나는…… 어쨌든 한편이니 신경을 쓰는 게 당연하고!"

한창 말하고 있을 때 샤오만이 2층에서 쿵쿵거리며 뛰어 내려와 거실로 들어갔다. 야오 어멈도 아이 이름을 부르며 따라 내려왔다. 자인의 아버지가 거들먹거리며 아는 척했다. "아주머니, 돌아오셨군요?"

야오 어멈이 얼굴을 찡그리며 대답했다. "안 돌아오면요!" 그러고는 거들떠보지도 않은 채 거실로 들어가면서 중얼거렸다. "이렇게 꼭두새벽부터 찾아오다니!"

자인의 아버지도 따라 들어가 새장을 탁자에 올려놓았다. "이렇게 예의가 없어서야!"

"내가 예의를 안 차린 게 뭐가 있어요? 샤오만, 어서 올라가 세수해. 아직 얼굴도 안 닦았잖아!"

자인의 아버지가 씩씩거리며 말했다. "대체 무슨 일이람? 오늘은 이 어르신을 아예 모르는 척하겠다?"

야오 어멈이 짜증이 가득한 표정으로 말했다. "목소리 좀 낮춰요! 사모님이 돌아오셨는데 편찮으셔서 아직 누워 계신다고요!"

자인의 아버지는 순간 몸이 쪼그라드는 듯했다. "뭐요? 사모님이 돌아오셨다고?"

야오 어멈이 차갑게 대답했다. "언젠가는 돌아오실 분이셨지요. 그동안은 집에 안주인이 없어서 빗자루까지 거꾸로 설 만큼 엉망이었고요."

자인의 아버지는 잠시 생각에 잠겼다가 냉소를 지었다. "흥! 사모님…… 사모님이면 뭐 어쩌라고? 속이 부실해 딸만 하나 낳았으면서!"

그가 갑자기 뒤에서 새를 가지고 노는 샤오만 쪽으로 몸을 돌리더니 소리쳤다. "아니, 왜 문을 열어? 이 녀석이……."

야오 어멈도 샤오만을 야단쳤다. "그걸 왜 건드려?"

"세상에…… 봐라…… 날아가잖아! 날아갔구나……. 내가 힘들게 샀건만 사라졌어……."

야오 어멈이 얼른 샤오만을 잡아당겼다. "가자, 신경 쓰지 말고 올라가 세수해!"

자인의 아버지는 한층 더 화가 나 크게 소리쳤다. "감히 나를 무시해!" 샤오만이 놀라서 울음을 터뜨리자 그가 또 소리쳤다. "내 새를 놓아주고 울기까지 하다니! 울면 정말로 때려 줄 테다!"

바로 그때 쭝위가 아래층으로 내려오며 물었다. "아주머니, 누구예요?"

자인의 아버지가 황급히 손을 내리고 말했다. "사장님, 접니다. 출근하기 전에 드리고 싶은 말씀이 있어서요."

목욕 가운을 걸친 쭝위가 무척 피곤한 얼굴로 들어왔다. "무슨 일입니까?"

자인의 아버지는 야오 어멈이 샤오만을 데리고 가자마자 눈치도 살피지 않고 말했다. "제가, 이번 달 방세가 또 올라 자금 융통이 원활하지 않습니다. 그래서 사장님께 몇만 위안만 빌릴 수 있을까 해서요."

"어르신, 매번 돈을 빌릴 때마다 이유도 참 많은데 제가 충고를 좀 드리고 싶습니다. 우리 공장 월급이 적은 편이 아니라 혼자 지내시기에는 충분할 것 같거든요. 그러니 어르신도 계산을 좀 하면서 쓰세요."

자인의 아버지가 지지 않고 변명했다. "말일에 월급을 받으면 갚을 생각입니다. 공장에서는 아무래도 말을 꺼내기 불편해 일부러 이리로 찾아왔고요……."

"갚으실 필요 없습니다. 단, 이번까지는 도와 드리겠지만 이번이 마지막이라는 걸 명심하세요."

쭝위가 정색하자 자인의 아버지는 간담이 서늘해져 얼른 대답했다. "네, 알겠습니다. 그리하겠습니다. 다 옳으신 말씀입니다." 지폐를 받은 뒤 또 나직하게 말했다. "저희 딸에게는 절대 비밀로 해 주십시오."

쭝위는 대답 없이 힐끗 쳐다보기만 했다.

문밖에서 충분히 엿들은 야오 어멈은 2층으로 올라가 침실 밖에서 또 귀를 기울였다. 안에서 쭝위의 아내가 기침하는 소리가 들리자 야오 어멈은 곧장 들어가 말했다. "사모님, 일어나셨어요?"

"밑에 누가 왔어요?"

"아니, 그 여자 아비가 또 돈을 빌리러 왔지 뭐예요? 세상에 무섭거나 거리끼는 게 없다니까요. 심지어 샤오만을 때리려고도 했어요!"

쭝위의 아내는 깜짝 놀라 베개에 몸을 기대앉으며 말했다. "뭐라고요? 감히 샤오만을 때리려고 해?"

"사장님이 때마침 내려오셨기에 망정이지, 아니었으면 때렸을 거예요. 사모님, 생각해 보세요. 그런 꼴을 가만히 내버려 두면 어떻게 되겠어요?"

그때 쭝위가 방으로 들어오자 아내가 고함을 질렀다. "꼴 좋네요. 내가 아직 여기 있는데도 샤오만을 때리려고 들다니! 정말 이혼이라도 하면 우리 아이를 괴롭혀 죽이지 않겠냐고요?"

아침 햇살 속에 앉은 쭝위의 아내는 가운데에 단추가 달린 고전풍의 윗옷을 입고 있었다. 가슴 앞에 위쪽을 꿰맨 주머니가 두 개 있는데 통장 같은 것을 넣어 둔 모양이었다. 머리를 틀어 올렸고 얼굴은 둔해 보였으며 더 마른다고 해도 별 티가 나지 않을 듯했다. 쭝위는 두 손을 목욕 가운 주머니에 넣은 채 지친 목소리로 물었다. "또 무슨 말을 하는 거요?"

"못 믿겠으면 샤오만에게 물어봐요. 그 애는 내 아이일 뿐 아니라 당신 아이이기도 하다고요!" 말하다 보니 목이 잠기고 눈물이 그렁그렁해졌다.

"괜히 의심하지 말고 건강이나 잘 챙겨요. 다 나으면 차분하게 이야기하자고."

"차분하게 이야기하긴 뭘 해요? 나랑 이혼하려고 하면서! 난 죽어도 이 집에서 죽을 거예요! 꿈도 꾸지 마요!" 그녀는 한층 더 큰 소리로 울기 시작했다.

"입만 열면 죽겠다는 소리 좀 하지 마."

"내가 죽으면 좋아할 거 아닌가? 내가 죽으면 그 창녀가 좋아하지 않겠느냐고?"

쭝위가 버럭 화를 냈다. "지금 그걸 말이라고 하는 거야?"

쭝위는 꽃병을 바닥으로 내던졌다. 아래층에 있던 샤오만은 머리 위에서 뭔가 터지는 듯한 소리가 들리자 눈살을 찌푸리며 위를 올려다보았다. 아이는 아무도 돌보는 사람 없이 혼자 거실에서 놀고 있었다. 일하는 사람들도 전부 보이지 않았지만 끔찍한 일이 벌어지면 언제든 뛰어나와 도와줄 정도는 되었다. 온 집안이 정적에 휩싸이자 샤오만은 반항하듯 피리를 불기 시작했다. 자신이 불 줄 아는 한 곡조만 "삐리리리." 하고 불었다. 높고 날카로운 소리가 하늘 밖에서 들려오는 듯했다. 아이는 쭝위의 집 처마 밑에 사는 새처럼 아무것에도 관심이 없는 모양새였다.

수업하러 온 자인은 문을 들어서자마자 피리 소리를 들었다. 문득 쭝위가 거리에서 샤오만에게 피리를 사 주며 "온종일 저녁까지 불어 대면 시끄러워 죽을 텐데!"라고 말했던 게 떠올랐다. 샤오만이 다 나아 처음 외출한 날이었다. 쭝위와 자인이 샤오만을 데리고 한 가족처럼 나갔을 때 거지 하나가 뒤에서 쫓아오며 소리쳤다. "사장님! 사모님! 덕을 쌓으시면 대대

손손 한 푼도 새지 않으실 겁니다……." 그때는 무척 듣기 민망했는데 이제 와 돌이켜 보니 미소가 저절로 떠올랐다. 거실로 들어간 자인은 샤오만을 향해 웃으며 물었다. "오늘 기분이 아주 좋은가 보네?" 샤오만이 고개를 저으며 피리를 내던졌다. 자인은 아이의 어두운 낯빛을 보고 깜짝 놀라 물었다. "왜 그래?"

"엄마가 상하이로 돌아왔어요."

자인은 살짝 당황했지만 억지로 웃으며 샤오만의 손을 잡아끌었다. "엄마가 오셨으면 좋아해야지 왜 기분이 안 좋아?"

"어젯밤에 엄마랑 아빠가 싸웠어요. 밤새……." 샤오만이 갑자기 말을 멈추고 귀를 기울였다. 2층 방문이 활짝 열렸는지 자인도 격분한 쭝위의 목소리를 들을 수 있었다.

여자의 울음소리도 들렸다. 곧이어 계단에서 다급한 발소리가 들리고 대문이 쾅 닫히더니 작게 쿵 하고 차 문 닫히는 소리가 났다. 자인은 자기도 모르게 창가로 달려가 자동차가 떠나는 모습을 지켜보았다. 2층의 여인은 여전히 흑흑거리며 울고 있었다.

그날 자인이 수업을 마치고 집으로 돌아갔을 때 황혼에 잠긴 방에서 누군가 말했다. "내가 있으니 놀라지 마요!"

그렇지만 자인은 놀랄 수밖에 없었다. "어머! 오셨어요?"

"온 지 좀 됐어요." 한참 동안 말하지 않아 입이 말랐는지 쭝위의 목소리가 잠겨 있었다. 자인이 전등 스위치를 켰는데 탁 소리만 나고 밝아지지 않자 쭝위가 물었다. "이런, 고장 났어요?"

"아, 잊고 있었어요. 이번 달 전등 사용량이 거의 한계에 이르러 며칠 동안 7시까지 두꺼비집을 내려놓는다고 집주인이 말했는데 말이에요. 초를 켤게요."

"여기 성냥 있어요."

자인이 찻잔에 놓인 하얀 초에 불을 붙이자 그 위에 담뱃재와 담배꽁초가 수북이 쌓인 게 보였다. 중위가 웃으며 말했다. "미안해요. 그걸 재떨이 대신 썼어요."

자인은 깜짝 놀랐다. "어머, 혼자 이렇게 많이 피우셨다고요? 한참 기다리셨나 보네요!"

"사실 선생님이 집에 없을 걸 알면서도…… 문득 여기 말고는 갈 곳이 떠오르지 않더라고요. 선생님 외에는 이야기할 사람도 없고요."

자인은 최대한 담담하게 굴려고 애쓰며 차를 두 잔 따라 자리에 앉은 뒤 두 손으로 유리컵을 감싸 쥐었다. 촛불이 소심하게 또 하나의 세상을 만들어 냈다. 어둠 속에서 얼굴 일부만 드러나는 두 남녀의 모습이 미완성된 금빛의 오래된 초상화 같았는데 슬픈 표정인지 기쁜 표정인지는 잘 보이지 않았다.

중위가 차를 다 마신 뒤 느닷없이 털어놓았다. "샤오만의 엄마가 상하이에 왔어요. 누구한테 어떤 헛소리를 들었는지 몰라도 득달같이 쫓아와 난리를 피우더군요. ……말도 안 되는 소리는 선생님한테 전할 필요 없고요. 어쨌든 한바탕 말싸움을 벌였습니다." 그는 돌연 입을 다물더니 접시에서 까맣게 타버린 성냥개비를 하나 집어 접시에 이리저리 그었다. 하지만 힘을 너무 주었는지 금세 부러졌다. 그가 이어서 말했다. "저와 그 사람은 애당초 서로에게 감정이 없었어요. 완전히 무식한 시골 여자인 그 사람은 지병이 있는 데다 성격도 괴팍해요. 만나지 않아도 그만인 사이이고, 만났다 하면 싸우지요. 사실 이런 말은 다른 사람한테 해 본 적이 없어요. 선생님한테도 꺼낸 적이 없었지요. ……예전에는 부모님 뜻에 따라 중매로 결혼하는 게 당연했어요. 저는 내내 이혼을 생각하고 있었답니다."

자인이 나직하게 물었다. "아, 정말이세요?"

"정말이에요. 선생님을 만난 이후 더 확고해졌지만요."

자인은 자리에서 일어나 창가에 잠시 서 있었다. 마음이 어지러워 고개를 숙인 채 창문을 잠그는 작은 갈고리로 회벽을 긁었다. 쭝위는 무슨 말실수라도 했나 싶어 자인에게 다가가 덧붙였다. "제 말은…… 정말로 이혼할 생각을 내내 가지고 있었다는 겁니다!"

"하지만 저는…… 저는 정말 괴로워요."

"저도 괴로워요. 그런데 저 때문에 선생님까지 괴로워지면 저는…… 정말……." 두 사람은 고통에 몸부림칠지 몰라도 촛불의 새빨간 불꽃은 기쁨에 전율하고 있었다.

자인이 중얼거렸다. "그때…… 다시 마주쳤을 때부터 저는…… 힘들었어요. 사장님은 모르시겠지만!"

"왜 몰라요? 처음부터 다 알고 있었어요. 하지만 제 생각이 틀렸을까 봐 조금 두려웠어요. 지금은 선생님이 저를 생각하는 거…… 알아서 얼마나 기쁜지 모릅니다! 울지 마요!" 그때 갑자기 전등이 켜져 쭝위는 "어?" 하고 소리치고는 시계를 보며 자기도 모르게 미소를 지었다. "집주인의 시간관념이 확실하군요. 아, 보세요. 바로 이 순간에 전등이 켜졌잖아요! 그러니 우리 앞날은 밝을 겁니다. 선생님도 기뻐하셔야 해요!"

자인도 웃음을 지었다. 쭝위가 손수건을 꺼내 눈물을 닦아 주려 하자 자인이 계속 몸을 피했다. "제 손수건으로 좀 닦으면 어때서요?" 쭝위가 그렇게 말하는데도 자인은 손수건을 찾겠다며 자리를 벗어났다.

배가 몇 개 놓인 쟁반을 보고 자인은 그제야 생각났다는 듯 물었다. "배 좀 드시겠어요?"

"좋지요." 자인이 배를 깎을 때 맞은편에 앉아 쳐다보던 중위가 뜬금없이 그녀의 이름을 불렀다. "자인."

자인이 미소를 지으며 대답했다. "네?"

쭝위가 또 불렀다. "자인."

하고 싶은 말이 있는데 꺼내지 못하는 모양새라 자인은 고개를 더 숙이고 배를 깎는 데 집중하며 대답했다. "네?"

그가 또 불렀다. "자인."

자인이 손을 멈추고 물었다. "왜요? 왜 그러세요?"

쭝위가 웃으면서 답했다. "아무것도 아니에요. 그냥 불러 봤어요."

자인은 자기도 모르게 눈을 흘긴 뒤 살며시 웃음을 지었다. "왜 자꾸 부르세요?"

"저는 그렇게 부른 적이 아주 많아요. 당신이 듣지 못했을 뿐이지. 뒤에서 늘 그렇게 당신을 불렀답니다."

자인이 조용히 말했다. "정말요?"

자인이 배를 깎아 건네자 쭝위가 먹다가 반대쪽을 잘라 건네주었다. "당신도 먹어요."

"저는 괜찮아요."

쭝위가 두어 입 먹고 나서 또 권했다. "정말 달아요. 당신도 한 쪽 먹어 봐요."

"전 됐으니까 어서 드세요."

쭝위가 웃으며 물었다. "왜 그렇게 단호해요?"

자인도 웃으며 대답했다. "저는 미신을 믿거든요."

"뭐라고요? 미신? 뭔지 이야기해 봐요."

자인이 쑥스러워하며 말했다. "그게…… 배 리(梨)가 이별의 리(離)와 발음이 같잖아요. 그래서 배는 나눠 먹으면 안 돼요."

쭝위가 웃었다. "아, 그러면 안심해요. 우리는 절대 이별하지 않을 거니까!"

자인이 칼로 구불구불한 껍질을 헤집으며 나직하게 말했다. "미래의 일은 누구도 단언할 수 없어요."

쭝위가 칼을 쥔 그녀의 손을 잡았다. "왜 단언할 수 없어요? 당신은 손에 소용돌이가 없어서 물건을 잘 망가뜨리지만 저는 소용돌이가 있어서 꼭 쥐고 놓지 않을 거예요."

아래층에서 땡땡 종소리가 울리자 쭝위가 손목시계를 보며 말했다. "이런, 8시네요!" 그러고는 중얼거렸다. "회식이 있는데 가지 말아야겠어요."

"그러지 말고 가세요."

쭝위가 웃으며 말했다. "이미 늦었으니 그냥 안 갈래요!"

"사람들이 기다리잖아요?"

쭝위가 주저하며 답했다. "그도 그렇지요. 공장 일로 의논할 사안이 있어서 간다고 약속했으니……." 가겠다고 마음먹은 이상 미련을 두지 않겠다는 듯 그는 곧장 일어나 방문 앞으로 가서 말했다. "내일 다시 올게요."

자인은 말없이 미소만 지으며 문을 닫았다. 하지만 닫자마자 나른하게 문에 기대어 가만히 그의 이름을 불렀다. "쭝위!" 웃음이 눈 안에 갇혀 있는 게 비좁다는 듯 끊임없이 눈 밖으로 흘러나왔다. 그녀는 책상 앞으로 걸어가 촛불에 대고 또 불렀다. "쭝위! 쭝위!" 촛불이 그녀의 입김에 흔들렸다.

그때 갑자기 아버지가 문을 열고 들어와 자인은 귀신이라도 만난 듯 어리둥절한 표정을 지으며 입을 열지 못했다. 아버지가 웃으며 말했다. "한참 전에 왔지만 사장님 차를 보고 들어오지 않았다. 이야기를 많이 나누라고! 하하! 아버지도 다 겪어 봤거든!"

자인은 대꾸하지 않고 촛불을 불어 껐다. 아버지가 자리에 앉으며 자인에게 손짓했다. "이리 와라. 할 얘기가 있어. 그렇게 멍하게 굴지 말고. 지금 그 사람 부인이 왔다고. 너는 아직 어리니 이럴 때 아비가 아니면 누가 묘책을 내주겠니?"

자인이 다가가 말했다. "아니, 아버지, 무슨 말씀이세요?"

아버지가 그녀의 손을 잡아당기며 말했다. "지금 그 집 아이를 가르칠 때냐? 어쨌든 그 여자의 아이다. 너는 이 기회에 두 칸짜리 집부터 찾아봐. 사장님이 집에 돌아가면 마누라가 무시로 난리를 칠 텐데 어디 집에 있고 싶겠니? 너한테 그럴 만한 장소가 있으면 너한테 오지 않겠느냐고? 여기에서 제일 중요한 건 돈을 쥐는 거고. 사람도 여기 있고 돈도 생기면 마누라가 뭐가 무섭겠니?"

자인은 더 듣고 있을 수가 없었다. "아버지, 잘 들으세요. 사장님이 다 설명해 주셨다고요. 사장님은 옛날식으로 결혼해서 몇 년 전부터 이미 이혼할 생각이었지만 아이 때문에 참고 있었대요. 이제는…… 헤어질 생각이고요. 아까 사장님도 이야기하셨고 저도 그러자고 했는데 이혼부터 하고 나서…… 다시 논의하기로 했어요."

아버지는 깜짝 놀라 멈칫했다가 말했다. "흥! 진작 좀 말해 주지. 진작 알려 줬으면 나도 안달하지 않았을 것을! 그렇게 된다면 당연히 더 좋지!"

자인은 다 말하고 나자 후회가 밀려왔다. "하지만 아버지, 절대 중간에 끼어들지 마세요! 지금 한 말도 다른 사람한테 하지 마시고요. 아셨죠?"

"그래! 알았다."

아래층에서 또 시계가 울리자 자인이 말했다. "시간이 늦었으니 돌아가셔야지요?"

"그래, 지금 간다!" 그러면서도 아버지는 직접 차를 따라 마셨다.

"다른 게 아니라 집주인 아주머니가 해가 지고 나서 누가 대문을 들락거리는 게 불안하다고 해서요. 툭하면 물건이 사라진대요. 말이 나와서 말인데 정말 이상하게 저도 옷감을……." 자인이 서랍을 열고 시큰둥하게 뒤적거렸다. "분명 여기 두었는데 사라졌어요! 그런데 어제 집주인 아주머니를 보니 제가 잃어버린 옷감과 똑같은 것으로 새 옷을 지어 입었더라고요. 아주머니가 훔쳤다고 의심할 수는 없어도 좀 당황스러웠어요. 어떻게 그렇게 공교롭냐고요! 내일 어디서 사셨는지 물어봐야겠어요."

차를 마시던 자인의 아버지가 갑자기 심하게 사레들려 다급하게 손을 흔들었다. "이런, 네가 말을 꺼냈으니 나도 말하지 않을 수 없구나. 그거 내가 너 대신 선물했다."

자인은 의아함을 감출 수 없었다. "뭐라고요?"

아버지가 한숨을 내쉬었다. "어휴! 요즘 샤 사장이 툭하면 찾아와 늦게까지 머무니 남들이 무슨 소리를 할지 너는 생각도 안 해 봤니? 그래서 인심 좀 얻으려고 선물했다. 내가 처신하는 법도 배워야 한다고 말하지 않았더냐!"

자인은 화가 나 발을 동동 굴렀다. "아버지, 정말!"

어느 날 샤쭝린이 아내에게 말했다. "정말 골치 아파. 자인 씨 아버지 말이야, 오늘 공장에서 난리가 났었어. 중위 형이 알면 펄쩍 뛸 텐데!"

슈쥐안이 물었다. "무슨 일인데요?"

"누가 돈을 기부하면서 자선 병원인 광더(廣德) 의원에 약값으로 보내 달라고 했어. 그런데 웬일인지 기부금이 그 노인네 손에 떨어진 거야. 노인네는 말도 없이 다 써 버렸고."

"정말요? 얼마나 되는데요?"

"액수는 얼마 안 돼! 다만 그 노인네가 곳곳에서 장인처럼 구는 게 문제야. 누가 물어봤더니 성질까지 부렸대!"

"그럼 지금은요? 달아났어요?"

"달아나기는! 뻔뻔하게 아무 일 없는 것처럼 다니지!"

슈쥐안이 아연실색했다. "어떻게 그럴 수가!"

"그 일만 들어도 쭝위 형은 펄쩍 뛸 판인데 기부금 때문에 공장 신용에까지 금이 갔으니."

"어머, 자인도 모를 거예요. 알면 엄청 화를 낼 거고."

그때 생각지도 못하게 가정부가 들어와 알렸다. "사장님 오셨어요."

슈쥐안은 쭝위의 안색이 무척 나쁜 걸 보고 멋쩍게 라디오 채널을 돌리고는 밖으로 나갔다. 쭝위는 곧장 본론으로 들어갔다. "쭝린, 오늘 무슨 일이 있었는지 다들 슬금슬금 말을 피하던데 대체 무슨 일이야? 네가 말해 봐. 자인 씨 아버지 때문이니?"

쭝린이 머리카락을 움켜쥐며 쓴웃음을 지었다. "아니면 뭐겠어요? 정말 골치 아프다니까요!"

쭝위가 지친 기색으로 자리에 앉았다. "왜 아무도 진작 말해 주지 않은 거야?"

"다들 잘못했죠. 사실 형한테 알려야 했어요. 하지만……"

"하지만 뭐?"

쭝린이 난감한 웃음을 지었다. "그들을 탓할 수도 없어요. 형은 모르지만 그 노인네가 얼마나 허풍을 떨었는지 다들 형과 무슨 관계인지 갈피를 못 잡게 되었거든요."

쭝위의 얼굴이 벌겋게 달아올랐다. "말도 안 돼! 내가 직접 말해야겠구나. 당장 찾아가야겠어."

"그냥 이리 오라고 부르세요."

쭝위는 잠시 당황했지만 고개를 끄덕이며 몸을 일으켰다. "기사더러 데려오라고 하마."

"이따가 제가 자리를 피할 테니 잘 좀 이야기해 보세요. 아무래도 제가 있으면 거북할 수 있잖아요."

쭝위는 또 고개를 끄덕였다. 기사가 자인의 아버지를 데리러 간 사이 처음에는 이런저런 이야기를 나누다 두 사람은 이내 침묵에 잠겼다. 라디오 음악 프로그램이 끝났는데도 다른 방송으로 바꾸거나 끄지 않아 밝은 전등 하나만 라디오 속 긴 밤을 지키고 있었다.

문밖에서 자동차 경적이 울리자마자 쭝린은 자리를 떴다. 자인의 아버지는 큰 소리로 줄기차게 떠들며 들어왔다. "기사까지 보내 주시다니 정말 배려심이 깊으십니다. 사람을 보내서 오라고만 하셔도 바로 왔을 텐데요."

쭝위가 무겁게 몸을 일으켜 자인의 아버지는 깜짝 놀랐다. 쭝위는 두 손을 바지 주머니에 넣은 채 이리저리 오가면서 말했다. "오늘은 심각한 이야기를 좀 하려고 합니다. 얼마 전 광더 의원에 보내는 기부금을 어르신이 받으셨다고요……."

자인의 아버지가 웃으며 말했다. "맞습니다. 제가 받았는데 마침 쓸 곳이 있었지요. 사장님께 말씀드리는 걸 깜빡했고요……."

"우리 공장에서 신용을 얼마나 중시하는지 아시지요……."

"압니다. 그때 제가 잠시 정신을 놓아서……."

쭝위가 눈썹을 잔뜩 찌푸렸다. "어르신은 그 일이 우리 사업가에게 얼마나 심각한 일인지 모르시는군요."

"미처 생각하지 못했습니다. 제 생각에 그 액수면, 우리가 가족 같은 사이 아닙니까? 네 것 내 것 선을 긋지 않아도 된다고 생각했습니다."

그 말에 쭝위는 무척 불편해져 걸음을 멈추고 그를 똑바로 바라보며 말했다. "계속 이런 식으로 할 수는 없습니다. 앞으로 공장에 나오지 마세요."

"네? 제가 필요 없다는 말씀입니까? 앞으로는 조심하겠습니다, 절대 잊지 않겠습니다!"

"더 말할 필요 없습니다. 우리 모두의 체면을 위해 내일부터 오실 필요 없습니다. 월급은 이달 말까지 다닌 것으로 지급하라고 이르겠습니다."

자인의 아버지는 쭝위가 계속 공적인 어투로 말하자 짜증스럽기도 하고 반박할 수도 없어 접근법을 바꿨다. "흠, 그러지 말고 솔직하게 이야기하세! 우리 딸이 다 알려 주었네. 우리는 이미 가족 같은 사이가 아닌가?"

자인이 아버지에게 전부 털어놓았다면 그게 아무리 인지상정이라고 해도 쭝위는 왠지 기분이 언짢아졌다. 결국 그는 아주 딱딱한 어투로 말했다. "저와 자인 씨의 우정은 별개의 일입니다. 자인 씨 가족 상황을 저도 조금은 알고, 무척 안쓰럽게 생각합니다. 하지만 어쨌든 어르신이 계속 이렇게 행동하는 걸 두고 볼 수는 없습니다."

쭝위의 매서운 표정을 보자 자인의 아버지는 당황하기 시작했다. "아, 사장님, 실직하면 제가 어떻게 살아가겠습니까? 제 딸의 얼굴을 봐서라도 이리하시면 안 됩니다!"

쭝위가 끔찍하다는 표정으로 자리를 옮겼다. "더는 딸을 거론하지 마십시오!"

자인의 아버지는 한층 더 당황했다. "이런, 설마 제 딸도 싫다는 겁니까? 이리 기분이 안 좋으신 게 집에서 한바탕 소동이 있었군요? 왜 속상하지 않겠습니까?" 그는 쭝위의 등 뒤로 가서 친근하게 말했다. "제게 아주 좋은 방법이 있습니다. 제 딸과 사장님 사이가 이리 좋은데 딸이 명분을 따질 리가 있겠습니까? 사장님 같은 신분이면 첩이 셋이든 넷이든 무슨 상관입니까?" 쭝위가 몸을 돌려 제 귀를 믿을 수 없다는 듯 노려보는데도 자인의 아버지는 계속 말했다. "사모님과 싸우실 필요도 없습니다. 제 딸에게 들어오라고만 하면 됩니다. 다들 사이좋게 지내면 사장님도 안심이지요! 제 딸은 어려서부터 철이 들어 제가 한마디만 하면 싫다고 하지 않을 겁니다."

"어르신! 그게 무슨 말입니까? 더는 듣지 않겠습니다. 그런 말만으로 저는 더 이상 어르신을 만나고 싶지 않습니다! 자인 씨도 이미 성인이니 어르신이 상관할 필요 없습니다!"

자인의 아버지가 뒤로 몇 걸음 물러나며 우물거렸다. "저는 좋은 뜻으로……."

쭝위가 거의 때릴 듯한 기세로 말했다. "당장 나가세요. 앞으로는 우리 집에도 오지 마십시오!"

하지만 이튿날 아침 자인의 아버지는 쭝위가 없을 시간에 그의 집에 찾아갔다. 야오 어멈이 2층으로 가서 알렸다. "그 여자 아버지가 사모님을 뵈러 왔습니다."

쭝위의 아내는 당황했다. "왜 나를 만나러 오지?"

"무슨 꿍꿍이인지 누가 그 속을 알겠어요?"

쭝위의 아내는 이불을 몸에 감고 앉아 잠시 생각한 뒤 말했다. "좋아요. 만나 보지 뭐. 설마 날 잡아먹겠어?" 그러면서 치파오의 단추를 몇 개 더 잠그고 이불을 위로 끌어당겼다.

야오 어멈이 침대 앞으로 안내하자 자인의 아버지가 허리숙여 인사했다. "아, 사모님, 사모님, 건강은 어떠십니까?"

쭝위의 아내는 수상쩍은 느낌이 들었지만 담담하게 말했다. "앉으세요!" 야오 어멈이 의자를 가져오고 자신도 앉았다.

자인의 아버지가 정색하고 웃음을 지었다. "오늘 뵈러 온 것은 다름이 아니라 제 딸 때문에 사장님과 오해가 생긴 걸 알아서입니다. 아비로서 딸을 그냥 내버려둘 수 없어서요."

쭝위의 아내는 그 일이 거론되자 분을 억누르지 못했다. "왜 아니겠습니까? 요즘 아침부터 밤까지 이혼을 하겠다고 난리니……."

"그러니 말입니다! 그게 말이 되는 소리입니까? 제 딸도 그렇게 멍청하지는 않습니다. 사모님, 바로 그래서 오늘 찾아왔습니다. 저는 사모님이 현명하고 어질며 너그러운 분이라는 것을 압니다. 사모님은 분별 있고 마음이 넓은 분이시지요. 사장님이 첩을 들이시면 건강이 좋지 않은 사모님도 시중드는 사람이 생기는 게 아니겠습니까? 그러면 이혼 같은 말도 나올 리 없겠지요. 또 사모님이 정말 받아 주신다면 제 딸인들 명분을 따지겠습니까?"

쭝위의 아내는 잠시 멍하게 있다가 물었다. "정말요? 정말 소실로 들어오겠답니까?"

"제 딸도 그 정도 도리는 압니다. 맡겨 주시면 제가 잘 이야기하겠습니다."

쭝위의 아내는 기쁜 나머지 눈물까지 흘렸다. "아, 그가 이혼하지 않겠다고만 하면 뭐든 받아들일 겁니다!"

"그게, 사모님, 제 딸의 일은 제게 맡겨 주십시오! 사모님은 정말 마음이 넓으시네요. 제가 당장 가서 이야기하겠습니다. 그런데 사모님, 저한테 급하게 처리할 일이 있어서 도움을 주시면 좋겠습니다. 제가 돈을 좀 빌렸는데 갚으라는 독촉을 매일같이 받고 있습니다. 하지만 당장은 갚을 여유가 없어서요. 사모님이 좀 융통해 주실 수 있을까요? 딸의 일은 전부 제게 맡겨 주시고요."

야오 어멈이 한쪽에 서서 눈짓을 보냈지만 쭝위의 아내는 여전히 관심을 보이며 물었다. "저런, 빚이 얼마나 되는데요?"

야오 어멈이 참지 못하고 헛기침을 내뱉으며 끼어들었다. "사모님, 제 생각으로는 어르신께 선생님과 먼저 이야기하라고 하세요. 마침 아래층에서 수업 중이잖아요. 이야기가 끝난 뒤에 어르신더러 가져가라고 하면 되죠."

"아, 그렇네. 지금은 나한테도 현금이 없으니……."

야오 어멈이 말했다. "그러니 어르신, 먼저 이야기를 끝내시고 내일 오세요……."

쭝위의 아내도 말했다. "제가 최대한 마련해 드릴게요."

자인의 아버지는 고개를 끄덕이는 수밖에 다른 방도가 없었다. "네, 알겠습니다. 지금 가서 말하고 내일 돈을 가지러 오겠습니다. 이자까지 80만 위안이 필요합니다."

방문 밖으로 나오자마자 자인의 아버지는 배웅하는 야오 어멈의 귀에 대고 소곤거렸다. "이따가 저녁에 딸과 이야기할 테니 아주머니는 내가 왔다고 알리지 마세요. 나는 조용히 혼자서 가겠습니다." 그러고는 살금살금 아래층으로 내려갔다.

야오 어멈이 방으로 돌아가 말했다. "사모님, 사모님은 너무 순진하세요. 저 늙은이 말은 믿을 수 없다고요! 저들 부녀가 사모님 돈을 노리고 한통속으로 사기를 치는 거예요!"

쭝위의 아내가 탄식했다. "아! 요즘 너무 화가 나서 이성을 잃었던 것 같네! 맞죠?"

야오 어멈이 이를 갈았다. "속이 새까맣다니까요! 사장님한테 알랑거리다 못해 사모님까지 속이려 들다니요!"

"그런데 불쌍하게도 나는 이혼하지 않을 수 있다는 말만 들으면 정신이 나가요! 그나저나 그 여자가 정말로 첩이 되려고 할까?"

"사모님, 사모님처럼 좋은 사람을 그 여자인들 거부할 수 있겠어요?"

"그렇게만 해 주면 나도 다 받아 줄 거야!"

"제 생각으로는 차라리 사모님이 직접 이야기하시는 편이 좋을 듯해요. 정말 소실이 되겠다면 여기 법도를 받아들여야지요."

"그것도 맞네. 지금 이야기하게 좀 불러와요."

샤오만이 수업하다 말고 갑자기 물었다. "선생님, 내일부터는 엄마랑 같이 배워도 돼요?"

자인은 억지로 웃음을 지었다. "또 엉뚱한 소리를 하네!"

샤오만이 정색하더니 거의 울듯이 말했다. "정말이에요. 선생님, 안 돼요? 엄마가 또 시골로 내려가지 않게요. 선생님, 방법을 좀 생각해 주세요. 엄마가 또 가지 않도록요."

자인은 마음이 아프고 어떻게 대답해야 할지 몰라 샤오만을 가만히 쳐다보기만 했다. 바로 그때 야오 어멈이 들어와 경멸하는 듯한 미소를 지으며 말했다. "선생님, 사모님이 좀 올라오시래요."

자인은 황망한 마음을 억지로 가라앉히고는 알았다고 대답했다. 그러고 나서 자리에서 일어나 샤오만에게 말했다. "조용히 책 보고 있어."

자인은 야오 어멈을 따라 2층으로 올라갔다. 커튼을 반만 열어 어두침침한 침실에서 침대에 앉은 여인이 눈을 동그랗게 뜨고 그녀를 쳐다보고 있었다. 앉으라고도 하지 않았다. 자인은 태연한 척하며 물었다. "건강이 안 좋으시다고 들었는데 좀 괜찮아지셨나요?"

쭝위의 아내가 시큰둥하게 대답했다. "어머, 내 병이 좋아질 수 있을까? 할 이야기가 있으니 앉아요. 아주머니는 자리 좀 피해 주고요." 야오 어멈이 나가자 이어서 말했다. "지금까지의 일은 상관하지 않을게요. 우리 아이를 가르치는 동안 불쌍하게도 나는 시골에 있느라 두 사람 사이에 끼어들 수 없었지요. 그러다 이렇게 돌아왔더니 그 사람이 나를 끔찍하게 미워하네요! 그래도 어쨌든 내가 아픈 탓도 있으니 다른 일은 차치하지요. 당신이 들어오겠다면 우리 남편한테 이혼하지 말라고 설득해 줘요. 그러기만 하면 다른 일은 아무것도 상관하지 않겠어요! 이제 더는 내 잘못이라고 말할 수도 없고요!"

"아니, 대체 그게 무슨 말씀이세요?"

"창피해할 것 없어요! 당신도 멀쩡한 집안의 딸인데 이미 그 사람과 관계했으니 어떻게 다른 사람에게 시집을 가겠어요? 안주인인 내가 먼저 부탁한 이상 당신 체면도 세워 준 셈이고요."

자인은 너무 화가 나 그제야 입을 열 수 있었다. "관계했다니요? 어떻게 그런 말로 남을 모함하지요?" 목소리를 높이자 몸도 덩달아 올라가 자인은 자리에서 일어났다.

"내가 모함했다고요? 이건 전부 당신 아버지가 한 말이에요. 못 믿겠으면 야오 어멈에게 물어봐요!"

"근거 없는 말을 함부로 하는 게 범죄라는 걸 모르세요?"

"범죄라고……. 어째, 고소라도 하려나? 남들이 모를까 봐 걱정돼서? 어쨌든 이혼은 절대 안 해 줘. 재산을 전부 넘겨받은들 내가 그깟 돈으로 뭘 하냐고? 병으로 곧 죽을 사람이!"

"그렇게 죽느니 사느니 하는 말로 겁주지 마세요!"

쭝위의 아내가 계속 말했다. "내 남편과 관계를 맺었으니 그를 어떻게 구워삶아야 하는지도 모를 리 없잖아? 그게 아니면 내가 돌아왔는데 왜 계속 찾아와 기어코 나와 얼굴을 맞대려고 하겠어? 같은 여자끼리 왜 그렇게 내숭을 떨지?"

"제가 평소처럼 계속 오는 건 양심에 걸리거나 남부끄러운 일을 한 게 없어서예요. 그러니 이런 말도 안 되는 헛소리와 거짓말을 계속 들을 이유가 없겠지요?" 그러고는 돌아서 나가려고 했다.

쭝위의 아내가 곧바로 성질을 누그러뜨리며 붙잡았다. "아, 가지 마요! 내가 마음이 어지러워서 말실수했다고 불쌍하게 생각해 줘요! 환자잖아요. 내가 불치병에 걸렸다고 그 사람이 말하지 않았나요?" 자기도 모르게 안색이 어두워진 자인이 고개를 돌려 당혹스러운 표정으로 바라보자 그녀가 계속 말했다. "내가 죽으면 당신이 본처가 되지 않겠어요?"

그 말에 자인은 다시 화가 났지만 잠시 머뭇거리다 말했다. "뭐가 말실수라는 건가요? 어떻게 그런 말을 아무렇게나 할 수 있죠?"

쭝위의 아내가 울음을 터뜨렸다. "내가 말주변이 없어서 그래요. 나도 내가 그 사람에게 어울리지 않는다는 거 알아요. 그 사람과 결혼하고 싶으면 해요. 하지만 부탁이니 몇 년 뒤에, 내가 죽으면……."

"누가 죽기를 기다리는 것도 좋은 일은 아니지요. 게다가 애매하게 기다리면 엉뚱한 소문만 더 많아지지 않겠어요?"

쭝위의 아내가 대성통곡하며 숨까지 헐떡이자 야오 어멈이 날듯이 들어왔다. "사모님! 사모님, 왜 그러세요?" 그리고 얼른 등을 두드리고 가슴을 쓸어 준 뒤 가래통을 가져오고 정신없이 약을 찾아 물을 따랐다.

쭝위의 아내는 자인이 멍하니 서 있는 모습을 보고는 또 말했다. "아주머니는 좀 나가 있어요. ……선생님, 곧 죽을 내가 명분 따위에 무슨 욕심이 있겠어요? 하지만 아무리 생각해 봐도 같이 살지 않을지언정 남편이 있고 아이가 있는 게 좋을 것 같아요. 내 눈앞에는 없어도 마음이 편할 것 같다고요. 그렇지 않으면 남편에게 버림받은 여자라고 손가락질 받고 죽어서도 집 없는 귀신이 될 테니……." 그러면서 또 목이 메도록 울었다.

목석처럼 한참을 서 있던 자인이 나가려고 몸을 돌리며 말했다. "아픈 분이 그런 말씀은 안 하시는 게 좋겠어요. 괜히 마음만 상하지요."

"내가 살면 얼마나 더 살겠어요? 당신한테도 몇 년 정도는 상관없잖아요! 젊으니까 앞으로도 시간이 많잖아요!"

자인은 너무 억눌렸더니 머리가 터질 지경이었다. "죽느니 마느니 하지 말고 긍정적으로 좀 생각하세요. 화내지 마시고……."

쭝위의 아내가 서글프게 웃었다. "긍정적으로 생각하라고요! 당신은 몰라요, 지난 몇 년 동안 그 사람이 나를 어떻게 대했는지…… 내가 어떤 시간을 보냈는지!"

"그건 두 분 일이지 저와는 상관없어요."

"아니요, 나와 당신, 그 사람, 그리고 아이까지 걸린 일이에요! 아직은 어려서 철이 없지만…… 나중에 그 아이가 아빠를 미워하지 않게 해 줘요!"

자인이 갑자기 두 손으로 얼굴을 감싸며 말했다. "저를 몰아세우지 마세요! 사장님은 평생 너무 많이 괴로워하셨어요. 어떻게 제가 힘든 일을 더 보태 드릴 수 있겠어요?"

쭝위의 아내가 억지로 침대에서 내려오려고 했다. "선생님, 내가 부탁할게요……."

"아니요, 저는 그럴 수 없어요."

자인은 얼굴을 가리고 있던 두 손을 치웠다. 이제 그녀는 황혼이 내리는 자신의 집 창문 앞에 서 있었다. 유리창에 비친 그녀 뒤쪽으로 도시의 밤이 희미하게 보였다. 그 일대에는 전등이 별로 없어 그녀의 얼굴 반쪽과 머리카락 사이로 두세 개의 불티만 비칠 뿐이었다. 표정은 명확히 보이지 않고 간사한 잔꾀가 떠오르는 게 느껴졌다. '그 여자가 죽으면 좋겠어! 어서 죽으면 좋겠어!'라고 한쪽의 그녀가 생각하자 다른 쪽의 그녀가 암울한 미소를 지으며 '어떻게 그렇게 비열하니!' 하고 그녀를 바라보았다. 그렇게 싸우고 있었다. '나는 그 여자 말대로…… 기다리는 거야.' '죽기를 기다리자고?' '……하지만 그 사람도 생각해야지!' '그 사람을 생각한다면 네가 아버지를 증오하듯 그 사람 아이가 그 사람을 증오하게 만들어선 안 돼.'

마침내 그녀는 결론을 내렸다. 오래된 맹세가 물속으로 내던져져 어두침침한 유리창에 비친 그녀의 그림자는 물 밑바닥에 가라앉은 보석 같았다.

자인은 다급하게 문을 나섰다. '가야 해! 당장 가서 이제 걱정하지 말라고 얘기하겠어.' 쭝위의 집에 가자 야오 어멈이 문을 열어 주며 물었다. "왜 또 왔어요?"

"사모님을 다시 좀 뵈어야겠어요."

야오 어멈이 씩씩거리며 말했다. "또 뵙고 어쩌려고요? 안 돌아가실까 봐 걱정이라도 돼요? 이제 뜻대로 다 됐으니 안심하고 돌아가요. 평소보다 많이 나빠지셔서 병원에 가셨어요."

자인은 깜짝 놀랐다. "어머, 이렇게 빨리요?" 자기도 모르게 눈물을 흘렸다.

"지금 와서 뭔 가식이람? 어서 돌아가 춤이라도 추지 않고
요? 우리 사장님은 무슨 액운이 끼어서 이런 잡것들을 만났
는지!" 말을 마치자마자 어멈은 쾅 하고 문을 닫았다.

자인은 눈물을 닦으며 망연한 표정으로 돌아서야 했다. 머
릿속 어딘가에서 작은 소리가 들려왔다 '이제 기다리면 돼. 오
래 기다릴 필요 없을 거야. ……하지만 그러니까 떠나야 해.
어서 떠나. 그 여자가 들으면 금세 좋아져서 살 수 있을지도
몰라.'

그때 갑자기 쭝위가 문을 열고 들어오며 그녀를 불렀다.
"자인!"

화들짝 놀란 자인은 얼른 몸을 돌려 맞이했다. "어머, 오셨
어요? 사모님은 좀 나아지셨나요?"

"어? 당신도 알아요?"

"사장님 댁에서 방금 돌아온걸요."

"이제 괜찮아졌어요. 그건 그렇고 시간이 없는데 꼭 할 말
이 있어서 급히 달려왔어요. 아버님이 사고를 좀 치셔서 내가
심하게 몇 마디 하고 앞으로 출근하시지 말라고 했어요."

자인은 심드렁하게 대답했다. "네."

"자세한 이야기는 나중에 해 줄 테니 오해하지 말라고요."

자인이 억지로 웃었다. "정말 세심하시네요! 제가 아버지 성
품을 모를까 봐요?"

"아버님은 나중에 다시 방법을 찾아볼게요. 매달 얼마씩 지
원하는 것도 좋고요." 쭝위가 시계를 쳐다보고 나서 말했다.

"지금 또 공장에 가야 해요. 시간 날 때 다시 올게요." 문 앞까지 갔던 쭝위는 자인이 조금 멍하다는 걸 불현듯 알아채고 걸음을 멈춘 뒤 그녀를 쳐다보았다. "혹시 기분 상했어요? 내가 너무 급해서 말실수라도 한 건 아닌지……."

자인이 미소를 지었다. "아니에요. 왜 화가 나겠어요?" 쭝위가 여전히 불안한 표정이자 자인은 다시 웃음을 지어 보이고 부드럽게 말했다. "제가 왜 사장님한테 화가 나겠어요?"

쭝위도 웃었지만 잠시 또 망설이다가 혼잣말처럼 중얼거렸다. "음, 이렇게 합시다. 대략 7시 30분에 공장에서 나올 수 있어요. 그 뒤에 여기로 올 테니 같이 저녁 식사를 하면 어때요?"

자인이 웃으며 대답했다. "좋아요."

"좋아요, 그때 봐요."

쭝위가 나가자마자 자인은 탁자에 엎드려 울기 시작했다. 곧이어 자인의 아버지가 들어왔다. "뭐야! 왜 그러니? 내가 할 말이 있어서 왔으니 잘 좀 들어 봐라! 내 생각으로는 네가 이혼을 고집하다 그 마누라가 절대 받아들이지 않으면 아주 성가셔질 거다. 몇 년 질질 끌다 문제만 복잡해질 수 있어……. 그런 일을 내가 많이 봤거든. 설령 그 여자가 받아들여도 사자처럼 재산을 전부 삼켜 버리고 네 몫은 전혀 챙겨 주지 않을 거야." 자인이 들은 척도 않고 울기만 하자 아버지는 어깨를 토닥이고는 의자를 끌어다 옆에 앉아 계속 말했다. "아비 말을 들으면 틀림없다. 다 너를 위해 그러는 거야! 그 여자는 병이 깊어서 오래 못 살 거다. 그런데 이혼하라고 분란을 일으키면 아이는 평생 너를 원망하지 않겠니?" 자인이 더는 참을 수 없어 벌떡 일어나 나가려고 하자 아버지가 그녀의 손을 꽉 잡고 부들부들 떨며 말했다. "애야! 이게 다 내가 재혼한 그 여자가 기어코 정식으로 결혼하겠다면서 나를 몰아붙인 탓이다. 내가 어쩔 수 없이 네 어머니와 이혼하는 바람에 두 사람이 그렇게 고생한 거잖아. ……너도 생각 좀 해 봐라!"

자인은 손을 뺀 뒤 침대로 달려가 엎어져 큰 소리로 울었다. 아버지가 또 따라와 침대에 앉은 다음 말했다. "어떤 남자가 소실을 싫어하겠니! 어떤 남자가 본처를 좋아해! 내가 남자인데 모를 리 있겠어? 내가 나중에 결혼한 그 사람만 해도 정식으로 결혼하지 않았다면 지금까지 좋아했을 거다!"

자인이 갑자기 소리를 질렀다. "그만 좀 하세요! 아버지가 저지른 일 때문에 창피해 죽을 지경이라고요!"

아버지가 깜짝 놀라 물었다. "누가 알려 줬니?"

"사장님이 조금 전에 알려 줬어요. 무슨 낯으로 그 사람을 대하라는 거예요?"

아버지가 고개를 내저었다. "흥! 정말이지! 양심도 없는 남자로구먼! 왜 너한테 그런 소리를 한단 말이냐? 그래…… 뭐라고 하더냐?" 자인이 또 말도 못 할 정도로 울먹이자 아버지가 몸을 숙이고 토닥이며 달랬다. "착하지, 울지 마라. 억울한 거 안다. 남들이 너를 어떻게 대하든 아비는 너를 아낀단다! 숨이 남아 있는 한 나는 절대 너를 버리지 않아!"

자인이 돌연 상반신을 일으켜 그를 쳐다보았다. 미래의 자기 운명이 보였다. 자인의 눈동자에 그녀 아버지조차 흠칫할 만큼 엄청난 슬픔과 공포가 떠올랐다. 자인이 말했다. "아버지,

그만 가세요. 네?" 아버지가 순순히 자리에서 일어나자 자인이
또 말했다. "어쨌든 지금은 돌아가세요. 참을 수가 없네요."

아버지는 잠시 머뭇거리다 "다 널 위해서 한 말이니 잘 생
각해 봐라." 하고는 밖으로 나갔다.

자인은 곧장 침대에서 몸을 일으켰다. 문틀을 짚은 채 잠시
서 있다가 아래층으로 내려가 전화로 샤먼행 배표를 끊었다.
그러고 나서 또 번호를 눌렀다. 너무 심란한 나머지 전화받는
사람의 목소리도 구분하기 힘들어 그냥 말했다. "여보세요, 슈
쥐안이니?" 그러고 나서 다시 말했다. "……아, 사모님 좀 바꿔
주세요."

그때 쭝위가 들어왔다. 자인이 수화기를 켠 채 고개를 끄덕
이며 미소 짓자 종이봉투를 든 쭝위가 기분 좋게 2층으로 올
라가며 말했다. "먼저 가서 기다릴게요."

자인은 계속 수화기에 대고 말했다. "여보세요, 슈쥐안이
니? ……난 괜찮아. 그런데 마음이 좀 복잡해서 내일 상하이
를 떠나려고 해." 자인이 위층을 살피며 목소리를 낮추었다.
"어디로 가냐고? 슈쥐안, 너한테는 알려 주지만 절대 다른 사
람한테는 말하지 마. ……거기 도착하면 편지로 다 설명할
게. ……샤먼에 가. ……일 때문에. ……신문을 보고 지원했어.
……괜찮을 거야." 자인은 담담하게 웃으며 말했다.

혼자 방으로 들어간 쭝위는 포장지를 풀고 직사각형의 비
단 함을 꺼냈다. 안에는 고급스러운 자기 밥그릇과 접시, 수저
가 한 벌씩 들어 있었다. 먼저 감상하던 쭝위가 자인이 들어
오는 걸 보고 말했다. "내가 뭘 사 왔는지 봐요! 앞으로는 자

주 와서 밥을 먹을 테니 조금씩 더 많이 해요."

자인이 쓴웃음을 지었다. "아쉽게도 지금은 못 쓸 것 같아요. 제가 내일 떠나거든요."

"네? 어디로요?"

자인은 열려 있던 트렁크를 침대 위에 올리고 계속 물건을 정리하며 말했다. "고향으로 돌아가요."

쭝위는 뒤에서 미소를 지으며 담배를 피웠다. "아, 돌아가서 어머니한테…… 우리 일을 말씀드리려는 거군요?"

자인이 잠시 뜸을 들였다가 고개를 저었다. "사촌 오빠와 결혼할 준비를 하러 가요."

쭝위는 여전히 침착했다. "사촌 오빠? 왜 지금까지 말한 적이 없죠?"

"원래 어머니가 그러고 싶어 하셨어요."

"당신은…… 그 사람을 좋아해요?"

자인은 또 고개를 저었다. "하지만 감정이란 서서히 생기게 마련이지요. 결국에는 감정이 생길 테니까 선입견을 품으면 안 되고요."

쭝위가 잠시 멍하니 있다가 말했다. "그것도 어떤 사람이냐에 달렸어요!"

"네. 하지만…… 가령 사모님만 해도 그래요. 사장님이 선입견 없이 계속 잘 지내셨다면 지금 같은 상황은 되지 않았을 거예요. 병도 이렇게 심각해지지 않았을지 몰라요."

쭝위가 잠시 입을 다물고 있다가 돌연 폭발하듯 물었다. "자인, 대체 어디에서 무슨 말을 들은 거예요?"

자인은 담담하게 말을 이어 갔다. "그리고 우리 아버지요. 앞으로는 상관하지 마세요. 아버지는 대책이 없는 사람이라 돈을 들여 봐야 헛돈 쓰는 것밖에 안 돼요. 제 아버지라고 생각하지 마세요."

자인이 이런저런 당부를 하자 쭝위는 질겁한 표정으로 바라보았다. "도무지 이해가 안 되네요. 당신마저 이해하지 못하면 내가 누구를 이해하겠어요? 갑자기 어떤 사람도, 어떤 일도 다 이해할 수 없을 것 같아요. 정말…… 미치겠네요……." 그런데도 자인이 고개를 숙인 채 짐만 싸고 있자 쭝위가 또 말했다. "자인! 설마 우리 사이가 이렇게 쉽게…… 없던 일이 되는 건가요?" 쭝위는 전등 불빛 아래의 방을 둘러보았다. 두 사람의 일이 흐릿한 꿈속처럼 영원히 이 방에서만 맴도는 게 아닌가 싶었다. 꿈속의 시간은 아무리 길게 느껴져도 실상은 한순간에 불과했다. 그렇지만 영원히 지속되고 서로를 아주 오랫동안 알았다는 착각에 빠지기 쉬웠다. 사실은 아무것도 아닌데. 쭝위가 차갑게 말했다. "당신 마음은 당신 자신만 알겠지요."

자인은 속으로 중얼거렸다. '그래, 내 마음은 나만 알지.'

자인은 서랍에서 물건을 꺼내 트렁크로 옮겼다. 그러다 털실 뭉치와 완성하지 못한 장갑이 나오자 순간 감정을 억누르지 못하고 장갑을 집어 풀기 시작했다. 털실이 바닥에 줄줄이 쌓였다. 쭝위는 담배 끝에서 올라오는 연기를 바라보며 아무 말도 하지 않았다. 자인은 바닥의 털실을 탁자에 올려놓은 뒤에도 계속 풀었다. 한참 생각에 잠겨 있던 쭝위가 입을 열었다. "이대로 가면 샤오만이 난리를 칠 겁니다!"

"하지만 어린애니까 시간이 지나면 다 잊어버릴 거예요."

쭝위가 천천히 말했다. "그래요. 어린애는…… 시간이 지나면 잊어버리겠지요."

자인은 자기도 모르게 처연한 표정으로 그를 바라보다가 얼른 시선을 동그란 거울로 옮겼다. 거울 속에 그가 있었다. 더 이상 그를 아치형 거울 속에 붙들어 둘 수 없었다. 거울은 얼마 안 되어 달빛처럼 황량해질 터였다.

"내일 간다고요?"

"네."

쭝위가 찻잔 받침에 담배를 비벼 끄고 탁자에 놓인 식기를 쳐다보다가 부스럭거리며 함을 원래의 포장지로 도로 쌌다.

쭝위가 또 말했다. "내가 항구에 데려다줄게요."

"괜찮아요."

쭝위가 돌연 잘라 내듯 말했다. "알겠어요, 그럼……." 곧장 밖으로 나가 문을 닫았다.

자인은 탁자에 엎드려 울음을 터뜨렸다. 탁자에 구불구불 쌓인 털실은 '끊어 낼 수 없어 뒤엉킨 상태'였다.

이튿날 쭝위는 항구까지 데려다줄 생각으로 다시 찾아갔지만 자인은 이미 떠나고 없었다. 문을 열었을 때 방 안에 시끄러운 음악이 갇혀 있다가 폭발하는 듯한 느낌을 받았다. 그는 한 손으로 손잡이를 잡은 채 침구가 사라져 철망이 드러난 작은 철제 침대를 바라보았다. 거울과 석유난로, 들쑥날쑥 열린 5단 서랍장을 보았다. 서랍장을 받쳤던 신문지가 구겨진 채 바닥을 굴러다녔다. 초가 반쯤 눌어붙은 접시도 하나 있었다. 털실이 탁자에 어지러이 쌓였고 그릇이 들었던 비단 함도 그 자리에 고스란히 놓여 있었다. 쭝위는 손수건으로 눈을 닦다가 느닷없이 손수건 향기를 맡았다. 그러고는 창턱에 기대어 놓은 깨진 향수병과 거기 꽂힌 시든 꽃을 바라보았다. 그는 다가가 꽃을 빼내 창문을 열고 밖으로 내던졌다. 창밖에는 수많은 집과 용마루가 있었다. 웅성웅성 꾸물거리며 움직이는 잿빛 인파 너머로 배 한 척이 하늘 끝에서 처량하게 울부짖는 듯했다.

작품 해설

중요한 것은 살아 내는 것

장아이링의 삶에서 '파란만장'이라는 표현을 떠올리지 않을 사람이 과연 얼마나 있을까?

기울어 가는 명문가 집안의 가부장적인 아버지와 새로운 문물을 적극적으로 받아들이는 어머니 사이에서 태어났으니 장아이링의 삶은 처음부터 순탄과는 거리가 멀었다고 할 수 있다. 네 살 때 어머니가 아이들만 두고 유학길에 오른 이후 장아이링은 어머니의 부재를 온몸으로 받아들여야 했고 이후로도 부모의 이혼, 계모와의 갈등을 줄줄이 겪으며 마음 둘 곳을 찾지 못했다. 상하이, 톈진, 홍콩, 미국을 오가며 생활했고 두 번의 결혼과 이별을 치른 그녀는 1995년 로스앤젤레스의 아파트에서 홀로 죽음을 맞이한 데다 사망한 지 일주일 뒤에야 발견되었다. 중국 현대 문학을 대표하는 작가가 맞기에는 너무도 초라하고 쓸쓸한 죽음이었다.

네 살 때 서당에서 고전 문학을 배우기 시작한 장아이링은 일곱 살 때 처음 소설을 썼고 여덟 살 때부터는 그림, 영어, 피아노까지 두루 배우기 시작했다. 열 살이 되었을 때 어머니의 강력한 주장으로 미국 교회에서 운영하는 소학교에 들어갔으며, 그때 영어 이름인 아일린(Eileen)을 음차해 이름을 장잉(張煐)에서 장아이링으로 바꾸었다. 1931년 상하이 성마리아 여학교로 진급했고 이듬해 소설 「불행한 그녀」를 교지에 실은 뒤 졸업할 때까지 여러 작품을 발표했다.

장아이링은 대학 생활도 녹록지 않았다. 1939년 런던대학교에 합격했지만 전쟁 때문에 입학할 수 없어 홍콩대학교로 진학했고, 1942년 태평양 전쟁이 발발하자 홍콩대학교마저 휴교해 상하이로 돌아가야 했다. 홍콩대학교에 입학해 「천재의 꿈」을 내놓았던 장아이링은 상하이로 돌아가 본격적인 작가의 길에 들어섰다. 1943년 「첫 번째 향로」를 발표하면서 두각을 나타낸 뒤 「두 번째 향로」, 「재스민차」, 「경성지련」 등을 선보였다.

1944년 「봉쇄」를 계기로 후란청을 만나 결혼까지 했지만 이 년 만에 갈라섰다. 장아이링보다 열네 살 연상이었던 후란청은 친일파인 난징 정부의 관료였다. 이 시기 「붉은 장미 흰 장미」를 비롯해 작가 경력에서 가장 중요하다고 평가받는 소설집 『전기』, 산문집 『소문』 등을 내놓았다. 1947년에는 시나리오 「부인 만세」와 「끝없는 사랑」을 발표했다.

1955년 미국으로 건너간 장아이링은 이듬해 뉴잉글랜드에

서 미국 극작가 페르디난드 레이어와 재혼했지만 1967년 사별
했다. 미국에서도 소설 「5·4 이야기」, 시나리오 「전쟁 같은 사
랑」, 여행기 「전방으로의 복귀」 등을 발표하고 옛 작품 「금쇄
기」를 장편 『원녀』로, 「십팔춘」을 『반생연』으로 다시 쓰는 등
지속적인 작품 활동을 했다.

　1972년 로스앤젤레스로 거처를 옮겨 은거 생활을 시작한
뒤 「색, 계」, 「망연기」, 「대조기」 등 소설을 창작하고 『홍루몽』
평론집인 『홍루몽염』을 출판했다. 그러다 1995년 9월 로스앤
젤레스에서 쓸쓸하게 생을 마감했다. 향년 75세였다.

　장아이링은 난징 정부 관료인 후란청과의 결혼 때문에 친
일파로 몰리고 공산당 정부에 잘 적응할 수 없어 미국으로 떠
났다. 그러면서 장아이링의 작품은 중국 대륙에서 정치적 비
난을 받으며 금기시되었고, 타이완과 홍콩에서만 발표될 수
있었다. 물론 장아이링은 자신만의 스타일로 창작을 계속 이
어 갔다. 그러다 개혁 개방 이후 중국 대륙에서 장아이링에 대
한 재평가가 이루어졌고 비극적인 죽음이 알려지면서 중국
대륙은 물론 타이완과 홍콩, 서양에서 다시 한번 조명받았다.

　장아이링의 소설은 대부분 청대 말부터 신중국이 설립된
1949년 전후의 상하이와 홍콩을 배경으로 펼쳐진다. 동서 문
화가 뒤섞인 역동적인 대도시의 시대상을 생생하게 묘사하는
한편 유학생, 사업가, 직장 여성, 회사원 등 소소한 인물들의
일상생활을 조명하면서 그들이 마주한 모순된 상황, 심적 갈
등을 섬세한 언어로 파고든다. 거창한 이상이나 이념이 아니
라 쉽게 변하지 않는 인간의 감정과 갈등에 집중하기 때문에

장아이링의 작품은 시대를 초월해 지금까지 사랑받고 있다.

1979년에 발표한 「색, 계」는 첫 번째 남편 후란청에게서 들은 이야기를 기반으로 썼다고 전해진다. 1940년대에 왕징웨이 친일 정부의 특무부장인 딩모춘(丁默邨)을 국민당 정보원 정핑루(鄭蘋如)가 암살하려다 실패한 사건이 있었다. 물론 「색, 계」는 그 사건을 객관적으로 다루는 게 아니라 그 안에서 펼쳐지는 감정의 변화에 초점을 맞추고 있다. 항일 구국 운동 같은 거대한 목표가 아니라 사랑〔色〕과 금기〔戒〕 사이에서 방황하는 한 여인의 내면세계에 주목한다는 뜻이다. 흥미롭게도 소설에서 이 선생은 왕지아즈를 죽이지만 현실에서 딩모춘은 정핑루를 살려 주었고, 나중에 암살 미수 사건을 알게 된 딩모춘의 아내가 정핑루를 죽였다고 한다.

왕지아즈는 연극 공연을 하다 항일 운동에 뛰어들고 친일파 이 선생을 암살하기 위한 미인계의 주인공으로 발탁된다. 열정과 동지애에 휘둘려 위태로운 현실에 발을 들여놓았건만 갈수록 왕지아즈는 동지라고 믿었던 사람들로부터 의무만 강요받는다고 느낀다. 결국 왕지아즈는 자신을 진정으로 알아주는 사람은 이 선생뿐이라고 생각해 암살 당일 함정임을 알려 주고 자신은 죽음을 맞는다.

「정처 없는 발길」의 원제인 '부화랑예(浮花浪蕊)'는 평범한 화초라는 뜻과 함께 정처 없이 떠도는 유랑자라는 의미도 지닌다. 상하이의 영국 회사에서 비서로 일했던 뤄전은 광저우를 거쳐 홍콩으로 들어갔다가 일본행 선박에 오른다. 옆 선실의 리처드슨 부부를 만나면서 뤄전은 지난 삶을 되짚어 보고 언니 부부의 친구인 패니를 떠올린다.

영국과 상하이를 거쳐 홍콩으로 옮겨 가면서 점점 중심을 잃고 겉도는 패니, 고향인 상하이는 물론 어느 곳에서도 뿌리를 내리지 못하고 심지어 새로운 땅으로 가면서도 확신하지 못하는 뤄전. 평범한 시민이면서 부평초처럼 떠도는 두 여인의 삶에 중국을 떠나 미국으로 향해야 했던 장아이링의 심정과 동양과 서양 어디에도 정착하지 못하고 부유하던 그녀의 삶이 투영된 듯해 기존에 번역되었던 제목 '머나먼 여정'을 '정처 없는 발길'로 바꾸었다.

1944년 작품인 「붉은 장미 흰 장미」는 전바오와 두 여인의 이야기다. 붉은 장미로 대변되는 자오루이는 친구의 아내로 매력적이지만 지나치게 자유분방하고, 흰 장미로 대변되는 아내 옌리는 지나치게 순수하고 순종적이라 아내로는 적합할지 몰라도 매력이 전혀 없다. 전바오는 자신의 미래와 어머니를 위해 매력적인 자오루이를 버리고 무미한 옌리와 결혼한 뒤 늘 갈등에 시달리다가 옌리의 외도를 의심하며 폭군으로 변한다. 사회적 규범과 직업적 성공 때문에 사랑을 버린 전바오나 진정한 사랑을 만나 모든 것을 버리려고 하지만 외면당하는 자오루이, 답답한 집에서 자기 위치를 찾을 수 없는 옌리까지 인물들은 시대의 흐름과 완고한 관습 속에서 방황하고 흔들린다.

「봉쇄」는 장아이링을 첫 번째 남편인 후란청과 맺어 준 작품이다. 잡지에서 우연히 「봉쇄」를 읽은 후란청이 적극적으로 장아이링을 찾아갔고, 이후 두 사람은 문학에 관한 이야기를 나누며 가까워졌다. 전시의 '봉쇄' 상황에 걸려 통행이 제한되자 전차 승객들은 할 일을 잃고 무료함에 빠진다. 뤼쭝전이 껄끄러운 사람을 피하려고 우추이위안에게 말을 걸면서 두 사람은 급속도로 호감을 느끼고 사랑에 빠졌다고 믿는다. 하지만 봉쇄가 풀리자 뤼쭝전은 언제 그랬냐는 듯 자기 자리로 돌아가고 우추이위안은 한바탕 백일몽이었음을 깨닫고 허탈해한다.

「증오의 굴레」는 소설 머리말에 작가가 밝힌 것처럼 1946년에 썼던 시나리오 「끝없는 사랑」을 소설로 다시 쓴 작품이다. 가난한 가정 교사 우자인과 부유한 유부남 샤쭝위의 절절한 사랑 이야기인데 장아이링의 주변 인물이 유난히 많이 투영된 듯 보인다. 가령 우자인의 아버지는 가부장적이었던 장아이링의 아버지와 비슷하게 직업 없이 아편이나 도박을 일삼고 축첩을 당연시하면서 권위를 앞세우는 모습으로 나온다. 신식 교육을 받고 독립했음에도 생활고에 시달렸던 어머니의 모습이 우자인에게 투영된 듯하고, 샤쭝위와 결혼하면 그 딸이 계모와 아버지를 미워할까 봐 걱정하는 우자인의 심리에는 계모와 갈등을 겪었던 장아이링의 마음이 담긴 모양새다.

「증오의 굴레」는 이전에 '못 잊어'라는 제목으로 번역되었다. 영화 제목인 '끝없는 사랑'과 샤쭝위를 향한 우자인의 사랑에 초점을 맞추었기 때문으로 보인다. 하지만 아무리 미워도 끊어 낼 수 없는 혈연 때문에 사랑을 포기하는 우자인의 마음을 생각하고 원제(多少恨) 속 '증오'에 방점을 찍어 제목을 바꾸었다.

소설 속 인물들은 하나같이 장아이링처럼 고민하고 방황하면서 어떻게든 살아 내고 있었다. 그들이 사는 세상이 시각적으로 그려지고 그들의 갈등이 심층적으로 묘사되어 번역하는 순간순간 나도 모르게 동화되곤 했다. 바로 그런 이유로 장아이링의 많은 작품이 영화화되었을 것이다. 우리에게도 익숙한 「색, 계」를 비롯해 「붉은 장미 흰 장미」, 「반생연」, 「경성지련」 등 상당히 많은 작품이 영화나 드라마로 만들어졌다. 시시콜콜 세밀한 묘사나 갑자기 누구를 향한 말인지 알 수 없는 독백, 과거와 현재를 거침없이 넘나들거나 꿈인지 현실인지 구분할 수 없게 만드는 서술에 당황하고 헤매기도 했지만 장아이링의 세계는 볼수록 매력적이고 아름다웠다. 짧지만 다층적인 그녀의 작품들이 다양하게 해석되고 널리 사랑받기를 바란다.

2024년 11월
문현선

1920년   9월 상하이 공공 조계지의 몰락한 명문가 집안에서 태
          어났다. 할아버지는 청나라 말기의 관리였고 할머니는
          조정 중신 이홍장의 딸이었다. 아버지 장즈이(張志沂)는
          가부장적 관습에 물든 한량이었던 데 반해 어머니 황이
          판(黃逸梵)은 진취적인 신여성이었다.

1923년   아버지 직장 때문에 톈진으로 이사했다.

1924년   서당에서 공부를 시작했고, 어머니와 고모가 유럽으로
          유학을 떠났다.

1927년   1928년까지 소설 「쾌락촌」 등을 쓰기 시작했다. 아버지
          가 사직하면서 상하이로 돌아간 뒤 그림, 영어, 피아노
          를 배우고 『삼국연의』, 『서유기』, 『칠협오의』 등 고전 작
          품을 읽기 시작했다. 어머니와 고모도 영국에서 상하이

로 돌아왔다.

1930년   어머니의 주장으로 미국 교회에서 운영하는 황씨소학
에 6학년으로 편입했고 이때 영어 이름 아일린(Eileen)
을 따 장잉(張煐)에서 장아이링으로 개명했다. 부모가
합의 이혼한 뒤 아버지와 살게 되었다.

1931년   상하이 성마리아 여학교로 진급했다.

1932년   단편 소설 「불행한 그녀」가 학교 교지 《봉조(鳳藻)》에
실렸고 독서 평론 등이 《국광(國光)》 같은 교외 잡지에
실렸다.

1933년   《봉조》에 첫 산문 「해 질 녘」을 실었으며 이후 「가을비」,
「소」, 「패왕별희」, 「만화의 미래에 관해」 등을 발표했다.

1937년   상하이 성마리아 여학교를 졸업했다.

1938년   영국 런던대학교 입학시험을 치렀다.

1939년   런던대학교에 합격했지만 2차 세계 대전 때문에 입학할
수 없어 홍콩대학교 문학과에 진학했다.

1940년   월간지 《서풍》에 첫 작품인 「천재의 꿈(天才夢)」을 발표
했다.

1942년   태평양 전쟁으로 홍콩대학교가 휴교하면서 졸업하지 못
한 채 상하이로 돌아갔고 《타임스》 등 영문 잡지에 기고
하기 시작했다.

1943년   《자자란(紫羅蘭)》에 「첫 번째 향로」를 발표해 문단의 주
목을 받은 뒤 「두 번째 향로」, 「재스민차」, 「결국은 상하
이 사람」, 「심경(心經)」, 「경성지련」 등 소설과 산문을
선보였다.

1944년   「봉쇄」를 계기로 후란청(胡蘭成)을 만나 결혼까지 했지
         만 이 년 만에 갈라섰다. 이 시기 「붉은 장미 흰 장미」,
         「꽃은 지고」, 「홍란희(鴻鸞禧)」를 비롯해 작가 경력에서
         가장 중요하다고 평가받는 소설집 『전기(傳奇)』, 산문집
         『소문』 등을 내놓았다. 또한 《고죽(苦竹)》에 평론가 푸
         레이(傅雷)의 비평에 반박하는 「나의 글」을 발표해 상하
         이 문단에 파란을 일으켰다.

1947년   시나리오 「부인 만세」, 「끝없는 사랑」을 발표했다.

1951년   '량징(梁京)'이란 필명으로 『십팔춘(十八春)』을 발표했다.

1952년   홍콩으로 가 홍콩 주재 미국 공보처 사무소에서 일했다.

1954년   정치 성향이 가미된 장편 소설 『앙가』와 『적지지련』을
         연재했는데 나중에 홍콩 주재 미국 공보처의 개입이 있
         었다고 밝혔다.

1955년   난민 자격으로 미국에 간 뒤 영주권을 획득했다.

1956년   뉴잉글랜드로 이사해 미국 극작가 페르디난드 레이어와
         재혼했지만 1967년 사별했다.

1958년   캘리포니아에서 헌팅턴하트포드기금의 지원을 받으며
         소설 「5·4 이야기」, 시나리오 「전쟁 같은 사랑」, 「도화
         살」 등을 썼다.

1960년   정식으로 미국 시민권자가 되었다.

1961년   홍콩 영화사의 초청으로 타이완에서 자료를 조사한 뒤
         홍콩에서 「홍루몽」, 「남북화(南北和)」, 「소아녀(小兒女)」,
         「잊을 수 없는 노래」 등의 시나리오를 쓰고 미국으로 돌
         아가 「남북희상봉(南北喜相逢)」을 썼다.

1962년   타이완 방문기 「전방으로의 복귀」를 영문 잡지에 실었다.

1966년   옛 작품 「금쇄기(金鎖記)」를 장편 『원녀(怨女)』로 개작
        해 홍콩 《성도만보(星島晚報)》에 연재했다.

1967년   뉴욕 레드클리프 여자대학교에서 지내며 「해상화열전
        (海上花列傳)」을 영어로 옮기기 시작했다.

1969년   「십팔춘」을 『반생연(半生緣)』으로 다시 써 타이완에서
        출판했다. 캘리포니아대학교 버클리 캠퍼스의 '중국연
        구센터'에서 이 년 동안 머물며 「홍루몽 미완」의 연구를
        지속했다.

1972년   로스앤젤레스로 거처를 옮겨 은거 생활을 시작했다.

1973년   타이완 잡지 《황관(皇冠)》에 「초평 홍루몽」을 발표했다.

1976년   두 번째 산문집 『장간(張看)』을 출판하고 「삼상(三詳)
        홍루몽」을 발표했다.

1977년   이후 15년이 넘는 시간 동안 「색, 계」, 「망연기(惘然記)」,
        「대조기(對照記)」 등 소설을 창작하고 『홍루몽』 평론집
        인 『홍루몽염(紅樓夢魘)』을 출판했다.

1995년   9월 8일 로스앤젤레스 웨스트우드의 자택에서 사망하
        고 일주일 뒤에야 발견되었다. 9월 19일 화장되었고 9월
        30일 태평양에 뿌려졌다.

세계문학전집 **453**

색, 계

1판 1쇄 펴냄 2024년 12월 24일
1판 2쇄 펴냄 2025년 1월 31일

지은이 장아이링
옮긴이 문현선
발행인 박근섭, 박상준
펴낸곳 ㈜민음사

출판등록 1966. 5. 19. (제 16-490호)
서울특별시 강남구 도산대로1길 62(신사동) 강남출판문화센터 5층 (우편번호 06027)
대표전화 02-515-2000 팩시밀리 02-515-2007
www.minumsa.com

한국어 판 © (주)민음사, 2024. Printed in Seoul, Korea

ISBN 978-89-374-6453-9 04800
ISBN 978-89-374-6000-5 (세트)

세계문학전집 목록

세계문학전집은 계속 간행됩니다.